박사가
사랑한 수식

博士の愛した数式

박사가
사랑한 수식

博士の愛した数式

오가와 요코 장편소설

김난주 옮김

H
현대문학

1

나와 우리 아들은 그를 박사라고 불렀다. 그리고 박사는 우리 아들을 루트라고 불렀다. 아들의 정수리가 루트 기호처럼 평평했기 때문이다.

"오오, 이거 꽤 영리한 마음이 담겨 있을 것 같군."

박사는 아들의 머리가 엉클어지는 데도 아랑곳 않고 이리저리 쓰다듬으면서 말했다. 친구들에게 놀림을 당하는 게 싫어늘 모자를 쓰고 다니는 아들은 경계하며 고개를 움츠렸다.

"이걸 사용하면 무한한 숫자와 눈에 보이지 않는 숫자에도 번듯한 신분을 줄 수가 있지."

그는 집게손가락으로 먼지 쌓인 책상 구석에 그 모양을 그렸다.

$\sqrt{}$

나와 우리 아들이 박사에게 배운 헤아릴 수 없이 많은 것 중에서 루트의 의미는 상당히 중요한 자리를 차지한다. 세계의 성립 과정을 수적인 언어로 표현할 수 있다고 믿었던 박사가 지금도 살아 있다면, '헤아릴 수 없이 많은'이라는 표현을 다소 불쾌하게 여길지도 모르겠다. 그러나 달리 뭐라 표현할 수 있을까. 우리는 10만 자리나 되는 거대한 소수와 수학의 증명에 사용된 가장 큰 수로 기네스북에 올라 있는 수, 또 무한을 넘어서는 수학적 관념에 대해서도 배웠지만, 그런 것들을 아무리 많이 동원해도 박사와 함께 지낸 시간의 밀도에는 미치지 못한다.

셋이서 루트 기호 속에 숫자를 집어넣으면 어떤 마법에 걸리는지 시험해본 날은 지금도 기억에 생생하다. 4월 초순의 비 내리는 저녁이었다. 어두컴컴한 서재에는 백열등이 켜져 있고, 카펫 위에는 아들이 내던진 가방이 나뒹굴고, 창 너머로는 비에 젖은 살구꽃이 보였다.

언제 어떤 경우든, 박사는 우리에게 정답만을 요구하지는 않았다. 뭐라 대답할 수 없어 입을 꾹 다물고 있을 때보다 머리를 쥐어짜다 못해 엉뚱한 실수를 저지를 때 그는 오히려 기뻐했다. 그리고 그 실수에서 원래의 문제를 뛰어넘는 새로운 문제가 생겨나면 한층 더 기뻐했다. 그는 우리가 아무리 생각해도 정답을 알아내지 못할 때면, 정당한 실수에 대한 독자적인 감각을 발휘해 우리에게 보다 큰 자신감을 안겨주었다.

"그럼 이번에는 마이너스 1을 넣어볼까."

박사는 말했다.

"같은 수를 곱해서 마이너스 1이 되면 되겠지."

학교에서 이제 겨우 분수를 배운 아들은 박사의 30분 남짓한 설명에 0보다 작은 수가 있다는 것을 이해했다. 우리는 머릿속으로 $\sqrt{-1}$을 떠올렸다. 루트 100은 10, 루트 16은 4, 루트 1은 1, 그러니까 루트 마이너스 1은……

박사는 절대 서두르지 않았다. 끈질기게 생각하는 나와 아들의 얼굴을 쳐다보며 흐뭇해했다.

"그런 수는 없지 않나요?"

내가 신중하게 입을 열었다.

"아니지, 여기 있잖나."

그는 자기 가슴을 가리켰다.

"아주 조심성이 많은 숫자라서 말이야, 눈에 띄는 곳에는 모습을 드러내지 않지만 우리 마음속에는 분명히 있어. 그리고 그 조그만 두 손으로 이 세계를 떠받들고 있지."

우리는 다시 침묵했다. 어딘가 멀고 낯선 곳에서 온 힘을 다해 두 손을 쳐들고 있는 마이너스 1의 제곱근의 모습을 상상했다. 빗소리만 들렸다. 아들은 루트의 모양을 새삼 확인하듯 자기 머리를 더듬었다.

그러나 박사는 가르치기만 하는 사람은 아니었다. 자신이 모르는 것에는 겸손하고, 마이너스 1에 뒤지지 않을 만큼 조심성이 많았다. 박사는 나를 부를 때 늘 이렇게 말했다.

"미안한데 말이야, 자네……."

가령 토스터의 타이머를 3분 30초에 맞춰달라는, 겨우 그런 부탁을 할 때에도 '미안한데 말이야.' 이 한마디를 잊지 않았다. 드르륵하고 내가 타이머를 돌리면, 고개를 쑥 내밀고 식빵이 다 구워질 때까지 토스터 안을 들여다보았다. 마치 내가 제시한 증명이 하나의 진리를 향해 나아가는 모습을 지켜보듯, 그리고 그 진리가 피타고라스의 정리와 동등한 가치를 지니고 있기라도 하듯 토스터에 넋을 빼앗겼다.

내가 아케보노 가사도우미 소개소에서 처음으로 박사의 집에 파견된 것은 1992년 3월의 일이었다. 세토 내해가 바라보이는 조그만 동네의 그 소개소에 등록돼 있는 가사도우미 중에서, 나는 나이는 가장 적어도 경력은 10년이 넘은 베테랑이었다. 그 10년 동안 나는 어떤 고용주와도 별 탈 없이 지냈고, 덕분에 가사에 관한 한 프로라는 자부심도 갖게 되었다. 소장이 다른 가사도우미들은 꺼리는 까다로운 고객을 소개해주어도 불평 한마디 하지 않았다.

박사의 경우, 고객 카드만 보고서도 만만치 않은 상대임을 짐작할 수 있었다. 고객의 불만 때문에 가사도우미가 교체되면 카드 뒤에 별 모양의 파란색 스탬프가 찍히는데, 박사의 고객 카드에는 그 스탬프가 벌써 아홉 개나 찍혀 있었기 때문이다. 그동안 내가 일했던 곳 중 최고 기록이었다.

면접을 보러 박사의 집에 찾아가자 니트 원피스를 우아하게 차려입은 야윈 노부인이 나를 맞아주었다. 밤색으로 물들인 머리는 틀어 올리고, 왼손에는 검은 지팡이를 짚고 있었다.

"도움을 받을 사람은 도련님이에요."

그녀는 말했다. 처음에는 박사와 노부인이 어떤 관계인지 알 수 없었다.

"다들 오래 있지를 못해서 나나 도련님이나 참 난감해요. 새로운 분이 올 때마다 모든 것을 처음부터 다시 시작해야 하니, 힘이 들어서."

도련님이란 시동생을 말한다는 것을 겨우 알았다.

"딱히 복잡한 일을 부탁하는 것은 아니에요. 월요일에서 금요일까지, 오전 11시에 와서 도련님에게 점심을 해주고, 방 청소를 하고, 장을 봐 오고, 그러고 나서 저녁밥을 지어놓고 7시에 돌아가면 됩니다. 그게 다예요."

그녀가 발음하는 도련님이라는 말에는, 어딘가 모르게 주저

9

하는 울림이 있었다. 그리고 예의 바른 몸짓에도 불구하고, 왼손은 쉬지 않고 지팡이를 만지작거리고 있었다. 또 나와 눈이 마주치지 않게 조심하면서도 경계심에 찬 눈빛으로 나를 힐금힐금 쳐다보았다.

"자세한 사항은 소개소에 제출한 계약서에 쓰여 있는 그대로예요. 아무튼 도련님이 남들처럼 평범하게 생활할 수 있게만 해주면 더 이상은 바라지 않아요."

"그분은 지금 어디 계시죠?"

나는 물었다. 노부인은 지팡이 끝으로 뒤뜰 구석에 있는 별채를 가리켰다. 깔끔하게 손질된 홍가시나무 울타리 너머, 무성한 이파리 사이로 적갈색 슬레이트 지붕이 보였다.

"안채를 오갈 필요는 없어요. 당신이 일할 곳은 어디까지나 도련님이 있는 별채니까요. 북쪽 도로에 별채 전용 현관이 따로 있으니까 그 문으로 출입하세요. 그리고 도련님이 일으킨 문제는 그쪽에서 다 해결해주세요. 아시겠죠? 그것만 지켜주면 됩니다."

노부인은 지팡이로 탁 하고 한 번 바닥을 쳤다.

과거의 고용주들이 요구했던 수많은 불합리한 것들, 머리를 땋고 매일 다른 리본으로 묶어달라느니, 녹차의 온도는 반드시 섭씨 75도를 지켜야 한다느니, 하늘에 금성이 뜨면 두 손을 합장하고 기도를…… 하는 것들에 비하면 대수롭지 않은 요구였다.

"그분을 뵐 수 있을까요?"

"그럴 필요 없어요."

너무도 단호하게 거절하는 바람에 나는 돌이킬 수 없는 실언을 한 것처럼 민망했다.

"오늘 얼굴을 봐도 내일이면 잊어버려요. 그러니까 만날 필요 없어요."

"무슨 말씀이신지……."

"단적으로 말해서 기억을 못 하는 거죠. 노망이 든 것은 아닙니다. 뇌세포는 건강하게 움직이고 있으니까요. 다만, 17년 전에 뇌의 미세한 부분에 장애가 생겨서 기억하는 기능이 사라졌어요. 교통사고를 당해서 뇌를 다쳤거든요. 도련님의 기억은 1975년에 멈춰 있습니다. 그 후에는 새 기억을 아무리 쌓으려고 해도 금방 무너지고 말아요. 30년 전에 자신이 발견한 정리는 기억해도, 엊저녁에 뭘 먹었는지는 기억하지 못합니다. 간단히 말해서, 뇌 속에 80분짜리 테이프가 딱 한 개 들어 있다고 생각하면 될 거예요. 새로운 것을 녹화하면 이전의 기억은 깨끗이 지워집니다. 도련님의 기억은 80분밖에 가지 않아요. 정확하게 1시간 20분."

노부인은 새 가사도우미가 올 때마다 몇 번이나 같은 설명을 했을 것이다. 그래서 이렇듯 아무 감정 없이, 거침없이 말할 수 있는 것이리라.

80분만 지속되는 기억이 어떤 것인지 구체적으로 상상하기가 어려웠다. 환자를 보살핀 경험은 몇 번이나 있지만, 그런 경험이 어떤 도움을 줄 수 있을지도 알 수 없었다. 카드 뒷면에 줄줄이 찍혀 있던 파란색 스탬프가 새삼스레 떠올랐다.

안채에서 보기에 별채는 한없이 고요하고, 인기척도 느껴지지 않았다. 홍가시나무 울타리에는 별채로 통하는 고풍스런 디자인의 여닫이문이 있었지만, 그 문에는 묵직한 자물쇠가 걸려 있었다. 녹이 슬어 시퍼런 데다 새똥까지 덕지덕지 붙어 있어 어떤 열쇠로도 열릴 것 같지 않았다.

"그럼 모레, 월요일부터 일할 수 있는 거지요?"

불필요하게 이리저리 둘러볼 여유를 주지 않겠다는 듯 그녀는 딱 잘라 말했다. 이렇게 나는 박사의 집을 드나드는 가사도우미가 되었다.

멋들어진 안채에 비하면 별채는 소박하다 싶은 정도를 넘어 볼품이 없었다. 밋밋하고 단출한 단층집이 어쩔 수 없이 거기 서 있다는 분위기가 감돌았다. 그런 분위기를 가리기 위해서인지 별채 주위에만 손질하지 않은 나무들이 제멋대로 자라 있었다. 현관은 햇빛도 들지 않고 벨은 망가져서 눌러도 소리가 나지 않았다.

"자네, 신발 사이즈가 몇이지?"

새로 온 가사도우미라고 말하는 내게 박사가 제일 먼저 물은 것은 이름이 아니라 신발 사이즈였다. 한마디 인사도 없고, 고개도 숙이지 않았다. 어떤 경우에든 고용주의 질문에 질문으로 답해서는 안 된다는 가사도우미의 철칙에 따라 나는 물음에 답했다.

"24인데요."

"오오, 실로 청결한 숫자로군. 4의 계승이야."

박사는 팔짱을 끼고 눈을 감았다. 잠시 침묵이 흘렀다.

"계승이 뭐죠?"

이유는 모르겠지만 고용주에게 신발 사이즈가 중요한 의미를 갖는다면, 그것에 대해 좀 더 얘기해도 좋겠다고 생각한 나는 물었다.

"1에서 4까지의 자연수를 모두 곱하면 24가 되지."

박사는 눈을 감은 채 대답했다.

"자네 전화번호는 어떻게 되나?"

"576에 1455예요."

"5761455라고? 정말 멋진 수가 아닌가. 1에서 1억 사이에 존재하는 소수의 개수와 정확히 일치하는군."

사뭇 감격스럽다는 듯이 박사는 고개를 끄덕였다.

우리 집 전화번호가 뭐가 그리 멋진지는 이해할 수 없어도,

그의 말투에 담겨 있는 온기는 느낄 수 있었다. 자신의 지식을 자랑하려는 의도보다는 오히려 조심스러움과 솔직함이 엿보였다. 어쩌면 우리 집 전화번호는 특별한 운명을 지니고 있고, 그 수를 소유한 자의 운명 또한 특별할지도 모른다는 착각을 불러일으키는 온기였다.

박사의 집에서 가사도우미로 일한 지 오래지 않아, 어떻게 말하면 좋을지 몰라 혼란스러울 때 말 대신 숫자로 표현하는 게 박사의 버릇이라는 사실을 알았다. 그것은 타인과 교류하기 위해 그가 고안해낸 방법이었다. 그에게 숫자는 상대방과 악수하기 위해 내미는 오른손이자, 동시에 자신의 몸을 보호하는 코트였다. 아무리 더듬어도 몸의 선이 느껴지지 않을 만큼 두껍고 무거운 데다 그 누구도 벗길 수 없는 코트. 아무튼 그 코트만 입고 있으면 그는 자신이 있을 곳을 확보할 수 있었다.

내가 가사도우미 일을 그만둘 때까지, 매일 아침 현관에서 숫자로 이어지는 대화가 되풀이되었다. 80분이면 기억이 사라지는 박사에게 현관에 나타난 나는 늘 처음 보는 가사도우미였다. 그래서 그는 아침마다 어김없이 나를 조심스럽게 대했다. 묻는 숫자는 신발 사이즈와 전화번호 외에도 우편번호, 자전거 등록번호, 이름의 획수 등 다소 변화가 있었지만 그런 숫자들에 의미를 부여하는 것은 늘 똑같았다. 딱히 의미를 찾아

내려고 노력하는 기색도 없었다. 계승이니 소수니 하는 용어들은 입에서 저절로 흘러나오는 것처럼 보였다.

계승이나 소수의 구조에 대해서 몇 번이나 설명을 들은 후에도, 나는 현관에서의 문답을 신선한 기분으로 즐겼다. 우리 집 전화번호에 대화를 이어주는 역할 외에 다른 의미도 있다는 사실을 확인하고, 그 의미가 지니는 청명한 울림을 들으면 편안한 기분으로 하루 일을 시작할 수 있었다.

박사는 예순네 살에, 전문 분야가 수학이론인 전 대학교수였다. 겉모습은 실제 나이보다 훨씬 초췌했다. 그냥 늙어 보이는 것이 아니라 영양분이 몸 구석구석까지 공급되지 않는 듯한 인상이었다. 등이 굽어 겨우 160센티미터밖에 안 되는 키가 더 작아 보였고, 뼈가 불거진 목덜미에 진 주름 사이에는 때가 끼어 있고, 퍼석퍼석하고 제멋대로 뻗은 흰머리는 두툼한 귓밥을 절반이나 가리고 있었다. 목소리에는 힘이 없고, 몸짓은 느릿느릿해서 무슨 일이든 내가 예상한 시간보다 두 배나 더 걸렸다.

그러나 그런 초췌함을 무시하고 꼼꼼히 뜯어보면 얼굴은 꽤 미남인 편이었다. 적어도 과거에는 미남이었을 흔적이 남아 있었다. 날렵한 턱 선과 이목구비가 뚜렷한 얼굴에 매력적인 음영이 어려 있었다.

집에 있을 때는 물론 어쩌다 한번 외출할 때도 박사는 늘 양복을 입고 넥타이를 맨 차림이었다. 옷장에 들어 있는 옷은 춘추복, 동복, 하복의 양복 세 벌에 넥타이 세 개, 와이셔츠 여섯 장, 모직 코트 한 벌이 전부였다. 스웨터 하나, 면바지 하나 없었다. 가사도우미에게는 실로 정리하기 편한 옷장이었다.

그는 어쩌면 이 세상에 양복이 아닌 옷이 있다는 것을 몰랐는지도 모른다. 타인이 어떤 차림을 하고 있든 관심이 없고, 하물며 자신의 겉모습에 신경을 쓰느라 시간을 허비하는 일 따위는 생각지도 못했을 것이다. 아침에 일어나 옷장을 열고, 세탁소 비닐이 벗겨져 있는 양복을 입으면 그만이었다. 하나같이 어두운색에 하도 입어 닳고 닳은 세 벌의 양복은 박사의 분위기와 절묘하게 어우러져 때로는 마치 피부의 일부처럼 보였다.

그러나 나를 가장 놀라게 한 것은 양복 여기저기에 클립으로 고정된 메모지들이었다. 옷깃, 소맷부리, 주머니, 윗도리 자락, 허리띠, 단춧구멍 등 온갖 데에 다 붙어 있었다. 클립 때문에 천이 뒤틀려 양복 모양이 일그러질 정도였다. 그리고 손으로 그냥 쭉 찢은 종잇조각마다, 바래서 누렇고 너덜너덜한 종잇조각마다 무언가가 쓰여 있었다. 그 내용을 읽으려면 가까이 다가가 눈을 찡그려가며 봐야 했다. 80분의 기억을 보완하기 위해 잊지 말아야 할 사항을 메모하고, 그 메모를 어디에다 두었는지 잊지 않기 위해 옷에다 붙여두었다는 것은 헤아릴 수 있었지만, 그 모습을 어떤 식으로 받아들여야 할지는 신발 사이즈를 묻는 질문에 답하는 것보다 훨씬 어려운 문제였다.

"아무튼 들어오게나. 난 할 일이 있어서 아무 대접도 할 수 없지만, 그냥 편하게 있으면 돼."

그렇게 말하면서 박사는 나를 집 안으로 들이고는 그대로 서재로 가버렸다. 박사가 움직이면 사락사락 메모지가 스치는 소리가 났다.

과거에 일하다 잘린 가사도우미 아홉 명에게 얘기를 들으면서 조금씩 정보를 모아보니, 안채에 사는 노부인은 미망인이고, 죽은 남편과 박사가 형제인 모양이었다. 부모님이 일찍 돌아가셨음에도 박사가 영국의 케임브리지 대학으로 유학까지 가서 수학 공부를 계속할 수 있었던 것은, 부모님이 남긴 직물 공장을 고생 고생 키워 한참 나이 어린 동생을 위해 학비를 대준 형 덕분이었다. 박사학위를 딴(그는 명실상부한 박사였다) 박사가 대학의 수학 연구소에 취직해 가까스로 자립하게 되었을 때, 형이 그만 급성간염으로 세상을 뜨고 말았다. 남은 미망인은 자식이 없는 탓에 공장 문을 닫고, 그 자리에 연립주택을 지어 임대 수입으로 생활하기 시작했다. 그런데 박사가 나이 마흔일곱 살에 당한 교통사고가 두 사람의 평온한 생활을 뒤집어놓았다. 반대 차선에서 졸음운전을 하던 운전자의 차가

17

박사가 운전하는 차에 충돌, 박사의 뇌는 회복이 불가능한 타격을 입었고 그 결과 직장을 잃었다. 그 후 박사는 수학 잡지의 현상 문제에 응모해 푼돈을 버는 것 외에는 별다른 수입 없이, 결혼도 하지 않은 채 예순네 살인 지금이 되도록 줄곧 미망인의 원조를 받으며 살아온 듯했다.

"그렇게 희한한 시동생이 기생충처럼 들러붙어서 남편의 유산을 축내고 있으니, 그 부인도 참 안됐지."

박사의 숫자 공세에 두 손 두 발 다 들고 일주일 만에 물러난 고참 가사도우미는 정말 딱하다는 듯이 말했다.

별채의 내부는 외관이나 다를 바 없이 초라했다. 부엌 겸 식당과 서재 겸 침실로 나뉘어 있는 공간은 좁다기보다 썰렁하다는 인상이 강했다. 가구는 하나같이 싸구려에 벽지는 칙칙하게 때가 끼어 있고, 복도에서는 삐걱삐걱 음산한 소리가 났다. 또 현관 벨은 물론 온갖 것이 망가졌든지 망가져가고 있었다. 화장실의 작은 창문에는 금이 가 있고, 부엌문의 손잡이는 간신히 붙어 있고, 식기 선반 위에 있는 라디오는 스위치를 몇 번이나 눌러도 소리가 나오지 않았다.

처음 2주일 동안은 갈피를 잡을 수 없는 일이 하도 많아 몹시 피곤했다. 중노동을 하고 있는 것은 아닌데, 근육이 뭉쳐 몸이 무거웠다. 어느 곳에 가서 일을 하든 적응하고 자리를 잡을 때까지는 힘든 법이지만, 박사의 경우는 특히 힘들었다. 보통은 고용주에게 이래라저래라 지시를 받다 보면 저절로 그들의 성격을 파악하게 된다. 집중력을 배분하고 문제를 회피하는 법도 터득하고, 어떤 식으로 일을 하라고 요구하는지 그 패턴에 대해서도 감을 잡게 된다. 그런데 박사는 내게 아무 지시도 하지 않았다. 원컨대 아무 일도 하지 말라는 듯이 나를 무시했다.

안채에 사는 미망인의 요구대로 하려면 우선은 점심을 지어야 할 것 같았다. 그런데 냉장고 안은 물론 부엌에 있는 선반을 다 뒤져보아도 눅눅해진 오트밀과 4년 전에 유효기간이 지난 마카로니 말고는 먹을 만한 식료품이 전혀 없었다.

나는 서재 문을 노크했다. 대꾸가 없어서 다시 한 번 노크했다. 여전히 반응이 없었다. 실례인 줄 알면서 문을 열고, 책상을 향하고 앉아 있는 박사의 등에 말을 걸었다.

"일하시는데, 죄송한데요."

등은 미동도 하지 않았다. 들리지 않든지 아니면 귀마개를 하고 있는 모양이라고 생각하면서 박사에게 다가갔다.

"점심은 뭘 드세요? 좋아하시는 음식이나 싫어하시는 음식, 알레르기가 있는 음식을 가르쳐주시면 도움이 될 텐데요."

서재에서는 종이 냄새가 났다. 바람이 잘 통하지 않아서 그런지 냄새가 구석구석에 고여 있었다. 창문의 절반은 책꽂이가 막고 있고, 책꽂이에서 넘쳐난 책들이 여기저기에 산더미처럼 쌓여 있었다. 벽에 딱 붙여놓은 침대의 매트리스는 닳아 빠져 있었다. 책상 위에는 노트가 한 권 펼쳐져 있을 뿐 컴퓨터도 없고, 박사는 필기도구도 쥐고 있지 않았다. 그저 허공의 한 점을 쳐다보고 있을 뿐이었다.

"딱히 주의사항이 없으면 적당히 준비하겠습니다. 괜찮으신가요? 사양 마시고 말씀해주세요."

옷에 붙어 있는 메모지가 몇 장 눈에 들어왔다. '……해석적 방법의 실패가……' '……힐베르트, 제13문제의……' '……타원 곡선의 해를……' 뜻을 알 수 없는 숫자와 기호와 단어가 뒤섞여 있는 가운데, 딱 한 장 내가 알아볼 수 있는 메모지가 있었다. 얼룩투성이에 네 귀퉁이는 구겨져 있고 클립은 녹슬어 있었다. 오랜 세월 그곳에 붙어 있었던 것 같다.

'내 기억은 80분밖에 지속되지 않는다.'

그렇게 쓰여 있었다.

"할 말 없어!"

갑자기 박사가 뒤돌아보며 냅다 소리를 질렀다.

"자네, 나는 지금 생각을 하고 있다고. 생각하는 걸 방해하다니, 그건 목을 조르는 것보다 더 고통스러운 일이야. 숫자와 사랑을 나누고 있는데 성큼성큼 걸어 들어오다니, 화장실을 엿보는 것보다 더 무례하잖나."

나는 고개를 숙이고 몇 번이나 사과했지만, 그에게는 내 말이 들리지 않는 것 같았다. 박사의 시선은 다시 허공의 한 점으로 돌아가 있었다.

첫날, 일을 시작하기도 전에 야단부터 맞다니 충격이 컸다. 열 번째 스탬프를 찍게 되지 않으면 좋겠는데, 하고 걱정하면서 나는 박사가 생각하는 동안은 절대 방해해서는 안 된다는 것을 가슴에 새겼다.

그런데 박사는 하루 종일 생각만 했다. 가끔 서재에서 나와 식탁에 앉거나 세면실에서 양치질을 하는 동안에도, 그리고 몸을 푸는 기묘한 체조를 하면서도 여전히 생각에 잠겨 있었다. 눈앞에 있는 음식을 기계적으로 입에 집어넣고 제대로 씹지도 않은 채 꿀꺽 삼켰다. 그리고 불안정한 걸음걸이로 걸었다. 양동이는 어디에 있는지, 온수기는 어떻게 사용하는지, 모르는 일이 있어도 물을 수가 없었다. 나는 괜한 소리를 내지 않도록 조심했다. 익숙하지 않은 집 안에서 숨소리마저 죽이고 우왕좌왕하면서 그의 머리가 잠시 휴식에 들어가기를 기다렸다.

박사의 집에 다닌 지 꼭 2주일이 되는 금요일이었다. 저녁 6시, 박사는 예의 허공을 바라보는 표정으로 식탁에 앉았다. 거의 의식이 없는 상태에서 식사를 하기 때문에 뼈를 발라내거나 껍질을 벗겨야 하는 반찬 대신 숟가락 하나만 있으면 채소도 단백질도 함께 섭취할 수 있는 크림 스튜를 끓였다.

부모님을 일찍 여의어서 그런지 식사 예절은 영 엉망이었다. 잘 먹겠다는 말도 할 줄 모르고, 한 입 먹을 때마다 음식을 흘리는가 하면, 휴지를 둘둘 말아 귓구멍을 닦기도 했다. 맛이 이렇다 저렇다 불평하는 일은 없지만, 그렇다고 옆에 앉아 있는 나와 무슨 대화를 나누며 즐기려는 기색도 없었다.

문득 소맷자락에 붙어 있는, 어제까지는 없었던 새 메모지가 눈에 띄었다. 숟가락으로 스튜를 뜰 때마다 꼭 스튜에 빠질 것 같았다.

'새 가사도우미'

조그맣고 힘없는 글씨였다. 뒤에는 여자의 얼굴이 그려져 있었다. 짧은 머리에 얼굴은 동그랗고 입술 옆에는 점이 있는, 유치원에 다니는 어린애 수준의 그림이었지만 내 얼굴이라는 것은 금방 알 수 있었다.

스튜를 훌쩍거리는 소리를 들으면서 나는, 내가 돌아간 후 기억이 사라지기 전에 서둘러 내 얼굴을 그리는 박사의 모습을 상상했다. 그 한 장의 메모지는 그가 생각하는 데 써야 할 귀중한 시간을 나를 위해 썼다는 증거였다.

"더 드실래요? 넉넉하게 만들었으니까, 더 드셔도 돼요."

나는 그만 상냥한 목소리로 말을 걸고 말았다. 그러나 내가 들은 것은 대답 대신 트림 소리뿐, 박사는 내게 눈길 한 번 주지 않고 서재로 사라져버렸다. 스튜 접시에는 홍당무만 남아 있었다.

그다음 주 월요일, 나는 아침마다 늘 그러듯 내가 누구인지를 말하고 소맷자락에 붙어 있는 메모지를 가리켰다. 박사는 그림과 내 얼굴을 번갈아 보고는 메모의 의미를 되새기는 것처럼 잠시 말이 없다가, 아아 그렇군, 하며 신발 사이즈와 전화번호를 물었다.

그런데 박사의 태도가 지난주와는 어딘가 달랐다. 박사가 수식이 잔뜩 쓰여 있는 종이 다발을 보여주며, 그것을 《JOURNAL of MATHEMATICS》 앞으로 보내달라고 부탁한 것이다.

"자네, 미안한데……."

서재에서 고함을 지르던 여느 때와는 전혀 다른 정중한 말투였다. 그리고 그것은 박사가 내게 한 첫 부탁이었다. 그의 머리가 지금은 '생각하고' 있지 않은 것이다.

"네, 쉬운 일이네요."

나는 봉투에 어떻게 발음하는지도 모르는 알파벳을 틀리지 않게 한 자 한 자 베껴 쓰고, 그 밑에 '현상 문제 응모 담당자 귀하'라고 쓰고는 그대로 우체국으로 달려갔다.

생각하지 않을 때의 박사는 식당 창가에 놓인 안락의자에 앉아 자는 시간이 많았다. 나는 그제야 겨우 서재를 청소할 수 있었다. 창문을 활짝 열고 이불과 베개를 마당에 내다 널고 청소기를 돌렸다. 어지럽고 무질서한 방이었지만 불쾌하지는 않았다. 청소기가 책상 밑에 엉켜서 굴러다니는 머리카락을 빨아들여도, 책의 산더미 사이에서 곰팡이 핀 아이스크림 막대기와 닭 뼈가 나와도 그리 놀라지 않았다.

아마도 거기에 과거에는 느껴보지 못한 어떤 정적이 깃들어 있었기 때문이라고 생각한다. 그저 단순히 아무 소리도 없는 것이 아니라, 박사가 수의 숲에서 헤맬 때 그 마음을 가득 채웠을 침묵이 빠진 머리카락과 곰팡이에 침식당하지 않고 겹겹이 쌓여 있었다. 숲 속 깊은 곳에 숨어 있는 호수처럼 투명한 침묵이었다.

불쾌하거나 음습한 방은 아니었지만, 그렇다고 가사도우미의 흥미를 자극하는 방인가 하면 고개를 젓지 않을 수 없다. 주인의 역사를 얘기해주는 소품 하나, 비밀스런 사진 한 장, 감탄할 만한 장식품 하나 없었다. 가사도우미가 상상력을 동원해 잠시 즐기기에 도움이 될 만한 것은 하나도 없었다.

나는 책꽂이에 쌓인 먼지를 털어냈다.『연속군론』,『대수적 정수론』,『수학이론 고찰』, ……슈발레, 해밀턴, 튜링, 하디, 베이커……. 이렇게 책이 많은데 읽고 싶은 책이 한 권도 없는 것도 신기했다. 절반은 외국어라 제목을 읽는 것조차 불가능했다. 책상에는 대학 노트가 쌓여 있고, 4B 몽당연필과 클립이 몇 개 아무렇게나 놓여 있었다. 지적인 노동을 하는 장소라기에는 너무도 살풍경한 책상이었다. 겨우 지우개똥만이 어제까지 그 책상에 들러붙어 일했을 박사의 정황을 알려주고 있었다.

수학자라면 보통 문구점에서는 팔지 않는 비싼 컴퍼스나 복잡한 장치가 달린 자 정도는 갖고 있을 텐데, 하고 생각하면서 지우개똥을 쓸어 담고 노트 더미를 정리하고, 클립을 한 군데 모아두었다. 헝겊 의자는 엉덩이 모양으로 움푹 들어가 있었다.

"자네 생일이 몇 월 며칠인가?"

그날 박사는 저녁을 먹은 후에도 서재로 금방 돌아가지 않았다. 그러고는 설거지를 하는 내게 신경을 쓰면서 이야깃거리를 찾는 눈치였다.

"2월 20일인데요."

"호오……."

박사는 감자 샐러드에서 홍당무만 골라 남겨놓았다. 나는 그릇을 치우고 식탁을 닦았다. 박사는 생각하지 않을 때에도 역시 식탁에 음식을 흘렸다. 이제 완연한 봄인데도 해가 지자 갑자기 공기가 싸늘해졌다. 식당 구석에 있는 석유 스토브에 불을 지폈다.

"늘 그렇게 잡지에 논문을 응모하시나요?"

나는 물었다.

"뭐 거창하게 논문이랄 것까지도 없지. 아마추어 마니아용 수학 잡지에 실린 문제를 풀면서 즐기는 것뿐이니까. 운이 좋으면 돈도 받고. 수학 애호가 중에 부호가 있어서 상금을 주거든."

박사는 자기 몸 여기저기를 더듬더니 왼쪽 주머니에 붙어 있는 메모지로 시선을 떨궜다.

"그렇지……. 오늘 《JOURNAL of MATHEMATICS》의 No. 37에 증명을 보냈군. 음, 그래."

오전에 내가 우체국에 다녀온 지 80분보다 훨씬 더 지났다.

"아 참, 실수했네요. 죄송해요. 빠른우편으로 보냈어야 했는데. 제일 먼저 도착해야 상금을 받을 수 있잖아요."

"아니, 그럴 필요는 없어. 물론 제일 먼저 진실에 도달하는 것은 중요한 일이지만, 증명은 아름답지 않으면 아무 소용이 없으니까."

"증명에 아름답고 아름답지 않은 구별이 있나요?"

"물론이지."

박사는 일어나 싱크대에서 설거지를 하고 있는 내 얼굴을 들여다보며 단언했다.

"정말 옳은 증명은 한 치의 빈틈도 없는 딱딱함과 부드러움이 서로 모순되지 않게 조화를 이루고 있지. 틀린 것은 아니지만 너저분하고 짜증 나는 증명도 얼마든지 있어. 알겠나? 왜 별이 아름다운지 아무도 설명하지 못하는 것처럼, 수학의 아름다움을 표현하기도 곤란한 일이지만 말이야."

이렇게 열심히 얘기하는 박사를 맥 빠지게 하고 싶지 않아, 나는 설거지하던 손을 멈추고 고개를 끄덕였다.

"자네 생일은 2월 20일, 220, 정말 귀여운 숫자로군. 그리고 이걸 좀 봐. 내가 대학 다닐 때, 초월수론에 관한 논문으로 학장상을 타면서 받은 부상인데……."

박사는 손목시계를 풀어 잘 보이도록 내 눈앞에 갖다댔다. 그의 패션 감각에는 전혀 걸맞지 않은 고급스러운 외제 시계였다.

"어머, 정말 멋진 상을 받으셨네요."

"그런 건 중요하지 않아. 여기 새겨져 있는 숫자, 보이나?"

숫자판 뒤에 '학장상 No. 284'라는 글자가 새겨져 있었다.

"역대 284번째 영예란 뜻인가요?"

"아마 그렇겠지. 문제는 284란 숫자야. 지금 설거지를 하고 있을 때가 아니지. 220과 284라고."

박사는 내 앞치마를 잡아당겨 의자에 앉히고는, 양복 안주머니에서 4B 몽당연필을 꺼내 광고지 뒤에 숫자 두 개를 썼다.

220

284

무슨 이유라도 있는 것인지 두 숫자의 간격이 한참 벌어져 있었다.

"어떻게 생각하나?"

나는 젖은 손을 앞치마에 닦으면서 얘기가 난감하게 진행되고 있다고 느꼈다. 기대에 찬 박사의 눈빛에 뭐라 답하고 싶기는 하지만, 어떻게 생각하나, 라니 내가 무슨 대답으로 수학자를 즐겁게 할 수 있단 말인가. 내가 보기에 그것들은 그저 숫자에 불과했다.

"네, 글쎄요……."

나는 우물우물 말을 얼버무렸다.

"양쪽 다 세 자리 수고…… 음…… 비슷한 숫자 아닌가요? 큰 차이는 없는 것 같은데요. 가령 할인 마트의 고기 매장에서 다짐육 220그램짜리 팩하고 284그램짜리 팩은 큰 차이가 없잖아요. 백의 자릿수가 같고, 나머지 자릿수는 다 짝수이고……."

"자네, 관찰력이 대단하군."

손목시계의 가죽 줄을 흔들면서 박사가 목소리에 힘까지 주어가며 칭찬을 하는 바람에 오히려 내가 당황했다.

"직감이란 중요한 것이야. 물총새가 물고기의 빛나는 등지느러미에 순간적으로 반응해서 수면으로 급강하하는 것처럼, 자네는 직감으로 숫자를 파악했어."

박사는 의자를 잡아당겨 두 개의 숫자에 더 다가갔다. 박사의 몸에서도 서재에서 나는 종이 냄새가 났다.

"약수가 뭔지는 알겠지?"

"네. 옛날에 배웠던 것 같아요……."

"220은 1로 나누어떨어지지. 220으로도 나누어떨어지고. 나머지가 없어. 그러니까 1과 220은 220의 약수야. 자연수는 반드시 1과 자기 자신을 약수로 하지. 그렇다면 나누어떨어지는 다른 수는 없을까."

"2하고 10도 있겠죠……."

"맞아, 잘 알고 있군. 그럼 220과 284의 약수를 자기 자신은 빼고 한번 써보자고. 이렇게."

$$220 : 1 \quad 2 \quad 4 \quad 5 \quad 10 \quad 11 \quad 20 \quad 22 \quad 44 \quad 55 \quad 110$$
$$142 \quad 71 \quad 4 \quad 2 \quad 1 : 284$$

박사의 글씨체는 동글동글하고 약간 기울어 있었다. 부드러운 연필심이 가루가 되어 숫자 주위에 떨어졌다.

"약수를 암산으로 다 알아내시나요?"

"일일이 다 계산하는 건 아니야. 자네도 사용한 직감을 이용했을 뿐이지. 자, 다음 단계로 넘어가자고."

박사가 그 숫자에 기호를 덧붙였다.

$$220 : 1 + 2 + 4 + 5 + 10 + 11 + 20 + 22 + 44 + 55 + 110 =$$
$$= 142 + 71 + 4 + 2 + 1 : 284$$

"계산해봐. 천천히 해도 괜찮으니까."

박사는 내게 연필을 건넸다. 나는 광고지의 여백에 숫자를 써 내려갔다. 박사의 말투가 예감과 자상함에 넘쳐 테스트를 당하고 있는 기분은 들지 않았다. 오히려 방금 전까지의 난감한 상황에서 벗어나 정확한 답을 이끌어낼 수 있는 사람은 나밖에 없다는 사명감이 끓어오르는 것을 느꼈다.

제대로 계산했는지 세 번이나 검토했다. 어느새 해가 지고 밤이 찾아들고 있었다. 가끔 싱크대에서, 씻다 만 그릇에서 떨어지는 물소리가 들렸다. 박사는 곁에서 나를 가만히 지켜보고 있었다.

"자, 됐어요."

$$220 : 1 + 2 + 4 + 5 + 10 + 11 + 20 + 22 + 44 + 55 + 110 = 284$$
$$220 = 142 + 71 + 4 + 2 + 1 : 284$$

"정답이야. 자 보라고, 이 멋진 일련의 수를 말이야. 220의 약수의 합은 284. 284의 약수의 합은 220. 바로 우애수야. 쉬 존재하지 않는 한 쌍이지. 페르마도 데카르트도 겨우 한 쌍씩

밖에 발견하지 못했어. 신의 주선으로 맺어진 숫자지. 아름답지 않은가? 자네 생일과 내 손목시계에 새겨진 숫자가 이렇게 멋진 인연으로 맺어져 있다니."

우리는 그저 하염없이 광고지를 내려다보고 있었다. 밤하늘에서 빛나는 별을 엮어 별자리를 그리듯, 박사가 쓴 숫자와 내가 쓴 숫자가 하나의 거침없는 흐름이 되어 돌고 도는 모습을 눈으로 좇고 있었다.

2

밤, 집으로 돌아와 아들을 재운 후, 나도 한번 우애수를 찾아
보자고 생각했다. 박사의 말대로 정말 희귀한 쌍인지 확인해
보고 싶었고, 약수를 써놓고 덧셈을 하는 정도는 고등학교를
중퇴한 내 학력으로도 할 수 있을 것 같아서였다.

그러나 얼마나 무모한 도전인지 금방 깨달을 수 있었다. 박
사의 말에 따라 직감적으로 적당한 숫자를 골랐지만 다 헛수
고였다.

처음에는 짝수가 가능성이 높고 약수도 찾기 쉬울 것 같아
두 자리 수의 짝수만 가지고 시도해보았다. 한참을 계산해도
뭐가 보이지 않아 홀수로 범위를 넓히고 세 자리 수도 도입했
지만 진전이 없었다. 모든 숫자가 어색하게 등을 마주 대고 있

을 뿐, 잠시 옷깃만 스치는 정도의 인연도 나타나지 않았다.

역시 박사의 말은 사실이었다. 내 생일과 박사의 손목시계는 광활한 수의 세계에서 고생 고생 끝에 만나 서로를 꼭 껴안고 우애를 키우고 있는 것이다.

어느 틈에 종이는 엉뚱한 숫자들로 가득 차 여백이 없어지고 말았다. 치졸하기는 하지만 그래도 일단은 일관성 있는 작업을 했는데, 끝내는 뭐가 뭔지 알 수 없게 되고 말았다.

그러나 딱 한 가지 사소한 발견은 있었다. 28의 약수를 더하자 28이 되었다.

$$28 : 1 + 2 + 4 + 7 + 14 = 28$$

그래서 뭐가 어쨌다는 것은 아니다. 내가 시도한 숫자들 중에서 28처럼 약수의 합이 자기 자신이 되는 수는 달리 없었지만, 어쩌면 흔히 있는 패턴인지도 몰랐다. 발견이란 거창한 표현이 알맞지 않다는 것도 충분히 알고 있다. 하지만 어쩔 수 없지 않은가. 어쨌든 나는 발견을 한 거니까.

의미를 알 수 없는 난삽한 숫자들 사이에서 그 한 줄만 마치어떤 이의 의지가 담겨 있는 것처럼 긴장감을 유지하고 있었다. 만지면 아플 정도로 힘이 넘쳤다.

침대에 들어가 시계를 보니, 박사와 둘이서 우애수를 즐긴

지 벌써 80분 이상이 지나 있었다. 박사에게 우애수 따위는 단순하기 짝이 없는 유치한 사실일 텐데, 그때 박사는 마치 그 아름다움을 처음 인식한 사람처럼 놀람에 젖어 있었다. 왕 앞에 무릎 꿇은 시종 같았다.

하지만 박사는 우리 사이에 숨어 있는 우애수의 비밀을 이미 잊었을 것이다. 220이 누구의 무엇에서 유래하는 수인지도 벌써 잊었을 것이다. 그런 생각을 하자 좀처럼 잠이 오지 않았다.

집도 좁고 손님이 오기는커녕 전화벨 한 번 울리지 않고, 음식이라고 해봐야 먹는 것에는 관심 없는 소식가를 위해 1인분만 준비하면 되니까, 가사도우미의 노동 기준에서 보면 박사의 집은 아주 편한 곳이었다. 정해진 시간 내에 최대한 효율적으로 일해야 했던 과거의 경험에 비하면 청소든 빨래든 반찬 만들기든, 천천히 정성 들여 할 수 있어 기뻤다. 박사가 새 현상 문제에 착수하는 시기를 가늠해 방해하지 않는 요령도 터득했다. 나는 식탁에 가구용 니스를 칠해 광을 냈고, 침대 매트리스를 패치워크로 기웠고, 어떻게 하면 박사에게 홍당무를 먹일 수 있을지 지혜를 짰다.

다만 한 가지 곤란한 것은 박사의 기억 구조를 파악하는 일이었다. 미망인은 그의 기억이 1975년에 멈춰 있다고 했는데,

가령 그에게 어제는 언제인지, 내일이 있다는 것은 아는지, 그 부자유스러움이 그에게 어떤 고통을 주는지는 알 수 없었다.

며칠이 지나도 내 존재를 기억하지 못하는 것은 분명한 듯했다. 소맷자락에 붙어 있는 내 얼굴은 그에게 내가 처음 만나는 사람이 아님을 가르쳐줄 뿐, 함께한 시간을 되살려주지는 않았다.

시장을 보러 갈 때도 가능한 한 1시간 20분 내에 돌아올 수 있도록 애썼다. 수학자답게, 그의 뇌에 설치된 80분이란 계측기는 시계 이상으로 정확했다.

"다녀올게요."

이렇게 말하고 1시간 20분 내에 돌아오면 그는 "어서 오게, 수고했어."라며 나를 맞아주었다. 그런데 1시간 22분이 걸리면 첫마디가 "자네 신발 사이즈가 몇이지?"였다.

나는 본의 아니게 눈치 없는 발언을 하지 않을까 늘 조심스러웠다.

"오늘 아침 신문에 실렸는데요, 미야자와 수상이."

이런 말을 꺼냈다가 움찔 놀라 입을 다문 적도 있고,

"올여름 바르셀로나 올림픽이 열리기 전에 텔레비전을 사는 게 어떻겠어요?"

하는 말을 꺼냈다가 금방 후회하기도 했다.

박사가 아는 수상은 미키 다케오 수상까지고, 그가 기억하는 올림픽은 뮌헨 올림픽이 마지막이다.

그러나 박사는 표면적으로는 아무 신경도 쓰지 않는 것 같았다. 대화가 알 수 없는 방향으로 흐를 때에는 화를 내거나 짜증을 부리지 않고 자신이 말할 수 있는 상황이 될 때까지 기다렸다.

그리고 내 신상에 대해서는 전혀 묻지 않았다. 이 일을 언제 시작했는지, 고향은 어디인지, 가족은 있는지, 그런 것은 절대 묻지 않았다. 아마도 같은 질문을 몇 번이나 해서 상대방을 성가시게 하는 것은 아닐까, 하고 우려하는 탓일 것이다.

그러니 결국 우리가 아무 부담 없이 할 수 있는 얘기는 숫자에 관한 것뿐이었다. 학교에 다닐 때부터 수학은 교과서만 봐도 소름이 끼칠 정도로 싫었는데, 박사가 가르쳐주는 수학 문제는 머리에 쏙쏙 들어왔다. 직업상 고용주의 관심사에 부응하려고 애써서가 아니라, 가르치는 방법이 좋아서였다. 수식 앞에서 그가 내쉬는 감탄의 한숨 소리와 아름다움을 찬미하는 언어와 빛나는 눈동자는 그 자체가 깊은 의미를 지니고 있었다.

한 번 가르쳐주었다는 사실까지 다 잊어버리는 덕분에 모르는 것은 몇 번이고 다시 질문할 수 있다는 것도 내게는 유리한 점이었다. 평범한 학생도 한 번 설명을 들으면 알 수 있는 것을 나는 다섯 번이고 열 번이고 다시 들어야 이해하는 수준이었다.

"처음 우애수를 발견한 사람은 정말 훌륭하네요."

"암. 피타고라스였어. 기원전 6세기 때 얘기지."

"그런 옛날에도 숫자가 있었나요?"

"물론이지. 혹 에도 시대 말*에 생겼다고 생각한 것은 아니겠지? 숫자는 인간이 출현하기 이전부터, 아니 이 세상이 출현하기 전부터 이미 존재하고 있었어."

우리는 늘 식당에서 얘기를 나누었다. 박사는 식탁 의자에 앉아 있거나 안락의자에 기대앉아 있고, 나는 가스레인지 위에서 끓고 있는 스튜를 젓든가, 아니면 싱크대에서 설거지를 했다.

"어머 그래요? 숫자는 인간이 발명한 것인 줄 알았는데."

"그렇지 않아. 인간이 제 손으로 발명한 것이라면, 누가 그 고생을 하겠나. 수학자도 필요가 없지. 숫자의 탄생을 지켜본 사람은 아무도 없어. 알았을 때 이미 거기에 있었을 뿐이지."

"그래서 머리 좋은 사람들이 지혜를 짜내서 수의 구조를 해명하려고 그렇게 애를 쓰는 거군요."

"수를 낳은 자에 비하면, 우리들 인간은 얼마나 우둔한지 몰라……."

박사는 고개를 저으며 안락의자에 기대 수학 잡지를 펼쳤다.

"배가 고프면 점점 더 우둔해져요. 그러니까 넉넉히 잘 드시

*19세기 후반.

고 영양이 머리 구석구석까지 골고루 가게 해야죠. 잠시만 기다리세요. 금방 준비할게요."

나는 홍당무를 갈아 다진 고기에 섞어 햄버그스테이크를 만들었다. 홍당무 껍질은 박사가 알아차리지 못하게 슬쩍 쓰레기통에 버렸다.

"220과 284 이외에도 우애수가 있나 하고 매일 밤 계산을 하고 있는데, 잘 없네요."

"그다음으로 작은 우애수는 1184와 1210이야."

"네 자리 수예요? 아아, 역시 제게는 무리네요. 아들에게도 시켜봤는데……. 약수를 찾는 건 좀 힘들겠지만, 더하기는 할 수 있으니까요."

"자네, 아들이 있나?"

박사가 의자에서 몸을 일으키며 놀란 목소리로 물었다. 그 바람에 잡지가 바닥으로 떨어졌다.

"네……."

"몇 살이지?"

"열 살인데요."

"열 살이라고? 아직 어린애잖나."

박사는 표정이 점점 어두워지면서 침착함을 잃어갔다. 나는 햄버그스테이크 재료를 버무리다 말고 그가 10이란 숫자에 대해 뭐라고 얘기해주기를 기다렸다.

"그래서 지금 아들은 뭘 하고 있지?"

"글쎄요, 지금 이 시간이면 학교에서 돌아와 숙제도 안 하고 뛰쳐나가서, 공원에서 친구들하고 야구나 하고 있겠죠."

"글쎄요, 라니? 너무 심하지 않나, 자네. 이제 곧 해가 질 시간인데."

아무리 기다려도 10의 비밀이 풀릴 기미는 없었다. 박사에게 이 경우 10은 아직 어린아이를 나타내는 수라는 것 외에 다른 의미는 없는 듯했다.

"괜찮아요, 매일 그런데요 뭐."

"매일? 그럼 자네는 매일 아이는 나 몰라라 하고 이런 데서 햄버그스테이크나 만들고 있단 말인가?"

박사가 왜 그렇게 아들에게 신경을 쓰는지 모르는 채 나는 볼에 후추와 너트메그 가루를 뿌렸다.

"자네가 없는 동안 누가 돌보나? 남편이 일찍 돌아오나? 아아, 그렇군, 할머니가 있는 모양이지?"

"아니요. 아쉽지만 남편도, 할머니도 없어요. 아들하고 둘이서 살고 있어요."

"그럼 아들 혼자서 집을 지킨다는 말인가? 배는 고픈데 어두운 방에서 혼자 엄마를 기다린다는 말인가? 엄마는 남의 집에서 저녁을 준비하고. 그것도 내가 먹을 저녁을. 아아, 이게 무슨 일이람. 안 되지. 안 될 일이야."

혼란스러워 어쩌지 못하겠다는 듯 자리에서 벌떡 일어난 박사는 머리카락을 쥐어뜯으며 식탁 주위를 맴돌았다. 온몸 여기저기에 붙어 있는 메모지가 사락사락 소리를 냈다. 비듬이 떨어지고, 바닥이 삐걱거렸다. 스튜가 부글부글 끓어 나는 가스레인지를 껐다.

"걱정하실 거 없어요."

나는 최대한 차분하게 말했다.

"아주 어렸을 때부터 둘이서 살아왔는걸요. 열 살쯤 되면 혼자서도 다 할 수 있어요. 여기 전화번호도 가르쳐주었고, 무슨 일이 생기면 아래층에 사는 주인집에서 도와주기로 약속도 했고……."

"안 돼, 안 될 말이야."

식탁 주위를 도는 속도가 빨라지더니, 박사가 내 말을 잘랐다.

"어린아이를 혼자 내버려두다니, 어떤 경우에도 용납될 일이 아니야. 만약에 스토브가 쓰러져서 불이라도 나면 어쩌나? 만약에 사탕이 목구멍에 걸리면, 누가 구해주나? 아아, 생각만 해도 끔찍하군. 나는 못 참겠어. 그만 돌아가게. 엄마는 자기 자식을 위해 밥을 지어야 하는 거야. 자 어서, 지금 당장 돌아가."

박사가 내 팔을 잡고 현관으로 끌고 가려고 했다.

"잠깐만요. 이제 이거 뭉쳐서 프라이팬에 굽기만 하면 돼요."

"무슨 상관인가. 햄버그스테이크가 익는 사이에 아이가 불에 타 죽으면 어쩔 건가. 내일부터는 아들을 데리고 오게. 학교가 끝나면 곧장 이리로 오게 하면 되니까, 알겠나? 숙제도 여기서 하면 엄마와 함께 지낼 수 있을 테고. 어차피 내일이 되면 잊어버릴 거라고 얕보는 것은 아니겠지? 날 그렇게 보면 못써. 난 잊지 않을 거니까. 약속을 어기면 용서하지 않겠어."

박사는 소맷자락에 붙어 있는 '새 가사도우미'란 메모지를 떼어내고 안주머니에서 연필을 꺼내 뒤에다 이렇게 덧붙여 썼다. '와 그 아들 열 살'.

나는 어질러놓은 부엌을 미처 정리도 못하고, 손에서 나는 고기 냄새도 제대로 씻어내지 못한 채 쫓겨나듯 별채에서 나왔다. 생각하고 있는데 방해했다고 혼을 낼 때보다 박사는 훨씬 박력 있었다. 분노의 바탕에 두려움이 깔려 있어서인가, 박사의 태도는 단호하고 절박했다. 정말 아파트에 불이라도 났으면 어떻게 하지, 하고 생각하면서 나는 걸음을 서둘렀다.

내가 경계를 풀고 박사를 신뢰하게 된 것은 박사와 아들이 처음 만난 그 순간부터였다.

어제저녁 약속한 대로 나는 아들에게 지도를 그려주면서 학교에서 곧바로 박사의 집으로 오라고 일렀다. 일터에 아이를 끌어들이는 것은 가사도우미의 취업 규칙에 어긋나는 일이라 내키지 않았지만, 박사와의 약속을 저버릴 수는 없었다.

가방을 멘 아들의 모습이 현관에 나타났을 때, 박사는 미소를 지으며 두 팔을 한껏 벌리고 아들을 포옹했다. '……와 아들 열 살'이란 메모를 가리키며 상황을 설명할 틈도 없었다. 그 두 팔에는 눈앞에 있는 연약한 존재를 보호하려는 애정이 넘쳤다. 나의 아들이 이렇게 누군가의 가슴에 안기는 모습을 볼 수 있다는 것은 참 행복한 일이었다. 뿐만 아니다. 박사가 나도 이렇게 반겨주었으면, 하는 마음까지 생겼다.

"이렇게 먼 곳까지 잘 왔다. 고맙다, 고마워."

박사는 말했다. 매일 아침 처음 보는 것처럼 되풀이되는 숫자에 관한 질문조차 없었다.

아들은 뜻하지 않은 환영 인사에 놀라 잔뜩 긴장하고 있었지만, 나름대로 입가에 미소를 띠고 상대방의 열의에 답하려고 했다. 박사는 아들의 모자(한신 타이거스의 마크가 찍혀 있는 모자)를 벗기고 머리를 쓰다듬으면서, 이름을 묻기도 전에 아들에게 딱 어울리는 애칭을 지어주었다.

"너는 루트다. 어떤 숫자든 꺼리지 않고 자기 안에 보듬는 실로 관대한 기호, 루트야."

그러고는 당장에 소맷자락에 있는 메모지에 그 기호를 덧붙여 썼다.

'새 가사도우미 와 그 아들 열 살 $\sqrt{}$'

나는 박사의 부담을 조금이라도 줄여주려고 명찰을 만들었다. 그가 자기 몸에 메모지를 붙이는 것처럼, 나도 내가 누구인지를 알려주는 명찰을 달면 괜한 신경을 쓰지 않아도 된다고 생각한 것이다. 아들에게도 교문을 나서면서 학교에서 사용하는 명찰과 '$\sqrt{}$' 명찰을 바꿔 달라고 했다. 군이 보려고 애쓰지 않아도 눈으로 날아드는 멋들어진 명찰이었다. 그러나 기대한 만큼의 변화는 없었다. 박사에게 나는 여전히 숫자의 오른손으로 어색하게 악수를 나누는 상대에 지나지 않았으며, 아들은 그저 거기에 있기만 해도 포옹해주어야 하는 상대였다.

아들은 금세 박사 특유의 환영 방식에 익숙해졌고, 그것을 반기게 되었다. 제 손으로 모자를 벗고 머리를 자랑스럽게 쑥 내밀면서 자신이 얼마나 루트에 어울리는 존재인지를 어필했다. 그러면 박사는 환영의 말과 함께 루트란 기호가 얼마나 위대한지를 잊지 않고 칭찬했다.

박사가 내가 만든 음식 앞에서 처음으로 두 손을 마주 잡고 "잘 먹겠습니다."라고 말한 것도 아들과 셋이서 식사를 함께한 때였다. 저녁 6시에 박사의 식사를 차려놓고 뒷정리를 하면 일은 끝나는 것으로 계약했는데, 아들이 오게 되자 박사는 이 일정에 이의를 제기했다.

"배고픈 아이 앞에서 다 큰 어른이 밥을 먹는다는 것은 염치 없는 짓이야. 일을 끝내고 집으로 돌아가 저녁 준비를 하면 루트는 8시나 돼서야 저녁을 먹게 될 테니, 그것도 안 될 일이지. 비효율적이고 도리에도 어긋나. 어린이는 8시면 잠자리에 들어야지. 어른에게 아이의 수면 시간을 깎아먹을 권리는 없어. 인류의 탄생 이래 자고로 아이들이란 자는 시간에 크는 법이니까. 시대가 아무리 변해도 그건 변하지 않아."

수학자의 논리치고는 과학적 근거가 없는 이의였다. 그래도 나중에 가사도우미 소개소장과 의논해 나와 아들의 식사비는 월급에서 빼달라고 하자고 생각했다.

식탁에서 박사는 완벽하게 식사 예절을 지켰다. 똑바른 자세로 앉아 불필요한 소리 하나 내지 않고, 식탁에도 냅킨에도 스튜 한 방울 흘리지 않았다. 이렇게 완벽하게 행동할 수 있는데, 왜 나와 둘일 때는 그렇게 천방지축인지 신기할 정도였다.

"학교 이름이 뭐지?"

"담임 선생님은 친절하시냐?"

"오늘 급식은 뭐였어?"

"크면 뭐가 되고 싶은지, 할아버지에게도 가르쳐다오."

박사는 치킨 소테에 레몬을 짜 뿌리고, 곁들인 그린 빈을 아들에게 나눠주면서 이런저런 질문을 했다. 과거와 미래에 관한 질문도 주저 없이 했다. 화목한 분위기에서 식사하려 애쓰는 마음이 느껴졌다. 루트의 대답이 아무리 신통치 않아도 박사는 열심히 귀 기울여 들었다. 초로의 수학자와 자식 있는 20대 후반의 가사도우미와 초등학생인 남자아이가 거북한 침묵에 휩싸이지 않고 저녁 식사를 무사히 끝낼 수 있었던 것은 모두 박사 덕분이었다.

그렇다고 박사가 그저 어린애의 비위를 맞추기만 한 것은 아니었다. 식탁에 팔꿈치를 올려놓거나 그릇 소리를 내는 등, 루트가 식사 예절에 어긋나는 행동을 보이면(평소 박사가 늘 하는 행동이지만) 넌지시 주의를 주기도 했다.

"충분히 먹어야 해. 아이들은 자라는 게 일이니까."

"저, 우리 반에서 제일 키가 작아요."

"신경 쓸 거 없다. 지금은 에너지를 충전하는 시기야. 그것이 폭발하면 단번에 클 수 있다. 그때는 뼈가 크는 소리가 우직우직 들릴 거야."

"박사님도 그랬어요?"

"아니, 할아버지는 안타깝게도 에너지를 괜한 곳에 허비하고 만 것 같구나."

"괜한 곳이요?"

"가장 친한 친구가 있었는데, 좀 사정이 있어서 깡통차기나 야구처럼 몸을 움직이는 놀이는 같이 할 수가 없었다."

"친구가 아팠나 보죠?"

"그 반대였다. 아프기는커녕 크고 강해서 꿈쩍도 하지 않았어. 하지만 그가 사는 장소가 머릿속이라서 말이야, 머릿속에서나 놀 수 있었지. 그곳에만 너무 에너지를 쏟아서, 뼈까지 가지 않은 모양이다."

"아, 알았다. 그 친구가 바로 숫자로군요. 엄마가 박사님은 굉장한 수학 선생님이라고 그랬거든요."

"영리하구나. 정말 직감이 뛰어나. 그렇다, 숫자 말고는 친구가 없었어. 그러니까 어렸을 때는 뼈를 열심히 움직여야 하는 거다. 알겠니? 먹기 싫다고 남기면 안 돼. 배가 고플 때는 할아버지 것까지 먹어도 괜찮으니까, 마음대로 갖다 먹어라."

"네, 고맙습니다."

루트는 평소와는 다른 저녁 식사를 마음껏 즐겼다. 박사의 질문에 대답하고, 그를 만족시키기 위해 밥도 더 먹고, 그 사이사이 호기심이 발동했는지 고개를 돌려 집 안을 이리저리 살피고, 들키지 않게 조심하면서 박사의 양복에 붙어 있는 메모지를 힐금힐금 쳐다보기도 했다.

내일은 샐러드에 홍당무를 생으로 넣어봐야지. 박사가 어떤 반응을 보일까? 그런 심술궂은 계획까지 짜내는 자신이 재미있어서, 나는 혼자 미소 지으며 둘의 대화를 듣고 있었다.

루트는 사람에게 안긴 경험이 별로 없다. 태어났을 때부터 그랬다. 산원에서 조그만 배 같은 모양의 투명한 침대에 누워 있는 갓난아기를 보았을 때, 내 안에서는 기쁨보다 두려움에 가까운 감정이 들끓었다. 태어난 지 몇 시간 되지 않아, 방금 전까지 양수에 잠겨 불어 있었던 흔적이 눈두덩에도 귓밥에도 발뒤꿈치에도 남아 있었다. 눈은 절반쯤 감겨 있는데 자는 것 같지는 않았다. 너무 커서 헐렁거리는 배내옷 밖으로 비어져 나온 손발을 천천히 바동거리고 있었다. 마치 잘못된 장소에 홀로 내버려진 불만을 누군가에게 호소하는 것처럼.

신생아실 유리창에 이마를 대고, 나는 그 누군가를 향해 물었다.

당신은 어떻게 이 아이가 내 아이라는 것을 알 수 있죠? 라고.

나는 열여덟 살이었고, 무지했고, 외톨이였다. 분만대에 오를 때까지 계속된 입덧 때문에 두 볼은 움푹 꺼지고, 머리카락에서는 땀 냄새가 나고, 환자복에는 터진 양수의 얼룩이 묻어 있었다.

열다섯 개씩 두 줄로 나란히 놓인 침대 안에서 깨어 있는 아이는 내 아이뿐이었다. 날이 밝으려면 아직 기다려야 했다. 밝은 대기실에 흰 가운을 입은 사람이 몇 명 있을 뿐, 복도에도 로비에도 사람의 그림자라곤 찾아볼 수 없었다. 갓난아기는 꼭 쥐고 있던 손을 폈다가 다시 오므렸다. 손톱이 어이없을 정도로 작고 거무죽죽했다. 내 점막을 할퀴어 흘러나온 피가 손톱 사이에서 딱딱하게 굳어 변색된 것이었다.

"저, 죄송하지만, 부탁이 있는데요……."

휘청거리는 다리를 끌고 나는 대기실 안으로 들어갔다.

"우리 아기, 손톱을 좀 깎아주세요. 손을 저렇게 열심히 움직이는데, 얼굴을 긁을 것 같아서……."

그때 나는, 내가 상냥하고 자상한 엄마라는 것을 나 자신에게 보이려고 했던 것일까. 아니면 그저 되살아난 점막의 아픔이 견디기 어려웠을 뿐인지도 모른다.

내가 철이 들었을 때, 아버지는 이미 내 곁에 없었다. 엄마는 결혼할 수 없는 남자를 사랑했고 나를 낳아 혼자 힘으로 길렀다.

엄마는 결혼식장에서 일했다. 잡무 담당에서 시작해서 경리, 스타일리스트, 플라워 디자이너, 테이블 코디네이터 등 가능한 모든 자격증을 따서 마지막에는 영업주임이란 자리까지 올랐다.

엄마는 남에게 지기 싫어하는 성격이었다. 그래서 딸이 아버지 없는 가난한 집 자식으로 보이는 것을 가장 싫어했다. 실제로는 가난해도 겉보기와 마음은 풍요로울 수 있도록, 있는 힘을 다해 노력했다. 의상부에 출입하는 업자에게 천을 얻어 내 옷을 전부 당신 손으로 만들었고, 식장의 피아노 연주자와 이야기해서 레슨비를 깎아 내게 피아노도 가르쳤다. 피로연이 끝나고 나면 남은 꽃을 집으로 가져와 창가를 늘 화사하게 장식하기도 했다.

내가 가사도우미가 된 것은 어렸을 때부터 엄마를 대신해 집안일을 했기 때문이다. 두 살 때는 목욕하고 남은 물에 팬티를 빨았고, 초등학교에 들어가기 전에 벌써 칼을 쥐고 햄을 썰어 볶음밥을 만들었다. 루트 나이 때에는 집안일은 물론 공과금을 내고 반상회에 참석하는 등, 무슨 일이든 척척 해냈다.

아버지에 대해 엄마가 내게 들려준 얘기 속에서, 아버지는 늘 훌륭하고 멋진 사람이었다. 엄마는 한마디도 험담을 하지 않았다. 음식점을 경영하는 자영업자였던 모양인데, 구체적인 정보는 일부러 숨기고 듣기 좋은 말만 하곤 했다. 키가 크고, 영어를 잘하고, 오페라에 조예가 깊고, 자부심과 겸손함을 갖췄고, 만나는 사람 모두를 감싸 안는 푸근한 미소를 가진 사람이었다고…….

내 이미지 속에서 아버지는 미술관에 서 있는 조각상 같은 포즈를 취하고 있었다. 내가 아무리 가까이 다가가도 눈동자는 먼 곳만 바라볼 뿐, 그 손을 내게 내미는 일은 없었다.

사춘기가 되어서야, 엄마의 말대로라면 훌륭하기 이를 데 없는 아버지가 왜 우리를 방치한 채 경제적인 도움조차 주지 않는 것일까, 하고 이상하게 생각하기 시작했다. 하지만 그때는 이미 아버지가 어떤 사람이든 별 상관이 없었다. 엄마가 얘기하는 환상을 묵묵히 들어줄 뿐이었다.

엄마의 환상을 깨뜨리고, 그녀가 힘들여 쌓아 올린 것을, 손수 만든 옷과 꽃과 피아노를 여지없이 무너뜨린 것은 나의 임신이었다. 고등학교 3학년에 올라가자마자 생긴 일이었다.

상대는 아르바이트를 하면서 사귄, 전기공학을 전공하는 대학생이었다. 차분하고 교양이 풍부한 청년이었는데, 우리 사이에 벌어진 사태를 받아들일 만한 도량은 없었다. 나를 매료시킨 전기공학에 관한 신비한 지식은 아무 쓸모가 없었다. 그는 일개 어리석은 남자가 되어 내 앞에서 모습을 감춰버렸다.

엄마와 나는 아버지가 없는 아이를 가졌다는 점에서 같은데, 아니 같기에 엄마의 불같은 분노는 더더욱 가라앉지 않았다. 엄마는 고통과 한탄에 울부짖었다. 그녀의 감정이 너무도 격렬해서, 내 마음이 어떤지는 돌아볼 겨를도 없었다. 임신 22주가 지나 나는 집을 나왔다. 그 후 엄마에게 소식 한 번 보내지 않고 지냈다.

산원에서 나와 미혼모 보호소란 곳으로 갓난아기를 데리고 가자, 우리를 맞아준 것은 사감 한 명뿐이었다. 나는 산원에서 준 탯줄 담긴 상자에 딱 한 장 있는 애 아빠의 사진을 조그맣게 접어 넣었다.

영유아를 맡아주는 보육원 추첨에 걸리자 나는 주저 없이 아케보노 가사도우미 소개소로 달려가 면접을 보았다. 이 세상에 내 능력을 살릴 수 있는 장소는 그곳밖에 없었다.

루트가 초등학교에 들어가기 직전, 엄마와 화해했다. 엄마가 느닷없이 책가방을 보내온 것이다. 미혼모 보호소에서 나와 막 진정한 홀로서기를 시작한 무렵이었다. 엄마는 여전히 결혼식장 주임으로 열심히 일하고 있었다.

엉켰던 감정이 풀리고, 할머니가 가까이 있으니 이렇게 마음이 편하구나 싶었는데, 그만 엄마가 뇌출혈로 돌아가시고 말았다.

그래서 박사에게 안긴 루트를 보고, 나는 루트 이상으로 기뻤던 것이다.

루트까지 합세한 우리 세 사람의 생활 리듬은 금방 궤도에 올랐다. 저녁 식사를 3인분 준비하는 것 외에 다른 변화는 없었다. 가장 바쁜 날은 금요일이었다. 주말에 박사가 먹을 식사를 준비해서 냉동고에 넣어둬야 했기 때문이다. 예를 들면 미트로프와 양송이 포테이토, 생선 조림과 배추 무침을 어떤 조합으로 어떻게 해동시켜 먹어야 하는지 지겨울 정도로 설명했지만, 결국 그는 끝까지 전자레인지 조작법을 배우지 못했다.

그런데도 월요일 아침에 와보면 준비해놓은 음식들이 깨끗이 사라지고 없었다. 미트로프도 생선 조림도 전자레인지에서 해동되어 그의 위로 들어갔고, 그릇도 식기 선반에 말끔하게 정리돼 있었다.

내가 없는 동안에는 미망인이 보살피고 있는 것이 분명했다. 하지만 내가 일하는 중에 그녀가 모습을 나타내는 일은 절대 없었다. 왜 안채에 오가는 것을 그토록 엄격하게 금지하는지 알 수 없었다. 미망인을 어떻게 대하면 좋을지가 내게는 새로운 난제였다.

박사에게 어려운 문제는 여전히 수학이었다. 오랜 시간 집중을 요하는 문제를 풀어 현상금까지 받았으니 대단한 일이라고 칭찬해도 그는 기뻐하지 않았다.

"이런 것은 그저 심심풀이야."

그 말투에는 겸손보다 공허함이 담겨 있었다.

"문제를 만든 사람은 답을 알고 있어. 반드시 답이 있다고 보장된 문제를 푸는 것은, 가이드를 따라 저기 보이는 정상을 향해 그저 등산로를 걸어 올라가는 것이나 마찬가지야. 수학의 진리는 길 없는 길 끝에, 아무도 모르게 조용히 숨어 있는 법이지. 더구나 그 장소가 정상이란 보장은 없어. 깎아지른 벼랑과 벼랑 사이일 수도 있고, 골짜기일 수도 있고."

오후, "다녀왔습니다."란 루트의 목소리가 들리면 박사는 수학에 한창 열중해 있다가도 서재에서 나와 반겼다. 생각하는 시간을 방해하면 그렇게 화를 내면서도, 루트를 위해서는 미련 없이 집착을 버렸다. 그러나 대개 루트는 책가방을 던져놓고는 친구들과 야구를 하러 공원에 가버려 박사는 주춤주춤 서재로 돌아갈 수밖에 없었다.

그래서 박사는 비가 오는 걸 좋아했다. 루트와 함께 수학 숙제를 할 수 있기 때문이다.

"엄마, 박사님 방에서 공부하면 머리가 좋아지는 것 같아."

우리 모자가 사는 아파트에는 책꽂이 같은 게 없으니, 책이 산더미처럼 쌓여 있는 서재가 루트에게는 아주 신기한 모양이었다.

박사는 책상 위에 있는 대학 노트와 클립과 지우개똥을 한쪽으로 치워 루트를 위한 공간을 마련하고는 거기에다 수학 문제지를 펼쳤다.

고등수학을 연구하는 사람이면 누구나 초등학교 수학쯤은 손쉽게 가르칠 수 있는 것일까. 아니면 특별하게 타고난 재능이 있는 것일까. 그는 분수와 비율과 부피를 정말 알기 쉽게 가르쳐주었다. 아이의 숙제를 도와주는 어른은 누구든 이런 식으로 해야 한다고 생각될 정도였다.

"355 곱하기 840은, 6239 나누기 3은, 4.62 더하기 2.74는, 5와 7분의 2 빼기 2와 7분의 1은……."

문장 문제든 단순한 연산이든, 박사는 우선 문제를 소리 내어 읽게 했다.

"문제에는 리듬이 있으니까, 음악하고 똑같다. 소리 내어 읽으면서 그 리듬을 타면 문제 전체를 바라볼 수 있고, 함정이 숨어 있을 만한 미심쩍은 장소도 발견할 수 있어."

루트는 서재 구석구석까지 울리는 힘찬 목소리로 문제를 읽었다.

"손수건 두 장과 양말 두 켤레를 380엔에 샀습니다. 같은 손수건 두 장과 양말 다섯 켤레는 710엔이었습니다. 손수건 한 장과 양말 한 켤레의 값은 각각 얼마인가요?"

"자, 우선 어디에 주목하느냐가 중요하지."

"음, 잘 모르겠는데요."

"그래, 오늘 숙제 중에서는 제일 어려운 문제인 것 같구나. 하지만 소리 내서 참 잘 읽었다. 이 문제는 세 개의 문장으로 이루어져 있지. 손수건과 양말이 세 번씩 나오고. 몇 장, 몇 켤레, 몇 엔. 몇 장, 몇 켤레, 몇 엔…… 이 반복되는 리듬을 정확하게 파악하고 있었어. 아무 멋없는 계산 문제가 한 편의 시처럼 들리더구나."

박사는 루트에게 칭찬을 아끼지 않았다. 칭찬을 하느라 시간만 흘러 숙제에 진전이 없어도 전혀 허둥대지 않았다. 루트가 아무리 엉뚱한 실수를 해도 강바닥의 모래에서 사금 한 알을 캐내듯 잘한 점을 찾아내었다.

"그럼, 이 사람이 산 것을 어디 그림으로 그려볼까? 자, 손수건이 두 장이지. 그리고 양말이 두 켤레……."

"에이, 그게 어디 양말이에요, 살찐 애벌레 같잖아요. 제가 그려볼게요."

"오, 그렇구나. 그래, 그렇게 그리니까 양말 같구나, 과연."

"다섯 켤레나 그리려니까 시간이 걸리는데요. 이 사람, 손수건은 그대로 사고 양말만 더 샀네요. 아아, 제 그림도 점점 애벌레 같아졌어요."

"아니야, 잘 그렸다. 정확하게 짚어냈구나. 양말이 늘어난 만큼 가격도 비싸졌겠지. 얼마나 비싸졌는지 계산해볼까?"

"음…… 710에서 380을 빼면 되니까……."

"계산한 흔적은 지우지 말고 남겨두는 게 좋다."

"늘 광고지나 이면지 같은 데다 아무렇게나 계산해서 그래요."

"어떤 식에든, 어떤 숫자에든 의미가 있으니까 함부로 다루면 가엾지 않겠니?"

나는 침대에 걸터앉아 바느질을 하고 있었다. 두 사람이 숙제를 시작하면 나는 일거리를 서재로 들고 들어가 가능한 한 그들과 함께했다. 와이셔츠를 다리거나 카펫에 묻은 얼룩을 지우고 콩을 까기도 했다. 부엌에서 일하다 간혹 들려오는 그들의 웃음소리를 들으면 왠지 혼자만 소외당한 느낌이 들었고, 또 누군가가 루트에게 자상하게 대해줄 때는 나도 그 자리에 있고 싶어서였다.

서재에서는 빗소리가 잘 들렸다. 마치 그곳만 하늘에 닿아 있는 것 같았다. 무성하게 자란 잡풀 덕분에 사람들이 들여다볼 걱정이 없어 날이 저물어도 커튼을 열어놓은 채 있다 보면, 유리창에 비친 두 사람의 옆얼굴이 촉촉해 보였다. 비 내리는 날에는 종이 냄새가 평소보다 한결 짙었다.

"그래 그래. 그렇게 빼기까지 하고 나면 다 된 거지."

"양말 값이 먼저 나왔어요. 110엔이요."

"잘했다. 그러나 여기서 방심하면 안 돼. 손수건이 표정은 얌전한데 의외로 엉뚱한 놈일지도 모르니까 말이야."

"그러네요…… 음, 숫자가 작은 쪽이 계산하기 편하니까……."

허리를 쭉 펴고 약간 높은 책상에 턱을 올려놓듯 앉은 루트는 이빨 자국이 잔뜩 난 연필을 꼭 쥐고 있었다. 박사는 편안한 자세로 다리를 꼬고 앉아, 가끔 짧은 수염을 만지작거리면서 루트의 손끝을 쳐다보았다. 그런 모습은 더 이상 맥없는 노인도 생각에 사로잡힌 수학자도 아닌, 어린아이에게 한없이 애정을 쏟는 할아버지 같았다. 두 사람의 윤곽이 이어지고 겹쳐지면서 하나가 되었다. 연필이 종이 위를 스치는 기척과, 박사의 틀니가 덜컥거리는 소리가 빗소리와 함께 들렸다.

"순서대로 하나하나 식으로 만들어봐도 돼요? 학교 선생님은 한 개의 식으로 정리해야지, 안 그러면 화내는데."

"틀리지 않게 신중하게 하고 있는데 화를 내다니, 이상한 선생님이로구나."

"네, 아무튼…… 110 곱하기 2는 220. 380에서 220을 빼면…… 160이니까…… 160 나누기 2는……. 와, 나왔다. 손수건은 한 장에 80엔이에요."

"정답이다. 아주 잘했어."

박사는 루트의 머리를 쓰다듬고, 루트는 머리가 엉클어지는 데도 기뻐하는 표정을 놓치고 싶지 않다는 듯이 박사의 얼굴을 올려다보았다.

"할아버지도 네게 숙제를 내고 싶은데, 괜찮겠니?"

"넷?"

"그렇게 놀랄 것까지는 없지. 같이 공부를 하다 보니까 할아버지도 학교 선생님처럼 숙제를 내주고 싶어서 그런다."

"그런 게 어딨어요?"

"딱 한 문제다. 1에서 10까지의 수를 전부 더하면 얼마가 될까?"

"에계, 간단하네요. 금방 풀 수 있어요. 박사님도 숙제 냈으니까 제 부탁도 들어줘요. 라디오 좀 고쳐놓으세요."

"라디오를 고쳐?"

"네. 여기 있으면 야구 경기가 어떻게 되었는지 알 수 없잖아요. 텔레비전도 없고 라디오는 고장 났고. 페넌트레이스가 막을 올렸다고요."

"오오…… 프로야구……."

박사는 루트의 머리에 손을 올려놓은 채 긴 한숨을 내쉬었다.

"루트는 어느 팀의 팬이냐?"

"그야 당연히 타이거스죠. 모자 보면 알 수 있잖아요."

루트는 책가방 옆에 던져놓은 모자를 집어 썼다.

"그래, 타이거스라. 타이거스란 말이지."

박사는 자기 자신에게 말하듯 중얼거렸다.

"할아버지도 에나쓰의 팬이란다. 타이거스의 에이스, 에나쓰
유타카의 팬이야."

"정말이요? 와, 잘됐다. 자이언츠의 팬이 아니라서. 그럼 더
더욱 라디오를 고쳐놓아야죠."

루트가 박사에게 어리광을 피웠다. 박사는 아직도 혼자 뭐
라고 중얼거리고 있었다.

나는 반짇고리의 뚜껑을 닫고 침대에서 일어서며 말했다.

"이제 저녁 먹어요, 우리."

3

　박사를 밖으로 데리고 나가는 데 간신히 성공했다. 박사는 내가 가사도우미로 그 집에 다니기 시작한 이래 외출은커녕 마당에도 나간 적이 없었다. 건강을 위해서라도 조금은 바깥 공기를 쐬야 좋을 것 같았다.

　"정말 기분 좋은 날씨네요."

　거짓말이 아니었다.

　"태양을 바라보며 나도 모르게 심호흡을 하고 싶을 만큼요."

　그러나 안락의자에 앉아 책을 읽고 있는 박사는 건성으로 대답할 뿐이었다.

　"공원에서 산책도 하시고, 이발소에 들러 머리도 깎으시면 좋겠어요."

"그런 것 해서 뭐하게?"

돋보기 위로 눈을 치켜뜨고 정말 성가시게 군다는 듯이 내 쪽을 보며 박사는 말했다.

"꼭 어떤 목적이 있어야 하나요? 공원에는 아직 벚꽃이 피어 있고, 다른 꽃들도 이제 슬슬 필 텐데. 그리고 머리 깎으면 기분이 상쾌해지잖아요."

"기분은 늘 상쾌해."

"몸을 움직여서 피가 잘 돌면, 좋은 생각이 떠오를 수도 있어요."

"다리 혈류와 머리 혈류는 서로 통해 있지 않아."

"머리 손질하시면 훨씬 멋있어 보일 텐데."

"흥, 괜한 짓이지."

박사는 계속해서 고집을 부렸지만 결국은 나의 끈질김에 못 이겨 투덜거리며 책을 덮었다. 신발장에는 허옇게 곰팡이가 핀 가죽 구두 한 켤레밖에 들어 있지 않았다.

"자네도 물론 함께 가는 거지?"

구두를 닦는 내게 박사가 몇 번이나 확인했다.

"걱정 없겠지, 자네도 같이 간다니까. 머리 깎는 동안 먼저 가버리면 안 돼."

"걱정 마세요. 꼭 같이 있을 테니까요."

아무리 닦아도 구두는 깨끗해지지 않았다.

문제는 온몸에 붙어 있는 메모지였다. 그 꼴로 그냥 밖에 나가면 온 동네 사람들의 호기심 어린 눈길이 따가울 것이다. 메모지를 떼어내야겠다는 말을 해야 하나 말아야 하나 망설이다가, 본인이 전혀 개의치 않는 것 같아 나도 각오를 단단히 했다.

박사는 화창한 하늘을 올려다보는 일도 없고, 지나가는 강아지나 가게의 쇼윈도에 눈길을 돌리는 일도 없이, 그저 자기 발치만 쳐다보며 뒤뚱뒤뚱 걸었다. 긴장을 풀기는커녕 어깨에 잔뜩 힘이 들어가 있었다.

"저기 좀 보세요. 벚꽃이 만발했어요."

이렇게 말을 걸어봐야 애매하게 대꾸할 뿐이었다. 밖에 나와서 보니 한층 늙어 보였다.

우리는 먼저 이발을 하기로 했다. 이발소 아저씨는 머리 회전이 빠르고 친절했다. 처음에는 기묘한 양복 차림에 당황하는 기색이더니 금방 무슨 사정이 있다는 것을 눈치채고는 친절하게 대해주었다. 부녀지간이라고 생각했는지,

"이렇게 따님하고 같이 다니니 좋으시겠습니다."

라고 말했지만 박사나 나나 부정하지 않았다. 나는 남자 손님들과 함께 소파에 앉아 이발이 끝나기를 기다렸다.

이발에 얽힌 좋지 않은 기억이라도 있는지 케이프를 두르자 박사의 긴장이 점점 도를 더했다. 얼굴은 딱딱하게 굳고, 두 손으로는 손가락이 파고들 정도로 팔걸이를 꽉 잡고, 미간을 잔

뜩 찌푸리고 있었다. 이발소 아저씨가 이런저런 말로 긴장을 풀어주려 애썼지만 효과는 전혀 없었다. 반대로 박사가 아저씨에게,

"자네 신발 사이즈가 몇인가?"

"전화번호는?"

하고 불쑥 예의 질문을 해대 분위기가 도리어 어색해지고 말았다.

박사는 또 거울에 내 모습이 비치는데도 미덥지가 않은지, 가끔 돌아보며 약속이 잘 지켜지고 있는지 확인했다. 그럴 때마다 이발소 아저씨는 가위질을 멈춰야 했지만 불평 없이 박사의 행동을 받아들였다. 나는 미소를 머금고 한 손을 살짝 들어 곁에 이렇게 있다는 신호를 보냈다.

흰머리가 잘려 나가 바닥에 떨어졌다. 이발소 아저씨는 그 하얀 머리카락으로 덮인 두개골의 내용물이 1억 개나 되는 소수의 개수를 정확하게 알아맞힌다고는 생각지도 못할 것이다. 눈앞에 있는 기이한 남자가 어서 이발을 끝내고 사라져버리기를 바라는 손님들도 누구 하나 나의 생일과 박사의 손목시계에 얽힌 비밀을 알지 못할 것이다. 그런 생각을 하자 왠지 자랑스러운 기분이 들었다. 나는 거울을 향해 한결 밝은 미소로 신호를 보냈다.

이발을 끝내고 나와 공원 벤치에서 캔 커피를 마셨다. 모래

놀이터와 분수와 테니스 코트가 있는 공원이었다. 바람이 살랑살랑 불 때마다 벚꽃 잎이 떨어지고, 나뭇가지 사이로 비치는 햇살이 박사의 옆얼굴에 어른거렸다. 온몸에 붙어 있는 메모지도 팔랑팔랑 흔들렸다. 캔 커피가 수상쩍은 음료이기라도 하듯 박사는 뚫린 구멍을 빤히 쳐다보았다.

"보기 좋네요. 깔끔하고 멋있어지셨어요."

"농담하지 말게나."

박사가 그렇게 말하자, 평소의 종이 냄새가 아닌 면도 크림 냄새가 났다.

"대학에서 수학의 어떤 분야를 연구하셨어요?"

내 뜻을 받아들여 외출해준 답례로 수학에 관한 얘기나 하자 싶어 질문했다. 물론 나는 들어도 무슨 소린지 이해하지 못하겠지만.

"수학의 여왕이라 일컬어지는 분야였지."

커피를 꿀꺽 삼키고 박사는 대답했다.

"여왕처럼 아름답고 품위 있고, 하지만 악마처럼 잔인하기도 한 분야야. 간단하게 한마디로 하기는 쉽지. 다들 알고 있는 정수 1, 2, 3, 4, 5, 6, 7……의 관계를 연구했으니까."

여왕이라는, 동화책에나 나올 법한 표현을 쓰다니 의외였다.

멀리서 테니스공을 튕기는 소리가 들려왔다. 유모차를 밀면서 산책하는 엄마, 조깅하는 사람들, 자전거를 타는 사람들 모두가 우리 앞을 지나다 박사를 보고는 허둥지둥 눈길을 돌렸다.

"그 관계를 발견해가는 거군요."

"맞아. 그야말로 발견이지, 발명이 아니고. 내가 태어나기도 전, 아니 먼 옛날부터 아무도 모르게 존재해왔던 정리를 파헤치는 거야. 신의 수첩에만 기록돼 있는 진리를 한 줄씩 베껴 쓰는 것이나 다름없지. 그 수첩이 어디에 있고, 언제 펼쳐질지는 아무도 몰라."

'아무도 모르게 존재해왔던 정리'라고 말할 때, 그는 생각하는 상태일 때면 늘 쳐다보는 허공의 한 점을 가리켰다.

"케임브리지 대학에 유학했던 시절에는, 정계수 3차 형식에 관한 아르틴의 예상을 연구했어. 서클 메소드라고 하는 사상에 입각해서 대수기하, 대수적 정수론, 디오판토스 근사 등을 이용하고…… 그 도중에, 아르틴의 예상이 성립되지 않는 3차 형식을 찾아내려고…… 결국, 특수한 조건을 전제한 유형에 관해서 얻은 증명을……."

박사는 벤치 아래 떨어져 있는 나뭇가지를 주워 땅에다 무언가를 쓰기 시작했다. 나로서는 '무언가'라고 표현할 수밖에 없는 숫자와 알파벳과 암호가 서로 얽히고설켜 일련의 형태를 이루고 있었다. 박사가 하는 말은 전혀 이해할 수 없었지만, 그 말 속에 확고한 흐름이 있고 박사가 그 중심을 꿰뚫고 있다는 것은 알 수 있었다. 박사는 당당하고 위엄이 있었다. 이발소에서 보였던 긴장감은 이미 사라지고 없었다. 마른 나뭇가지는 박사의 의지를 쉼 없이 지면에 새겨나갔다. 어느 사이엔가 우리 두 사람의 발치에는 수식으로 짠 레이스가 아름다운 무늬를 그리고 있었다.

"박사님, 한 가지 발견한 것이 있는데, 얘기해도 될까요?"

나뭇가지의 움직임이 멈추고 침묵이 찾아왔을 때, 나는 스스로도 예기치 못한 말을 꺼내고 말았다. 레이스의 무늬가 너무도 아름답고 황홀해서, 나도 동참하고 싶어졌는지도 모르겠다. 그리고 나는 나의 유치한 발견을 박사가 절대 소홀히 여기지 않을 것이라고 믿고 있었다.

"28의 약수를 더했더니 28이 됐어요."

"오호……."

박사는 아르틴의 예상에 관한 무늬에 이어서

$$28 = 1 + 2 + 4 + 7 + 14$$

라고 썼다.

"완전수로군."

"완전, 수."

흔들림 없는 말의 울림을 음미하듯 나는 중얼거렸다.

"제일 작은 완전수는 6이야. $6 = 1 + 2 + 3$."

"아, 정말이네요. 그렇게 드문 숫자가 아닌가 보죠?"

"아니, 천만의 말씀. 완전하다는 의미가 무엇인지를 몸으로 보여주는 귀중한 숫자지. 28 다음은 496. $496 = 1 + 2 + 4 + 8 + 16 + 31 + 62 + 124 + 248$. 그다음은 8128. 그다음은 33550336. 또 그다음은 8589869056. 숫자가 커지면 커질수록 완전수를 찾아내기가 어려워."

나는 박사가 억 자리 수의 숫자를 아무 어려움 없이 말하는 데 놀라지 않을 수 없었다.

"완전수가 아니면 약수의 합이 수 자신보다 커지거나 작아지지. 크면 과잉수, 작으면 부족수. 실로 명쾌한 용어라고 생각지 않나? 18의 경우, $1 + 2 + 3 + 6 + 9 = 21$이니까 과잉수야. 14는 $1 + 2 + 7 = 10$이니까 부족수고."

나는 18과 14를 떠올렸다. 박사의 설명을 들어서 그런지, 그것들은 이미 단순한 숫자가 아니었다. 18은 과도한 짐의 무게를 인내하고 있고, 14는 결여된 공백 앞에 말없이 서 있었다.

"딱 1이 적은 부족수는 얼마든지 있지만, 딱 1이 많은 과잉수는 하나도 존재하지 않아. 아니, 아직 아무도 찾아내지 못했다고 해야 옳은 표현이겠지."

"왜 찾아내지 못하는 걸까요?"

"이유는 신의 수첩에만 적혀 있어."

부드러운 햇살이 눈에 비치는 모든 것에 고루 쏟아지고 있었다. 분수대 물에 떠 있는 죽은 벌레의 시체도 빛나 보였다. 가슴에 붙어 있는 가장 큰 메모지인 '내 기억은 80분밖에 지속되지 않는다'가 떨어질 것 같아, 나는 손을 뻗어 클립을 꼭 끼워주었다.

"완전수의 특성을 한 가지 더 보여주지."

박사는 나뭇가지를 고쳐 쥐고, 두 발을 벤치 아래로 집어넣어 빈 땅을 확보했다.

"완전수는 연속되는 자연수의 합으로 나타낼 수도 있어."

$$6 = 1 + 2 + 3$$
$$28 = 1 + 2 + 3 + 4 + 5 + 6 + 7$$
$$496 = 1 + 2 + 3 + 4 + 5 + 6 + 7 + 8 + 9 + 10 + 11 + 12$$
$$+ 13 + 14 + 15 + 16 + 17 + 18 + 19 + 20 + 21 + 22$$
$$+ 23 + 24 + 25 + 26 + 27 + 28 + 29 + 30 + 31$$

박사는 팔을 쭉 뻗어 긴 덧셈을 써 나갔다. 그것은 단순하면서도 규칙적인 행렬이었다. 군더더기 하나 없이 깨끗해서, 온몸이 저려오는 듯한 긴장감으로 충만했다.

아르틴 예상의 난해한 수식과 28의 약수들로 이루어진 덧셈은 서로 반목하지 않고 하나로 융화되어 우리를 에워싸고 있었다. 숫자 하나하나가 한 코 한 코가 되어 정교한 무늬를 빚어내고 있었다. 자칫 발을 잘못 움직여 숫자가 하나라도 지워지면 아까울 것 같아 나는 꼼짝하지 않았다.

지금 우리의 발치에서 우주의 비밀이 그 신비한 모습을 드러내고 있는 듯했다. 신의 수첩이 우리의 발치에 펼쳐져 있는 것이다.

"자, 그럼."

박사가 말했다.

"이제 그만 돌아가지."

"네."

나는 고개를 끄덕였다.

"조금 있으면 루트가 올 거예요."

"루트……?"

"지금 열 살인 제 아들이요. 정수리가 평평해서, 루트예요."

"아아, 그렇지. 자네에게 아들이 있었지. 아이가 학교에서 돌아올 때는 엄마가 반드시 맞아줘야지. 자, 서두르자고. 다녀왔다고 외치는 아이의 목소리를 듣는 것만큼 행복한 일도 없으니까."

그렇게 말하면서 박사는 벤치에서 일어섰다.

그때, 모래 놀이터에서 울음소리가 들렸다. 눈에 모래가 들어갔는지 두 살 정도 된 여자아이가 장난감 부삽을 손에 쥔 채

엉엉 울고 있었다. 그 순간 박사가 재빨리 여자아이에게 다가가 말을 걸면서 얼굴을 들여다보았다. 전에는 볼 수 없었던 민첩한 행동이었다. 그리고 자상하게도 치마에 묻은 모래까지 털어주었다. 루트뿐만 아니라 이 세상 모든 아이들을 사랑하는 사람의 손길이었다.

"내버려두세요."

어디서 나타났는지 갑자기 엄마로 보이는 여자가 오더니 박사의 손을 뿌리치며 아이를 껴안고 휑하니 뛰어가버렸다.

박사는 얼빠진 사람처럼 놀이터에 홀로 서 있었다. 아무 도움도 주지 못한 채 나는 그의 뒷모습을 그저 바라만 보고 있었다. 벚꽃 잎이 흩날리며 우주의 비밀에 새 무늬 하나를 덧그렸다.

"숙제 다 해왔어요. 약속한 대로 라디오 고쳐주세요."

루트는 다녀왔다는 말도 없이 현관으로 뛰어 들어왔다.

"자요, 여기요."

그러고는 대뜸 수학 공책을 내밀었다.

$$1+2+3+4+5+6+7+8+9+10=55$$

박사는 루트가 써놓은 덧셈을 복잡한 증명이라도 음미하듯 빤히 쳐다보았다. 자기가 왜 숙제를 냈는지, 라디오를 고친다는 것은 무슨 말인지, 기억이 나지 않아 대신 그 덧셈 속에서 답을 찾으려는 것이었다.

박사는 늘 80분 전에 생긴 일에 대해서 나나 루트에게 질문하지 않도록 신경을 쓰고 있었다. 숙제와 라디오 수리가 뭘 의미하는지, 묻기만 하면 금방 설명해줄 텐데 어떻게든 현 상황에서 실마리를 찾아 스스로 해결하려고 애썼다. 원래 두뇌가 뛰어난 사람이니 자신의 병에 대해서도 그만큼 잘 알고 있는 것이리라. 자존심을 지키기 위해서가 아니라, 과거를 당연히 기억하고 사는 사람들에게 폐 끼치는 것을 몹시 미안해하는 것 같았다. 그래서 나도 괜히 끼어들지 않기로 했다.

"그래, 1에서 10까지 더한 덧셈이로구나."

"네, 맞았죠? 몇 번이나 검산을 했으니까 자신 있어요."

"잘했다. 정답이야."

"와우. 그럼 지금 당장 수리점에 가서 라디오 고쳐요."

시간을 벌려는 듯 박사가 헛기침을 했다.

"네가 어떻게 답을 알아냈는지, 설명해줄 수 있겠니?"

"아이, 그야 뻔하죠. 처음부터 끝까지 하나씩 더했죠."

"정직한 방법이구나. 아무도 흠잡을 수 없는 견실한 방법이야."

루트는 고개를 끄덕였다.

"그런데 잠시 생각을 해보자. 만약 아주 심술궂은 선생님이 1에서 100까지 더하라고 하면, 어떻게 하겠니?"

"……그래도 하나하나 더해야죠."

"그렇겠지. 너는 순수한 아이니까. 게다가 끈기도 있고 집요함도 있어. 그러니 1에서 100까지는 정답을 찾을 수 있을 게다. 하지만 그 선생님이 악마 같은 사람이라서, 1에서 1000까지 더하라고 하면서 너를 골탕 먹일지도 모른다면? 그러고는 우리 착한 루트가 끙끙거리며 끝도 없이 덧셈을 하는 걸 구경하면서 껄껄거리고 웃는다면? 그럼 너는 참을 수 있겠니?"

루트는 고개를 저었다.

"그래, 그렇겠지. 악마 선생님이 우쭐해하는 꼴을 볼 순 없지. 그러니까 우리 그 선생님을 꼼짝 못하게 해주자꾸나."

"……어떻게 하면 되는데요?"

"아무리 숫자가 커져도 거뜬히 풀어낼 수 있는 아주 간단한 계산 방법을 찾아내면 되지. 그걸 찾아내면 우리 같이 수리점에 가서 라디오를 고치자."

"에이, 그런 게 어딨어요. 약속이 다르잖아요. 박사님 나빠요."

루트가 발을 동동 굴렀다.

"버릇없이 굴면 안 되지. 이제 유치원생도 아니잖아."

내가 루트를 달랬다. 그러나 박사는 아무리 루트가 채근을 해도 태연했다.

"답만 맞혔다고 숙제가 끝난 것은 아니야. 55에 이르는 다른 길도 있어. 그 길을 찾아보고 싶지 않니?"

"아니요."

루트는 아직도 골이 나 있었다.

"그럼 이렇게 하자. 그 라디오는 너무 낡아서 오늘 수리점에 맡겨도 소리가 나오려면 아마 며칠은 걸릴 거다. 라디오를 수리하는 데 걸리는 시간하고, 네가 새 길을 알아내는 데 걸리는 시간하고, 누가 빠른지 내기를 해보면 어떻겠니?"

"알았어요. 하지만 별로 자신이 없는데…… 1에서 10까지 더하는 데 다른 방법이 있다는 게……."

"어이구, 이렇게 겁을 낼 줄은 몰랐는데. 도전해보기도 전에 항복할 생각이냐?"

"알았어요. 해볼게요. 그래도 라디오를 이길 수 있을지, 그건 보장 못 해요. 나도 바쁘니까."

"그래, 알았다."

박사는 루트의 머리를 쓰다듬었다. 그러고서,

"아차. 중요한 약속인데, 잊으면 안 되니까 써놓아야겠구나."

하며 메모지를 한 장 뜯어 연필로 간단하게 요점을 쓰고, 양복 깃에 클립으로 달았다.

평소의 어눌함과는 비교도 안 되는 날랜 몸짓이었다. 숙련

된 솜씨라고 해도 좋을 정도였다. 새 메모지는 금방 다른 메모지에 섞여 들었다.

"야구 중계가 시작되기 전에 숙제를 끝낼 것. 저녁 먹는 동안에는 라디오를 끌 것. 박사님 일하시는 데 방해하지 말 것. 약속이다, 알겠어?"

내가 그렇게 못을 박자 루트는 귀찮다는 듯이 응, 응, 하고 건성으로 대답했다.

"엄마가 말 안 해도 그 정도는 알아. 올해 타이거스는 진짜세다고. 작년까지 2년 연속 최하위였는데, 올해는 전혀 딴판이라니까. 개막전 때 자이언츠하고 붙어서 이겼을 정도니까."

"그렇구나. 타이거스는 요즘 어떠냐?"

박사가 물었다.

"그리고, 에나쓰의 방어율은 지금 몇이나 되지?"

루트와 내 얼굴을 번갈아 보면서 박사는 계속 질문을 했다.

"탈삼진은?"

잠시 후에 루트가 대답했다.

"에나쓰 선수는 트레이드됐어요. 제가 태어나기 전에……그리고 벌써 은퇴했는데."

뭐, 하고 놀라면서 박사는 움직이지 않았다.

그렇게 놀라고 동요하는 그를 보기는 처음이었다. 자신의 기억으로 대처할 수 없는 일이 생겨도 늘 침착하게 받아들였는데, 이번에는 전혀 달랐다. 이 상황을 어떻게 모면하면 좋을지 도무지 감을 잡지 못하고 있었다. 그런 박사를 보면서 자기가 얼마나 심한 말을 했는지 깨닫고 충격받은 루트를 배려할 여유조차 없었다.

"하지만…… 히로시마 카프에서 활약해서…… 일본 최고의 선수가 됐어요……."

조금이라도 박사의 기분을 진정시키려고 그렇게 말해보았지만, 역효과였다.

"뭐? 카프라고? 대체 어떻게 된 거야. 에나쓰가 세로줄 무늬가 아닌 유니폼을 입다니……."

박사는 책상에 팔꿈치를 대고 이발소에서 깔끔하게 자른 머리카락을 쥐어뜯었다. 수학 공책에 짧게 잘린 머리카락이 떨어졌다. 이번에는 루트가 박사의 머리를 쓰다듬어줄 차례였다. 자신이 저지른 실수를 만회하듯 루트는 박사의 엉클어진 머리를 쓰다듬었다.

그날 밤, 나와 루트는 집으로 돌아오는 길을 말없이 걸었다.

"오늘도 타이거스 시합 있니?"

내 물음에 루트는 그저 시큰둥하게 대답할 뿐이었다.

"상대는 어느 팀인데?"

"다이요."

"이겼을까?"

"글쎄."

낮에 갔던 이발소의 불은 꺼져 있고, 공원에도 사람 그림자 하나 없고, 나뭇가지로 쓴 수식도 어둠에 묻혀 보이지 않았다.

"괜한 말을 했나 봐."

루트가 말했다.

"박사님이 에나쓰를 그렇게 좋아하는 줄 몰랐어."

"엄마도 몰랐어."

그리고 나는 어쩌면 적절하지 않을 수도 있는 표현으로 아들을 위로했다.

"괜찮아. 걱정할 거 없어. 내일이면 다시 원래대로 돌아가 있을 테니까. 내일이면 박사님의 에나쓰는 타이거스의 에이스로 돌아가 있을 거야."

박사가 내준 숙제는 에나쓰 문제 못지않게 어려웠다.

그리고 박사의 예상은 옳았다. 라디오를 수리점에 들고 갔더니, 이런 구형은 본 적도 없다면서 고칠 자신이 없다고 난감해했다. 그러나 아무튼 일주일 동안 애써보겠노라는 약속은 받아냈다. 나는 일을 끝내고 집으로 돌아갈 때면, '1에서 10까지의 자연수를 전부 더하면 몇이 되나?' 하는 문제를 생각했다. 원래는 루트가 풀어야 하지만 아이가 일찌감치 포기하는 바람에 내가 떠맡게 되었다. 역시 에나쓰 건이 마음에 걸렸다. 더 이상은 박사를 실망시키고 싶지 않았다. 아니, 그를 기쁘게 해주고 싶었다. 그러기 위해서는 수학으로 접근하는 길밖에 없었다.

박사가 늘 루트에게 말한 대로, 나도 일단은 문제를 소리 내어 읽어보았다.

"$1 + 2 + 3 \cdots 9 + 10$은 55. $1 + 2 + 3 \cdots$."

하지만 별다른 효과는 없었다. 다만 내가 구하려는 것은 불투명한 데 반해 식은 단순하기 짝이 없다는 것을 알았을 뿐이었다.

그다음에는 1에서 10까지의 숫자를 옆으로 죽 써보기도 하고, 짝수와 홀수, 소수와 그 밖의 수 등으로 분류해보기도 했다. 성냥개비와 주사위까지 동원했다. 일하는 중에도 틈나는 대로 광고지 뒷면에다 숫자를 쓰면서 실마리를 찾았다.

우애수를 생각할 때는 계산할 식이 얼마든지 있었고, 시간을 들이는 만큼 진전이 있었다. 그런데 이번에는 달랐다. 어떤 방향으로 손을 뻗어도 애매한 감촉만 느껴질 뿐, 내가 뭘 하고 있는지조차 아리송했다. 엉뚱한 곳을 빙빙 맴돌고 있는 것 같기도 하고, 오히려 후퇴하고 있는 것 같기도 했다. 실제로는 그저 광고지 뒷면만 들여다보다가 시간을 보내곤 했다.

그런데도 나는 포기하지 않았다. 한 가지 문제를 이렇게 철

저하게 생각하기는 루트를 임신한 이래 처음 있는 일이었다.

어린애를 상대로 한 아무 이득도 없는 놀이에 왜 이토록 집착하는지 나 자신도 알 수 없었다. 박사를 의식하는 마음은 점차 배경으로 멀어지고, 어느 사이엔가 문제와 내가 일대일로 대치하고 있었다. 아침에 눈을 뜨면 제일 먼저 '1 + 2 + 3 + …… 9 + 10 = 55'가 눈앞에 떠올라 하루 종일 떠나지 않았다. 그림자처럼 망막에 새겨져 닦아낼 수도, 무시할 수도 없었다.

처음에는 답답하기만 하다가 오기가 생기더니 끝내는 사명감마저 품게 되었다. 이 수식에 숨겨진 의미를 아는 사람은 극히 한정돼 있다. 그 밖의 많은 사람들은 티끌만큼도 그 의미를 모르는 채 생애를 마친다. 지금 이런 수식과 무관한 장소에 있던 일개 가사도우미가 운명의 장난으로 비밀의 문을 열려 하고 있다. 아케보노 가사도우미 소개소에서 박사의 집으로 파견되었을 때, 이미 누군가가 발하는 한 줄기 빛 같은 특별한 사명을 부여받은 줄도 모르고…….

"엄마가 이러고 있으니까 생각할 때의 박사님 같지 않니?"

나는 집게손가락과 가운뎃손가락에 연필을 낀 손으로 관자놀이를 꾹 누른 자세를 하고 있었다. 그날 하루치 광고지를 다 썼는데도 여전히 아무 진전이 없었다.

"하나도 안 그래. 박사님이 수학을 풀 때는 엄마처럼 혼자 중얼거리지도 않고, 솜털을 뽑지도 않아. 몸은 여기 있지만 마음은 다른 데 가 있으니까."

루트가 말했다.

"그리고 문제의 난이도가 전혀 다르잖아."

"그런 건 엄마도 다 알아. 하지만 누구 때문에 엄마가 이 고생을 하는 건데? 야구 책만 보지 말고 너도 좀 생각해봐."

"나는 아직 엄마의 3분의 1밖에 안 살았잖아. 애당초 말이 안 되는 숙제라고."

"어머, 네 입에서 분수가 다 나오고. 박사님 덕분에 엄청 발전했네."

"그야 뭐."

루트는 광고지 뒷면을 들여다보면서, 옳은 말이라는 듯 고개를 끄덕였다.

"꽤 진전이 있었네."

"그 말투, 어째 무책임한 위로처럼 들린다."

"그래도 안 하는 것보다 낫지."

루트는 다시 야구 책으로 고개를 돌렸다.

옛날에, 고용주의 심술에(보는 데서 준비한 음식을 쓰레기통에 내던지고, 억울하게 도둑 누명을 씌우고, 게으르다고 잔소리를 해대고) 분해서 눈물을 흘리고 있으면 어린 루트는 곧잘 나를 위로해주었다.

"엄마는 미인이니까 괜찮아."

확신에 찬 말투로 그렇게 말했다. 그가 할 수 있는 최고의 위로였다.

"그렇구나…… 엄마가 미인이구나……."

"그럼. 몰랐어?"

루트는 일부러 호들갑을 떨며,

"그러니까 괜찮아. 미인이니까."

하고 또 말했다.

울 만큼 힘들지는 않은데, 루트의 위로를 받고 싶어 우는 척을 할 때도 있었다. 그런 때 루트는 기꺼이 속는 척해주었다.

"나도 좀 생각해봤는데……."

불쑥, 루트가 말했다.

"1에서 10까지의 수 중에서, 10만 홀아비야."

"왜?"

"10만 두 자리 수잖아."

정말 그랬다. 여러 가지 방법으로 숫자를 분류해보았지만, 아직 성질이 다른 하나의 숫자에 주목하는 방법은 시도하지 않았다.

새삼 열 개의 숫자를 바라보니, 왜 지금까지 몰랐는지 어이가 없을 정도로 10은 예외적인 존재였다. 한 번에 쓸 수 없는 것은 10뿐이었다.

"10만 없으면, 한가운데 자리가 딱 정해져서 기분 좋을 텐데."

"한가운데 자리가 뭔데?"

"지난번 수업 참관하는 날 안 왔으니까 모르지. 내가 잘하는 체육이었는데. 체육 시간에 선생님이 '각 줄 중앙을 향해서 집합' 하고 외치면, 한가운데 있는 친구가 손을 들고, 그곳을 중심으로 정렬하는 거야. 한 줄에 아홉 명이면 다섯 번째 친구가 가운데니까 괜찮지만, 열 명이면 가운데가 정해지지 않잖아."

나는 10을 따로 떼어놓고, 1에서 9까지 나란히 세워놓은 다음 5에 동그라미를 쳤다.

과연 5가 중심이었다. 앞에 있는 숫자 네 개와 뒤에 있는 숫자 네 개를 5가 거느리고 있었다. 등을 쫙 펴고, 자랑스럽게 한 팔을 하늘로 쳐들고, 내가 바로 중심이라고 주장하고 있었다.

그때 난생처음 경험하는, 아주 신기한 순간이 찾아왔다. 무참하게 짓밟혀 발자국이 어지러운 사막에 한 줄기 바람이 불면서, 눈앞에 똑바른 길 하나가 나타났다. 길 앞에서 반짝이는 빛이 나를 인도했다. 그 속에 발을 내디디고 한껏 몸을 적시고 싶은 빛이었다. 깨달음이란 이름의 축복이 내게 쏟아지고 있음을 알 수 있었다.

수리점에서 라디오가 돌아온 것은 4월 24일, 금요일. 드래곤스의 게임이 있는 날이었다. 우리 셋은 식탁 한가운데에 라디오를 올려놓고 귀를 기울였다. 루트가 다이얼을 돌리자 지직거리는 잡음 속에서 야구 중계 소리가 들렸다. 오랜 여행 끝에 겨우 우리 귀에 도달한 듯 맥없는 소리였지만, 그래도 야구 중계는 야구 중계였다. 내가 박사의 집에 드나들게 된 후 처음으로 이 별채에 날아든 바깥 세계의 숨결이었다. 우리 셋은 모두 "와!" 하고 환성을 질렀다.

"이 라디오로 야구 중계를 듣게 될 줄은 꿈에도 몰랐구나……."

박사가 말했다.

"당연하죠. 어떤 라디오든 들을 수 있어요."

"옛날에 형이 영어회화 공부하라고 사준 거라서, 영어회화만 나오는 줄 알았는데."

"그럼 라디오 들으면서 타이거스를 응원하신 적도 없어요?

루트가 물었다.

"음, 그렇구나. 보다시피 이 집에는 텔레비전도 없고, 솔직하게 말하면……."

더듬거리면서 박사가 고백했다.

"야구 시합이란 걸, 한 번도 본 적이 없어."

"정말이요?"

루트는 놀라며 커다란 소리로 되물었다.

"하지만 오해는 말거라. 규칙은 제대로 알고 있으니까."

변명하듯 박사가 말했지만, 루트의 놀람을 잠재우지는 못했다.

"그러면서 어떻게 타이거스의 팬이 될 수 있어요?"

"그야 될 수 있지. 될 수 있고말고. 점심시간에 대학 도서관에 가서 신문의 스포츠란을 읽는 거야. 야구만큼 다양한 숫자로 표현할 수 있는 스포츠도 없으니까. 그냥 읽는 게 아니지. 타이거스 선수의 타율과 방어율을 분석하면서 0.001의 변화까지 파악하고, 시합의 흐름을 머릿속으로 상상하는 거야."

"그게 무슨 재미가 있어요?"

"그야 당연히 재미있지. 라디오를 안 들어도, 내 머릿속에는 1967년 프로에 데뷔한 신인 에나쓰가 열 개의 탈삼진으로 첫 승리를 거둔 시합, 1973년에 굿바이 홈런을 날리고, 연장전까지 가서 노히트노런을 달성한 시합도 다 자세하게 새겨져 있으니까 말이다."

그때 아나운서가 타이거스의 선발이 가사이라고 알렸다.

"그런데 이번에는 에나쓰 선수가 언제 등판하지?"

박사가 물었을 때 루트는 망설이지 않았다. 그리고 내게 도움도 청하지 않고 아주 자연스럽게 대답했다.

"순서대로 하면, 이제 조금만 기다리면 될 거예요."

루트가 이렇게 대담하게 대처할 줄은 몰랐다. 에나쓰에 관해서는 끝까지 거짓말을 하자고 둘이서 약속했다. 하지만 어떤 이유에서든 거짓말을 하는 것은 마음에 걸리는 일이다. 박사에게 하는 거짓말은 더욱 그렇다. 박사의 상태를 고려해서 그렇게 하기로 했지만, 정말 박사를 위한 일인지는 확신이 없어 괴로웠다.

그러나 그가 다시 동요한다면 더욱 견디기 힘들 것 같았다.

"에나쓰 선수가 벤치에 앉아 있다고 생각하면 되잖아, 엄마. 아니면 불펜에서 투구 연습하고 있다고 생각하든지."

루트는 그렇게 말했다.

현역 시절의 에나쓰 선수를 모르는 루트는 도서관에 가서 그에 관한 자료를 닥치는 대로 수집했다. 통산 성적은 206승 158패, 193세이브, 2987탈삼진, 프로에 데뷔해서 2타석 만에 홈런을 날렸고, 투수치고는 손가락이 짧고, 라이벌인 왕정치 선수를 삼진으로 잡아낸 수가 가장 많으며 동시에 가장 많은 홈런을 내주었고, 그러나 왕 선수에게 한 번도 데드볼을 던지지 않았고, 1968년 시즌 탈삼진 401개의 세계 기록을 수립했고, 1975년(박사의 기억이 멈춘 해) 시즌이 끝나면서 난카이로 트레이드되었다…….

박사의 기억을 조금이라도 더 공유하고, 라디오에서 흘러나오는 환성과 함께 떠오르는 에나쓰 선수의 모습을 보다 선명하게 느끼고 싶었던 것이리라. 내가 예의 숙제 때문에 악전고투하는 동안, 루트는 나름대로 에나쓰 문제에 몰두했다. 루트가 도서관에서 빌려온 『프로야구 명선수 도감』을 들춰보던 나는 한 숫자에 화들짝 놀랐다. 에나쓰의 등번호가 28이었던 것이다.

오사카 학원을 졸업하면서 타이거즈에 입단할 때, 구단에서 제시한 세 개의 등번호 1과 13, 28 중에서 그는 28을 골랐다. 에나쓰는 완전수를 짊어진 선수였던 것이다.

같은 날, 저녁을 먹고서 숙제 발표회를 했다. 나와 루트는 식탁 의자에 앉은 박사 앞에 스케치북과 매직을 들고 서서, 먼저 인사를 했다.

"박사님이 내주신 숙제는 이런 문제였습니다. 1에서 10까지의 숫자를 모두 더하면 얼마가 될까……."

루트는 평소의 그답지 않게 진지했다. 한 번 헛기침을 하고서, 내가 들고 있는 스케치북에 어젯밤에 연습한 대로 1에서 9까지의 수를 가로로 나란히 쓰고, 10만 따로 썼다.

"답은 이미 알고 있습니다. 55죠. 덧셈을 해서 구했습니다. 그런데 박사님은 만족하지 않았습니다."

박사는 팔짱을 끼고, 한마디도 놓치지 않으려는 진지한 태도로 귀를 기울였다.

"우선 1에서 9까지만 생각해보겠습니다. 지금은 10을 잊어주십시오. 1에서 9까지의 수 중 가운데 수는 5입니다. 그러니까, 5가…… 음……."

"평균."

나는 루트에게 귀띔해주었다.

"아, 그렇지. 평균입니다. 평균을 내는 방법은 학교에서 아직 안 배웠기 때문에 엄마가 가르쳐주었습니다. 1에서 9까지 다 더하고 9로 나누면 5가 되니까…… $5 \times 9 = 45$. 이것이 바로 1에서 9까지 더한 합입니다. 이제 10을 생각하면 됩니다."

$$5 \times 9 + 10 = 55$$

루트는 매직을 고쳐 쥐고 식을 썼다.

박사는 잠시 미동도 하지 않았다. 팔짱을 낀 채, 아무 말도 하지 않고 식을 응시했다.

나는 나의 깨달음이 유치한 어린애 장난 같은 수준이라고 생각하고 있었다. 물론 처음부터 알고 있었다. 아무리 열심히 집중했다 한들, 이 빈곤한 뇌세포에서 짜낸 별 거 아닌 것으로 수학자를 기쁘게 할 수 있다고 생각한 자체가 자만이었다고.

그런데 그때 박사가 벌떡 일어서더니 박수를 쳤다. 페르마의 정리를 증명한 사람조차 이렇게 대단한 칭찬을 받지는 못했을 것이라고 여겨질 만큼 힘차고 따뜻한 박수였다. 그 소리는 온 집 안에 울려 퍼졌고, 한참 동안 그치지 않았다.

"대단해. 정말 아름다운 식이다. 잘했어, 루트."

박사가 루트를 꼭 껴안았다. 박사의 품에서 아이의 몸이 거의 뭉개지고 있었다.

"정말 훌륭하다. 네 손에서 이런 식이 태어나다니……."

"박사님, 이제 알았으니까, 이것 좀. 숨을 못 쉬겠어요."

옷자락에 입이 막혀 루트의 목소리는 박사의 귀에 들리지 않았다.

박사는 몇 번을 칭찬하고 또 칭찬해도 성에 차지 않은 듯했다.

지금 눈앞에 있는 말라깽이에 머리는 밋밋한 소년에게, 자신이 풀어낸 식이 얼마나 아름다운지를 반드시 인식시켜줘야 한다는 식이었다.

칭찬을 혼자 독차지하고 있는 루트 옆에서, 사실 그 식을 발견한 것은 루트가 아니라 나라고 마음속으로 중얼거렸다. 방금 전까지 자신이 없어서 풀이 죽어 있었는데, 지금은 더없이 자랑스러운 기분이었다. 다시 한 번 스케치북을 들고 루트가 쓴 식을 바라보았다.

$$5 \times 9 + 10 = 55$$

수학을 제대로 공부하지 못한 나도, 이런 경우 기호를 사용하면 훨씬 더 고상하게 보인다는 것쯤은 알고 있었다.

$$\frac{n(n-1)}{2} + n$$

내가 보아도 아주 멋졌다.

미로에 빠져 헤매던 상황의 혼란스러움에 비하면 이 도착점의 단정함을 뭐라 표현할 수 있을까. 마치 황야에 있는 동굴에서 수정을 파낸 듯하지 않은가. 게다가 누구 하나 수정이라는 것을 부정할 수도, 거기에 생채기를 낼 수도 없다. 박사는 칭찬해주지 않았지만, 나는 나 스스로를 칭찬하며 흐뭇하게 미소지었다.

간신히 루트가 해방되었다. 박사의 박수에 답하려고, 우리는 학회에서 발표를 끝낸 수학자처럼 박사에게 자부심과 감사를 담아 인사했다.

그날 타이거즈는 드래곤스에게 2대 3으로 졌다. 와다의 3루타로 기껏 2점을 먼저 땄는데, 연속 홈런이 터지는 바람에 결국 역전패를 당한 것이다.

1

박사가 이 세상에서 가장 사랑한 것은 소수였다.

나도 소수란 수가 존재한다는 것은 알고 있었지만, 그것이 사랑의 대상이 되리라고는 상상도 하지 못했다. 대상은 엉뚱하지만, 소수를 사랑하는 박사의 방식은 정통적이었다. 그는 소수를 아끼고 어루만지고, 온갖 정성을 다하고 존경했다. 때로는 애무도 하고, 때로는 무릎을 꿇기도 하면서 한시도 그 곁을 떠나지 않았다.

서재에 있는 책상에서, 또는 식탁에서 박사가 나와 루트에게 들려준 수학 이야기 중에는 아마도 소수가 가장 많이 등장했을 것이다. 1과 자기 자신으로만 나누어지는 이 고집쟁이 수에게 무슨 매력이 그리 있는지, 처음에는 도무지 이해할 수 없었다.

다만 소수에 대해 얘기하는 박사의 한결같은 태도에 끌리다 보니, 우리 사이에는 연대감 비슷한 것이 생겨났다. 소수가 감촉을 지닌 이미지로 마음속에 동그마니 떠오르게 된 것이다. 그 이미지는 세 사람 모두 달랐을 텐데, 박사가 소수라고 한마디만 해도 서로 친밀감에 찬 눈짓을 주고받을 수 있었다. 예를 들어 캐러멜을 떠올리면 입 안에 달콤한 침이 고이는 것처럼.

우리 세 사람에게 저녁은 아주 귀중한 시간대였다. 아침에 처음 얼굴을 마주하는 사람들로 만나서, 다소나마 박사의 긴장이 풀어지기 시작하고, 루트가 학교에서 돌아와 천진한 목소리로 떠들어대는 때였기 때문이다. 그 때문인가, 내가 기억하는 박사의 옆얼굴에는 늘 저녁 해가 비치고 있는 것 같다.

어쩔 수 없는 일이지만, 박사는 소수에 대해서도 몇 번이나 같은 말을 반복했다. 하지만 루트와 나는 절대로 "그 얘기는 벌써 들었어요." 라고 말하지 않기로 굳게 약속했다. 에나쓰에 대해 거짓말을 한 것만큼이나 중요한 약속이었다. 신물이 날 정도로 여러 번 들은 이야기라도 성의껏 들으려고 노력했다. 유치하기 짝이 없는 우리들을 수학자처럼 대해주는 박사의 노력에 답할 필요도 있었고, 무엇보다 그를 혼란에 빠뜨리고 싶지 않았다. 어떤 종류든 혼란은 박사를 슬프게 했다. 우리만 입 다물고 가만히 있으면 박사는 자신이 무엇을 잃어버렸는지 알 수 없으니, 잃어버리지 않은 것이나 다름없었다. 그렇게 생각하면 "그 얘기는 벌써 들었어요." 라고 말하지 않는 정도야 쉽게 지킬 수 있는 약속이었다.

그러나 실제로 수학에 넌더리가 나는 상황은 거의 없었다. 같은 소수 이야기인데(소수가 무한히 존재하는지 아닌지에 대한 증명, 소수를 사용해서 암호를 만드는 법, 거대 소수, 쌍둥이 소수, 메르센의 소수 등등) 조금만 구성이 달라져도 자신의 착각을 깨닫게 되거나 새로운 것이 발견되었다. 날씨나 말투만 달라져도, 소수를 비추는 빛의 색이 달라 보였다.

나는 소수의 매력은, 그것이 어떤 질서 속에서 출현하는지 설명할 수 없다는 데 있지 않을까, 하고 생각했다. 1과 자기 자신밖에는 약수가 없다는 조건을 만족시키면서도 각각은 제멋대로 흩어져 있다. 수가 커지면 커질수록 찾아내기 힘든 것은 분명한데, 어떤 규칙에 따라 그들의 출현을 예견하기란 불가능하다. 그 무질서가 완벽한 미인을 추구하는 박사를 사로잡고 있는 것이었다.

"어디, 1에서 100 사이에 있는 소수를 써볼까."

연습 문제를 풀고 나서 박사는 루트의 연필을 쥐고 숫자를 죽 써나갔다.

2, 3, 5, 7, 11, 13, 17, 19, 23, 29, 31, 37, 41,
43, 47, 53, 59, 61, 67, 71, 73, 79, 83, 89, 97

언제 어떤 경우에든 박사의 손가락에서는 숫자가 술술 나왔다. 내게는 정말이지 경이로운 일이었다. 전자레인지의 스위치조차 제대로 돌리지 못하는 늙고 왜소한 손가락이 어떻게 무수한 종류의 숫자들은 이토록 정연하게 통솔할 수 있는지 거의 불가사의할 정도였다.

동시에 나는 박사가 4B 연필로 쓰는 숫자의 모양을 좋아했다. 4는 너무 동글동글해서 리본의 매듭 같고, 5는 앞으로 기울어져 금방이라도 쓰러질 것 같다. 모양은 모두 제각각이었지만 어딘지 모르게 멋이 있었다. 박사가 태어나 처음 숫자를 만난 이후 애지중지 키워온 우호의 정이 각각의 모양에 반영돼 있었다.

"그래, 어떻게 생각하나?"

박사는 늘 추상적인 질문으로 말문을 텄다.

"다들 제멋대로예요."

대개는 루트가 먼저 대답했다.

"그리고, 2만 짝수고요."

루트는 소외된 수를 유독 잘 찾아냈다.

"그렇지. 소수 중에서 짝수는 2, 딱 하나뿐이다. 소수 번호 ①의 1번 타자, 선두 타자는 혼자 선두에 서서 무한한 소수를 이끌고 있는 존재란다."

"외롭지 않을까요?"

"아니, 걱정할 것 없어. 외로워지면, 잠시 소수의 세계를 떠나 짝수의 세계로 가면 친구들이 얼마든지 있으니까."

"17과 19, 41과 43처럼, 이어지는 홀수가 둘 다 소수인 경우도 있네요."

나도 루트에게 지지 않으려고 분발했다.

"음, 아주 좋은 지적이군. 바로 쌍둥이 소수지."

평소 사용하는 언어가 수학에 등장하는 순간 낭만적인 울림을 띠는 것은 어째서일까, 하고 나는 생각했다. 우애수도 그렇고 쌍둥이 소수도 그렇고, 적확함은 물론 시의 한 구절에서 빠져나온 듯한 수줍음이 느껴진다. 이미지가 선명하게 떠오르면서 그 속에서 숫자들이 서로 포옹하기도 하고, 똑같은 옷을 차려입고 손을 마주 잡은 채 서 있기도 한다.

"수가 커지면서 소수의 간격도 커지니까, 쌍둥이 소수를 찾아내기란 점점 어려워지지. 소수가 무한히 많다고 쌍둥이 소수도 무한하게 있는지는 아직 알 수가 없어."

박사는 쌍둥이 소수를 동그라미로 에워싸면서 말했다. 박사의 수업을 들으며 한 가지 의아한 것은 그가 모른다, 알 수 없다는 말을 아무 거리낌 없이 사용한다는 점이다. 모른다는 것은 수치가 아니라, 새로운 진리를 향한 길잡이였다. 그에게 아직 아무도 손대지 않은 예상에 담긴 사실을 가르치는 것은 이미 증명된 정리를 가르치는 것만큼이나 중요했다.

"수는 무한하니까, 쌍둥이 소수도 얼마든지 있을 수 있잖아요."

"그렇지. 루트의 예상은 아주 건전하구나. 하지만 100을 넘어 1만, 1백만, 1천만 하고 숫자가 커지면, 소수가 전혀 없는 사막지대에 발을 들여놓게 되는 수도 있어."

"사막?"

"그래. 아무리 걸어도 소수의 모습은 찾을 수가 없지. 사방이 온통 모래의 바다야. 태양은 쨍쨍 내리쬐고, 목은 바짝 마르고, 눈은 가물거리고, 정신은 몽롱하고. 앗, 소수다, 하고 뛰어가 보면, 그냥 신기루일 뿐. 아무리 손을 뻗어도 닿는 것은 뜨거운 모래바람뿐. 그런데도 포기하지 않고 한 걸음 한 걸음 앞으로 나아가지. 지평선 너머에 맑은 물이 출렁이는 소수란 이름의 오아시스가 보일 때까지, 포기하지 않고 말이야."

저녁 해가 우리의 발치에 길게 드리워졌다. 루트는 쌍둥이 소수를 에워싼 동그라미를 연필로 다시 한 번 더듬었다. 부엌 전기밥솥에서는 김이 모락모락 올랐다. 박사는 사막을 내다보듯 창밖으로 눈길을 돌리고 있었지만, 거기에는 아무도 손질하지 않는 버려진 마당이 있을 뿐이었다.

박사가 이 세상에서 가장 싫어하는 것은 인파였다. 외출을 싫어하는 것도 그 때문이었다. 백화점, 극장, 지하철, 어디든 사람이 많으면 그에게는 견디기 어려운 장소였다. 잡다한 사람들이 우연히 모여 시끌시끌하고 무질서하게 웅성거리는 모습은 수학적 감각이 추구하는 아름다움과는 정반대되는 것이었다.

그는 늘 차분하고 고요하기를 원했다. 그렇다고 반드시 소리가 없는 상태를 뜻하는 것은 아니다. 루트가 복도를 쿵쾅거리고 뛰어다녀도, 라디오를 크게 틀어놓아도 그가 유지하고 있는 고요함에는 별 영향을 미치지 못했다. 박사가 추구하는 고요함은 바깥의 소리가 끼어들지 못하는, 그의 마음속에 존재했다.

수학 잡지의 현상 문제를 풀어 리포트 용지에 깔끔하게 옮겨 쓰고서 다시 한 번 훑어볼 때면 박사는 자신이 도출해낸 해답에 만족하면서 중얼거렸다.

"아아, 고요하군."

정답을 얻었을 때 박사가 느끼는 것은 환희나 해방감이 아니라 고요함이었던 것이다. 있어야 할 것이 있어야 할 장소에 정확하게 자리해 덜거나 더할 여지없이 오랜 옛날부터 거기에 한결같이 그렇게 있었고, 앞으로도 영원히 그렇게 있으리란 확신에 찬 상태. 박사는 그런 상태를 사랑했다.

따라서 고요하다는 말은 최대의 찬사였다. 그는 마음이 내키면 식탁 의자에 앉아 부엌에서 반찬을 만드는 나의 뒷모습을 바라보곤 했는데, 특히 물만두를 만들 때는 경이에 찬 시선을 보냈다. 손바닥에 얇은 만두피를 올려놓고, 속을 넣고 둘로 접어 모양을 만들어 접시에 늘어놓는다. 그렇게 단순한 동작이 하염없이 되풀이될 뿐인데, 박사는 마지막 한 개가 완성될 때까지 눈길을 떼지 않았다. 그가 너무도 진지한 표정을 하고 간혹 감탄스럽다는 듯 한숨까지 내쉬면, 나는 온몸이 간질간질한 느낌에 웃음을 꾹 참아야 했다.

"자, 다 됐어요."

단정하게 줄 선 만두가 가득한 접시를 들어 올리면 박사는 식탁 위에 두 팔을 올려놓고, 정말 놀랍다는 듯이 고개를 끄덕이며 말했다.

"아아, 정말 고요하군."

하고.

상황이 하나의 정리로 통일되지 않거나 만사가 고요하지 않을 때 박사가 얼마나 큰 공포를 느끼는지 알게 된 것은 황금연휴가 끝난 5월 6일의 일이었다. 루트가 부엌칼에 손을 베는 사건이 벌어졌다.

토요일부터 다음 화요일까지 나흘을 쉬고 박사의 별채를 찾았더니, 세면대에서 샌 물이 복도까지 넘쳐흘러 있었다. 수도관리국에 전화를 걸고 수리업자를 부르자니 사실 나도 짜증이

났다. 그런 데다 며칠 동안의 공백 탓인지 박사가 저녁때가 되도록 서먹서먹하게 굴었다. 메모지를 가리키며 내가 누구라고 밝혀도 반응이 둔했다. 만약 짜증에 찬 나의 기분이 그에게 전해져 루트가 상처를 입은 원인이 되었다면, 박사에게는 아무 책임이 없다.

루트가 학교에서 돌아오고 나서, 나는 식용유가 떨어진 것을 알고 장을 보러 나갔다. 솔직하게 고백하면 박사와 루트 둘만 남겨두기가 조금은 불안했다. 그래서 굳이 나가기 전에 루트에게 재차 확인했다.

"괜찮을까?"

"뭐가?"

루트는 퉁명스럽게 대답했다.

나도 뭐가 불안한지는 설명하기가 어려웠다. 무슨 예감이 들어서였을까? 아니, 그렇지 않다. 실무적인 의미에서 박사가 과연 보호자 구실을 해낼 수 있을까 걱정스러웠던 것이다.

"금방 돌아오기는 하겠지만, 박사님하고 둘이서 집 지키는 건 처음이니까 괜찮을까 싶어서……."

"괜찮아, 걱정 마."

루트는 나의 걱정 따위는 아랑곳하지 않고 숙제 검사를 받으려고 박사의 서재로 뛰어갔다.

20분쯤 장을 보고 돌아와 현관문을 여는 순간, 상황이 예사

롭지 않음을 알았다. 박사는 루트를 껴안은 채 오열도, 신음도
아닌 소리를 지르면서 부엌 바닥에 주저앉아 있었다.

"루트가…… 루트가…… 아아…… 어쩌다 이런 일이……."

박사는 말도 제대로 못할 정도로 혼란에 빠져 있었다. 사정
을 설명하려고 애쓰면 애쓸수록 이마에서는 땀이 솟고, 입술
을 떨어 이가 부딪는 소리까지 들렸다. 나는 루트의 몸을 휘감
고 있는 박사의 팔을 풀고 둘을 떼어놓았다.

루트는 울고 있지 않았다. 박사의 혼란이 어서 수습되기를
기도하듯, 혹은 내게 혼날까 봐 겁을 먹은 듯 그저 얌전히 눈을
내리깔고 있을 뿐이었다. 루트의 왼손에 피가 묻어 있고 둘의
옷도 피로 얼룩져 있었지만, 박사가 그렇게 동요할 만한 상처
가 아니라는 것은 금방 알 수 있었다. 피도 어느새 말라붙어 있
었고, 루트 자신도 전혀 아파하지 않았다. 나는 루트의 손목을
잡고 싱크대 앞으로 데리고 가 찬물에 상처를 씻어주고, 수건
으로 왼손을 꼭 누르고 있으라고 말했다.

그러는 동안 박사는 바닥에 주저앉은 채 루트를 껴안았던
자세 그대로 꼼짝도 하지 않았다. 루트의 상처를 돌봐주기보
다 박사의 정신을 제자리로 돌려놓는 것이 우선일 것 같았다.

"괜찮아요."

나는 그의 등에 손을 얹고 최대한 조용한 목소리로 말했다.

"어쩌다 이렇게 끔찍한 일이…… 아아, 저 귀엽고 영리한 애

가……."

"살짝 베었을 뿐이에요. 남자애들은 툭하면 다치고 그래요."

"내 잘못이야. 루트는 아무 잘못이 없어. 내게 걱정을 끼치지 않으려고…… 혼자서 아무 말도 않고…… 꾹 참았어……."

"아무도 잘못한 거 없어요."

"아니야. 그렇지 않아. 내 탓이야. 지혈을 하려고 했어. 믿어줘, 그런데…… 피가 계속…… 루트의 얼굴이 창백해지고…… 금방이라도 숨이 끊어질 것 같아서……."

박사는 두 손으로 땀과 콧물, 눈물로 범벅이 된 얼굴을 감쌌다.

"걱정하지 마세요. 루트는 살아 있어요. 보세요, 저렇게 숨 쉬고 있잖아요."

그렇게 말하면서 나는 그의 등을 쓰다듬었다. 의외로 넓은 등이었다.

두 사람의 엇갈리는 얘기를 종합해보니 이랬다. 숙제를 끝내고 사과를 먹으려고 루트가 사과를 깎다가 엄지손가락과 집게손가락 사이를 칼에 베었다. 박사는 사과를 먹고 싶다고 한 사람은 자기였노라고 주장했고, 루트는 그냥 자기가 먹고 싶어서 깎았노라고 했다. 아무튼 루트가 혼자서 일을 수습하려고 반창고를 찾고 있는데, 피가 멈추지 않아 허둥대는 모습을 박사가 본 것이었다.

공교롭게도 동네 병원의 진료 시간이 모두 끝난 후였다. 다행히 역 반대쪽에 있는 소아과에 전화가 연결돼 진료를 받을 수 있었다. 그 후 일단 내 손을 빌려 몸을 일으킨 박사가 보여준 활약상은 입이 벌어질 정도였다. 다리를 다친 것이 아니니 괜찮다고 하는데도 박사는 루트를 업고 소아과까지 뛰었다. 흔들려서 상처가 오히려 벌어지는 것은 아닐까 염려될 지경이었다. 아무리 어리다지만 30킬로그램이나 나가는 초등학생을 업고 뛴다는 것이 몸을 거의 사용하지 않는 박사에게는 쉬운 일이 아니었을 텐데, 뜻밖이었다. 방금 전까지 내가 쓰다듬어 주었던 등에 루트를 업고, 두 다리를 팔에 꽉 낀 채 곰팡이 핀 구두를 신고 달렸다. 루트는 아파서가 아니라 지나가는 사람들이 보는 것이 부끄러워 타이거스 모자를 푹 눌러쓴 채 고개를 들지 않았다.

소아과에 도착한 박사는 마치 다 죽어가는 사람을 업고 있기라도 한 듯 잠긴 현관을 쾅쾅 두드렸다.

"부탁합니다. 빨리 열어주세요. 아이가 아파하고 있습니다. 살려주세요. 부탁입니다."

두 바늘을 꿰매는 것으로 치료는 끝났다. 나와 박사는 어두컴컴한 복도의 의자에 앉아 혹 인대가 손상되었는지 여부를 확인하는 검사가 끝나기를 기다렸다. 앉아만 있어도 답답해지

는, 낡고 초라한 소아과였다. 천장은 거뭇거뭇하고, 때로 얼룩
진 슬리퍼는 끈적거리고, 벽에 붙어 있는 이유식 교실과 예방
접종 안내 포스터는 누렇게 바래 있었다. 엑스레이실의 불빛
만 부옇게 우리를 비추고 있었다. 만에 하나에 대비해 하는 검
사인데 루트는 좀처럼 진료실에서 나오지 않았다.

"자네, 혹 삼각수라고 아나?"

엑스레이실 문에 붙어 있는, 방사선의 위험을 알리는 삼각
마크를 가리키며 박사가 물었다.

"아니요."

나는 대답했다. 숫자가 등장했다는 것은 다소 혼란이 진정
되어 보이지만 마음속은 아직 불안으로 가득하다는 증거였다.

"정말 우아한 숫자지."

박사는 접수창구에서 받은 설문지 뒤에다 까만 동그라미를
삼각형 모양으로 죽 이어 그렸다.

"자, 어떤가?"

"글쎄요…… 아주 꼼꼼한 사람이 장작을 가지런히 쌓아 올
린 듯하기도 하고…… 검정콩을 늘어놓은 것처럼 보이기도 하

고……."

"그렇지. 중요한 포인트는, 꼼꼼한 사람이라는 거야. 첫 번째 단에는 한 개. 두 번째 단에는 두 개. 세 번째 단에는 세 개…… 이렇게 아주 단순하게 삼각형을 만들어나가는 거지."

나는 삼각형을 들여다보았다. 박사가 손을 파르르 떨었다. 어둠 속에 검정 동그라미가 둥실 떠 있는 것처럼 보였다.

"그리고 각각의 삼각형에 포함돼 있는 검정 동그라미의 수를 세어보면, 1, 3, 6, 10, 15, 21. 이걸 식으로 나타내면,

$$1$$
$$1 + 2 = 3$$
$$1 + 2 + 3 = 6$$
$$1 + 2 + 3 + 4 = 10$$
$$1 + 2 + 3 + 4 + 5 = 15$$
$$1 + 2 + 3 + 4 + 5 + 6 = 21$$

이렇게 돼. 즉, 삼각수는 자신이 원하든 원하지 않든 1에서 어떤 수까지의 자연수의 합을 나타내고 있지. 이 삼각형 두 개를 붙여놓으면, 더 넓은 세상이 펼쳐져. 너무 많이 그리면 복잡해지니까, 네 단째 삼각수 10으로 해볼까."

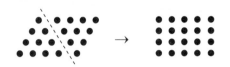

춥지도 않은데 박사가 점점 더 심하게 손을 떨어 검정 동그라미의 모양이 일그러졌다. 박사는 연필 끝에 신경을 집중하려고 열심이었다. 양복에 붙어 있는 메모지는 하나같이 피로 얼룩져 거의 읽을 수가 없었다.

"자, 잘 보라고. 네 번째 삼각형 두 개를 붙였더니, 검정 동그라미가 세로로 네 개, 가로로 다섯 개가 늘어선 사각형이 만들어졌어. 이 사각형 속에 있는 검정 동그라미를 전부 합하면 4 × 5 = 20, 스무 개지. 알 수 있겠지? 이걸 다시 절반으로 나누면 20 ÷ 2 = 10이 되고, 즉 10은 1에서 4까지의 자연수의 합이 되지. 또는 사각형의 각 단에 주목해서 생각할 수도 있어.

$$
\begin{array}{cccc}
1 & 2 & 3 & 4 \\
+ & + & + & + \\
4 & 3 & 2 & 1 \\
\hline
5 & 5 & 5 & 5
\end{array}
$$

이걸 사용하면 10단째 삼각수, 그러니까 1에서 10까지의 자연수의 합이든 100단째 삼각수든 금방 구할 수 있지.

1에서 10까지는,

$$\frac{10 \times 11}{2} = 55$$

1에서 100까지는

$$\frac{100 \times 101}{2} = 5050$$

1에서 1000까지는

$$\frac{1000 \times 1001}{2} = 500500$$

1에서 10000까지는……."

박사는 울고 있었다. 연필이 떨어져 발치에 굴렀다. 박사가 우는 것은 처음 보았지만, 벌써 몇 번이나 같은 모습을 본 듯한 착각이 들었다. 오랜 옛날부터 이렇게 흐느껴 우는 사람 앞에서 어쩔 줄 모르고 마냥 서 있는 기분이었다. 나는 그의 손을 잡았다.

"알겠나? 자연수의 합을 구할 수 있다고."

"알고말고요."

"검정콩을 세모 모양으로 죽 늘어놓는 거야. 그뿐이라고."

"네, 맞아요."

"내가 하는 말, 정말 이해하겠나?"

"걱정 마세요. 다 알아요. 그러니까 울지 마세요. 삼각수는 이렇게 아름다우니까."

나는 말했다.

그때 진료실에서 루트가 나왔다.

"다 끝났어요. 아무렇지도 않던데요."

루트는 붕대를 감은 왼손을 기운차게 흔들어 보였다.

그 소동 덕분에 뜻하지 않은 외식을 하게 되었다. 병원에서 나오는 순간에야 우리 셋 모두 배가 몹시 고프다는 것을 알았다. 인파를 싫어하는 박사를 위해 역 앞 상점가에서 제일 한산한 가게를 찾아 카레라이스를 먹었다. 손님이 없는 게 당연하다 싶을 만큼 맛은 그저 그랬지만 외식 따위는 거의 해본 적이 없는 루트는 신이 나서 들썩거렸다. 상처에 비해 붕대를 칭칭 휘감은 것도 만족스러운지, 명예로운 부상을 입은 영웅이라도 된 것처럼 의기양양했다.

"이제 당분간 목욕 안 해도 되겠네. 설거지도 안 거들어도 되고."

루트는 한껏 거들먹거렸다.

돌아가는 길에도 루트는 박사의 등에 업혔다. 밤이 늦어 지나다니는 사람이 별로 없으니까 눈에 안 띄겠다 싶어 안심한 것인지, 아니면 그러지 않을 수 없는 박사의 마음을 배려한 것인지 루트는 모자의 챙을 뒤로 올리고 순순히 업혔다. 가로등이 플라타너스 가로수를 비추고, 높은 하늘에는 살짝 깎여 나간 달이 떠 있었다. 밤바람은 상쾌하고, 배는 잔뜩 부르고, 루트의 왼손은 무사했다. 그것만으로 충분했다. 박사와 나의 발소리가 겹쳐지고, 루트의 운동화는 덜렁덜렁 흔들렸다.

박사와 헤어져 집으로 돌아오자마자, 루트는 갑자기 심술을 부렸다. 후다닥 자기 방으로 들어가 라디오를 켜더니, 피 묻은 옷을 벗으라고 하는데도 대답이 없었다.

"타이거스, 지고 있어?"

루트는 책상 앞에 앉아 라디오만 노려보고 있었다. 상대 팀은 자이언츠였다.

"하기야 어제도 졌지."

여전히 대꾸가 없었다. 9회 초가 끝나자, 아나운서는 나카다와 구와타의 호투가 이어지는 가운데 2대 2 동점이라고 해설했다.

"다친 데 아파?"

루트는 입술을 깨물고, 라디오 스피커에서 눈길을 떼려 하지 않았다.

"아프면, 병원에서 받은 약 먹어야지. 물 가져올게."

"됐어."

간신히 루트의 입이 열렸다.

"참을 필요 없어. 고름 생기면 큰일이잖아."

"됐다니까. 아프지 않다고."

루트는 붕대를 감은 왼손을 움켜쥐고 책상을 두세 번 내리치고는, 눈물이 그렁그렁 맺힌 눈을 오른팔로 가렸다. 타이거스가 져서 심술이 난 것은 아닌 듯했다.

"왜 그러는 거야? 막 꿰매고 왔는데, 또 피 나면 어쩌려고?"

미처 가리지 못한 눈물이 볼을 타고 흘러내렸다. 붕대에 피가 스미지 않았는지 확인하려는데, 루트가 내 손을 뿌리쳤다. 라디오에서 환성이 일었다. 투 아웃에서 안타가 터진 모양이었다.

"너 혼자 두고 엄마가 시장 간 게 그렇게 싫었니? 아니면 칼질 하나 제대로 못한 게 속상해서? 박사님 앞에서 실수한 게 부끄러워서 그러는 거야?"

아무 대꾸가 없었다. 타자는 가메야마였다.

"구와타 선수의 투구에 압도되어…… 2타석 연속 삼진을 당하고 있는데요…… 역시 직구로 밀어붙일까요…… 구와타 선수 제1구……."

안 그래도 경기장의 함성 소리에 묻혀 중계방송이 잘 들리지 않는데, 루트의 귀에는 아무것도 들리지 않는 듯했다. 루트는 아무 소리 없이 꼼짝 않고 그저 눈물만 흘렸다.

하루에 두 남자의 눈물을 보다니, 무슨 날이 이렇지, 하고 나는 생각했다. 지금까지 루트가 우는 모습은 수도 없이 보아왔다. 젖 달라 울고, 안아 달라 울고, 짜증을 내며 울고, 할머니가 돌아가셔서 울었다. 하기야 루트는 이 세상에 태어나는 순간부터 이미 울고 있었다.

그런데 이번에는 과거에 보았던 눈물과 달랐다. 눈물은 내가 아무리 길게 손을 뻗어도 닿을 수 없는 곳에서 흐르고 있었다.

"너 혹시, 박사님이 제대로 돌봐주지 않았다고 화난 거니?"

"아니야."

루트는 나를 노려보며 언제 울었냐는 듯이 차분한 말투로 말했다.

"엄마가 박사님을 믿지 않았기 때문이야. 박사님에게 나를 안심하고 맡길 수 있을까 하고 잠시라도 의심한 엄마를 용서할 수 없어서야."

가메야마가 두 번째 투구를 우중간으로 날렸다. 와다가 1루에서 전력 질주해 홈을 밟았다. 아나운서는 고함을 질렀고, 파도치는 환성이 우리를 감쌌다.

다음 날, 박사와 함께 메모를 다시 썼다.

"왜 피가 묻어 있는 거지?"

박사는 이상하다는 듯이 자기 몸을 점검하며 말했다.

"루트가, 우리 아들이 사과를 깎다가 손을 뱄어요. 대단한 상처는 아니었어요."

"자네 아들이? 아아, 그거 큰일이로군. 피를 꽤 많이 흘린 모양인데."

"아니요. 박사님이 같이 계셔서 그나마 다행이었어요."

"정말? 내가 도움이 됐단 말인가?"

"물론이에요. 이렇게 메모지가 엉망이 될 만큼 애쓰셨는걸요."

나는 양복에서 메모지를 한 장 한 장 떼어내며 말했다. 메모지가 몸 여기저기에 둥지를 틀어 떼어내도 줄지 않는 듯한 기분이었다. 대부분 나는 그 의미를 알 수 없는 수학에 관한 것이었다. 박사는 수학이 아니면 반드시 기억해야 할 것이 많지 않았다.

"그뿐이 아니에요. 병원 대기실에서 아주 중요한 것도 가르쳐주셨는걸요."

"아주 중요한 것?"

"삼각수요. 1에서 10까지의 자연수의 합을 구하는 데 저는 상상도 하지 못한 공식이 있다는 것을 가르쳐주셨어요. 정말

숭고한 공식이더군요. 저도 모르게 눈을 감고 두 손 모아 기도
하고 싶어질 만큼…… 그럼, 이것부터 시작할까요?"

나는 제일 중요한 메모 '내 기억은 80분밖에 지속되지 않는
다'를 내밀었다. 박사는 새 메모지에 그 한 줄을 옮겨 썼다.

"내 기억은 80분밖에 지속되지 않는다."

그리고 자기에게만 들리는 작은 목소리로 그 한 줄을 읽었
다.

수학적인 재능과 어떤 관계가 있는지는 모르겠지만, 박사에게는 신기한 능력이 있었다. 그 가운데 한 가지는 단어를 뒤집어 말하는 능력이었다. 그것도 순간적으로.

언제였는지, 루트가 국어 숙제 때문에 악전고투할 때였다.

"단어를 뒤집어 읽으니 의미가 모호해지는 것은 당연하죠. 다시마를 마시다. 그런 말이 어딨어요? 다시마를 어떻게 마셔요? 안 그래요, 박사님?"

"요셔마 게뗗어 를마시다."

박사가 중얼거렸다.

"뭐라고요, 박사님?"

"님사박 요고라뭐."

"어, 엄마 어떻게 된 거야?"

"야거 된 게떻어 마엄 어."

"엄마, 박사님 머리가 어떻게 됐나 봐."

루트는 당황해서 내게 도움을 청했다.

"루트 말이 옳다. 문장을 거꾸로 읽으면 머리가 이상해지지."

박사가 태연한 표정으로 말했다.

어떻게 그런 재주를 피울 수 있는지 물어보았지만, 박사 자신도 잘 모르는 듯했다. 훈련을 쌓은 것도 아니고 특별한 노력을 쏟은 것도 아니고, 거의 무의식적으로 입에서 튀어나오기 때문에 사람들도 흔히 갖고 있는 능력이라고 생각했던 것 같다.

"어림도 없죠. 저 같은 사람은 세 글자짜리 단어를 뒤집어 말하는 것도 힘이 드는데. 기네스북에 오를 만한 재주예요. 기인열전에 나가셔도 되겠어요."

"요어겠되 도서가나 에전열인기."

하지만 박사는 조금도 좋아하는 기색이 없었다. 쑥스러워하자 오히려 말이 더 뒤집혀 나오고 말았다. 한 가지 분명한 것은 머릿속에서 문장을 영상화하여 그것을 반대로 읽는 것이 아니라는 점이었다. 중요한 것은 리듬이었다. 절대음감으로 소리의 높낮이를 감지하듯 문장의 리듬을 귀로 파악하면 뒤집기는 별 문제가 아니었다.

"예를 들어서……."

박사가 말했다.

"수학적인 깨달음도 수식이 머리에 떠올라 얻어지는 것은 아니야. 우선은 수학적인 이미지가 떠오르지. 윤곽은 추상적이지만, 명확한 감촉으로 느낄 수 있는 이미지. 그거하고 비슷할지도 모르겠군."

"박사님, 우리 좀 더 실험해봐요."

루트는 숙제 따윈 까맣게 잊어버리고 박사의 특기에 푹 빠져 있었다.

"그럼 첫 번째 문제……, 한신 타이거즈."

"스거이타 신한."

"라디오 체조."

"조체 오디라."

"오늘 급식은 치킨커틀릿."

"릿틀커킨치 은식급 늘오."

"우애수."

"수애우."

"나는 동물원에서 알마지로를 그렸다."

"다렸그 를로지마알 서에원물동 는나."

"에니쓰 유타카."

"카타유 쓰나에."

"에나쓰 선수는 거꾸로 말하니까, 되게 시시한 투수처럼 들리네요."

루트와 내가 번갈아 문제를 냈다. 처음에는 공책에 적어가며 정확한지 아닌지 확인했지만, 박사가 절대 틀리지 않는다는 것을 알고는 귀찮아서 그만두었다. 그는 루트와 내가 문제를 내자마자 정확한 답을 말했다. 1초도 주저하지 않았다.

"와, 굉장하다, 박사님. 이건 자랑할 일이에요. 이렇게 굉장한 재주를 갖고 있으면서 우리한테는 아무 말 않고, 박사님 너무했어요."

"자랑이라고? 농담하지 마라, 루트. 이런 게 무슨 자랑거리가 된다고. 에나쓰 유타카를 카타유 쓰나에라고 바꿔 말했을 뿐인데."

"자랑거리죠. 세상 사람들이 얼마나 놀라고 신기해하겠어요."

박사는 수줍은 듯 고개를 숙이고 작은 소리로 말했다.

"고맙다."

그러고는 루트의 머리에, 사람의 손길을 받아들이기에 딱 좋은 평평한 머리에 손을 얹었다.

"세상 사람들에게는 내 능력이 아무 도움도 되지 않아. 아무도 내 특기를 원하지 않을 테니까. 루트만 칭찬해주면 난 그것으로 대만족이다."

또 한 가지 재능은 초저녁에 뜬 첫 별을 어느 누구보다 빨리 발견하는 것이었다. 저녁을 맞이하는 시간에 그만큼 민감하게 첫 별을 찾아내는 사람은 이 세상에 아마 없을 것이다.

"앗."

저녁이라기에는 이른 시간, 태양이 아직 하늘에 머물러 있는데 안락의자에 앉아 있던 박사가 짧게 외쳤다. 어차피 잠꼬대거나 혼자 중얼거리는 소리이겠거니 하고 나는 대꾸를 하지 않았다.

"앗."

박사가 다시 한 번 외치고는, 한 손을 흐느적흐느적 들어 유리창 너머 하늘을 가리켰다.

"첫 별이다."

딱히 누구에게 하는 말은 아니지만 손가락으로 가리키기까지 하니, 부엌에서 일하던 나는 박사가 가리키는 쪽을 올려다볼 수밖에 없었다. 그러나 거기에는 그저 하늘이 있을 뿐이었다.

나는 속으로, 또 수학적인 망상이겠지, 하고 중얼거렸다. 그러자 마치 그 소리가 들렸다는 듯이 말한다.

"저길 보라고."

그의 집게손가락은 메마르고 쭈글쭈글하고, 손톱에는 때가 끼어 있다. 나는 눈을 깜박거리며 열심히 쳐다보았지만, 점점

이 떠 있는 구름 외에는 아무것도 보이지 않았다.

"별이 뜨려면 아직 이른 거 아닌가요?"

나는 조심스럽게 말했다.

"밤은 벌써 준비에 들어갔어. 첫 별이 뜬 걸 보면."

내 말 따위는 아랑곳하지 않고 하고 싶은 말을 다 한 박사는 팔을 내리고 다시 꾸벅꾸벅 졸기 시작한다.

첫 별을 가리키는 것이 그에게 무슨 의미인지는 모른다. 피로한 신경을 푸는 것인지, 그저 단순히 버릇에 불과한지. 평소 눈앞에 있는 접시에 무슨 반찬이 담겨 있는지조차 보지 않는 그가 첫 별은 왜 그렇게 빨리 찾아낼 수 있는지는 더욱 알 수 없다.

아무튼 그는 그 메마른 손가락으로 드넓은 하늘의 한 점을 가리킨다. 그리고 아무도 구별하지 못하는, 유일무이한 점에 의미를 부여한다.

루트의 상처는 별 탈 없이 회복되었다. 그러나 그의 상한 마음은 좀처럼 나아지지 않았다. 박사와 함께 있을 때면 평소와 다름없이 천진난만하게 구는데, 나와 단둘이 남는 순간 말이 없어지고, 뭐라 물어도 퉁명하게 대꾸할 뿐이었다. 눈이 부시도록 하얗던 붕대는 지금 거뭇거뭇하게 때에 절어 있다.

"미안해."

나는 루트 앞에 무릎을 꿇고 머리를 숙였다.

"엄마가 잘못했어. 잠시나마 박사님을 믿지 못한 건, 부끄러운 일이었어. 반성하고 있어. 사과할게."

무시할 줄 알았는데, 루트는 얌전하게 나와 마주하고 앉아 고개를 숙이고 붕대를 만지작거리면서 말했다.

"응, 알았어. 화해해. 하지만 내가 다친 날의 일은 절대 잊지 못할 거야."

뜻밖이었다.

그리고 우리는 악수를 나눴다.

겨우 두 바늘을 꿰맸는데, 그 흉터는 루트가 성장한 후까지 오래도록 사라지지 않았다. 그날 박사가 루트 때문에 얼마나 마음을 졸였는지를 증언하듯, 또는 약속한 대로 그가 박사를 잊지 않고 있다는 증거이기라도 하듯 흉터가 왼손의 엄지손가락과 집게손가락 사이에 각인되어 있다.

어느 날, 서재의 책꽂이를 정리하고 있을 때였다. 제일 아래 단에서 수학 책들에 짓눌려 있는 과자 통을 발견했다.

나는 녹이 슨 뚜껑을 살며시 열어보았다. 곰팡이 핀 쿠키가 나올 줄 알았는데, 예기치 않게 야구 카드가 들어 있었다.

100장도 넘을 것 같았다. 사방 40센티미터 정도의 통에 손가락을 넣어 한 장을 꺼내기도 어려울 만큼 카드가 꽉 들어차 있었다.

얼마나 소중하게 모은 수집품인지 충분히 알 수 있었다. 한 장 한 장이 클리어 파일에 깔끔하게 담겨 있었다. 지문 하나 묻어 있지 않고, 모서리가 닳거나 꺾인 것도 없었다. 방향도 모두 일정했다. 포지션별로 '투수', '2루수', '좌익수'라고 손으로 쓴 두꺼운 종이를 끼워 분류해놓았고, 각 항목은 이름 순으로 정리돼 있었다. 그리고 모두 타이거스의 선수였다. 어느 카드를 뽑아보아도 예외는 없었다. 하나같이 거의 새것이나 다름없었다. 제아무리 꼼꼼한 도서관 사서라도 카드를 이렇게 완벽하게 분류할 수는 없으리라는 생각이 들었다.

그러나 비록 새것처럼 보여도 세월의 흐름은 어쩔 수 없는지, 사진은 흑백이 더 많았다. '명유격수 요시다 요시오' '미스터 타이거스 무라야마 미노루' 정도는 나도 알 수 있었지만 '일곱 가지 마구 와카바야시 다다시'니 '강타자 가게우라 마사루' 등은 이름도 들어보지 못한 선수였다.

에나쓰 선수만은 특별했다. 그는 포지션이 아니라 '에나쓰 유타카'란 항목에 따로 수집되어 있었다.

게다가 클리어 파일 같은 비닐 껍데기가 아니라 외부로부터의 모든 자극을 차단하려는 듯 딱딱한 플라스틱 케이스 안에 들어 있었다. 일단 여기에 수집해놓은 이상 지문 하나 묻히지 않겠다는 의지가 느껴졌다.

또 같은 에나쓰 선수인데 카드의 형태는 아주 다양했다. 내가 알고 있는 배가 불룩 튀어나온 그의 모습은 어디에도 없었다. 야위고 정갈한 모습의 그는 타이거스의 유니폼을 입고 있었다.

1948년 5월 15일 나라 현에서 태어남. 좌투좌타. 179센티미터. 90킬로그램. 1967년 오사카 학원 고등학교에서 드래프트 1위로 타이거스에 입단. 이듬해에는 메이저리그 다저스의 샌디 쿠팩스가 갖고 있던 시즌 382개를 넘는 401탈삼진 세계 신기록을 수립. 1971년 올스타전(니시노미야)에서 9연속 삼진(그중 8명이 헛스윙). 1973년에는 노히트노런. 불세출의 천재 좌완투수. 고고하고 호쾌한 사우스 포……. 카드 뒷면에는 프로필과 기록이 자잘한 글자로 적혀 있었다. 글러브를 무릎에 대고 사인을 들여다보는 에나쓰. 볼을 던지려는 순간의 에나쓰. 왼팔을 휘두르며 포수의 미트를 쏘아보는 에나쓰. 마운드에 우뚝 서 있는 에나쓰. 그의 유니폼에는 완전수 28이 찍혀 있었다.

나는 카드를 모두 제자리에 돌려놓고 열었을 때처럼 살며시 뚜껑을 닫았다.

책꽂이 안쪽에서는 먼지가 가득 쌓인 대학 노트도 나왔다. 종이와 잉크 색이 바랜 정도로 보아 야구 카드 못지않게 오래된 것 같았다. 오랜 세월 책의 무게를 견디느라, 서른 권 정도를 묶은 끈은 느슨해졌고 표지는 뒤집혀 있었다.

페이지를 넘겨도 넘겨도, 눈에 들어오는 것은 온통 숫자와 기호와 알파벳뿐이었다. 느닷없이 해괴한 기하학 모양이 등장하는가 하면 일그러진 곡선과 그래프도 등장했다. 박사가 쓴 노트라는 것을 금방 알 수 있었다. 지금보다 젊고 힘찬 필적이 었지만, 역시 4는 리본의 매듭 모양이었고, 5는 앞으로 고꾸라질 듯했다.

무엇이 됐든 고용주의 물건을 몰래 들여다보는 행위는 가사 도우미로서 당치 않은 일이었지만, 그럼에도 내가 노트를 들춰보지 않을 수 없었던 것은 거기에 적힌 내용들이 너무도 아름다웠기 때문이다. 괘선 따위는 아랑곳하지 않고 사방으로 뻗은 수식이 합체되었다가 다시 나뉘고, 화살표와 $\sqrt{}$와 Σ와 그 밖의 다양한 기호가 널려 있고, 군데군데 어지럽게 글자가 짓뭉개져 있는가 하면 벌레 먹은 데가 곳곳에 있어도 여전히 그것은 아름다웠다.

물론 의미는 알 수 없었다. 각 페이지에 숨겨진 수수께끼를 어느 것 하나 공유할 수 없었다. 그런데도 나는 하염없이 노트를 쳐다보고 싶었다.

언젠가 박사가 얘기한 아르틴의 예상의 증명이 혹 쓰여 있지는 않을까. 전공 분야인 소수에 대해서도 틀림없이 쓰여 있겠지. 어쩌면 학장상 No. 284를 받은 논문의 초벌 원고가 있을

지도 모르고……. 나는 공책에서 나름대로 많은 것을 감지했다. 희미해진 연필의 흔적에서는 정열을, ×표시에서는 초조함을, 힘차게 그어진 두 밑줄에서는 확신을. 그리고 넘쳐나는 수식은 나를 세계의 끝으로 인도해주었다.

좀 더 주의 깊게 살펴보고 있자니, 페이지 한 귀퉁이에 나도 읽을 수 있는 글자가 더러 쓰여 있었다.

'해의 정의체, 음미 필요'

'반안정 경우에서의 결함'

'새로운 접근, 헛수고'

'마감에 늦지는 않을까?'

'14 : 00 도서관 앞, N과'

모두 급하게 날려 쓴 글이었다. 하지만 거의 수식에 파묻혀 있는데도 양복에 붙어 있는 메모보다는 훨씬 생명력이 넘쳤다. 내가 모르는 박사가 그곳에서 고투하고 있었다.

오후 2시, 도서관 앞에서 무슨 일이 있었을까. N은 누구일까. 그 만남이 박사에게 행복한 것이었기를 기도하지 않을 수 없었다.

나는 종이를 쓰다듬었다. 박사가 쓴 수식이 손끝에 만져졌다. 수식이 죽 이어지면서 한 줄 사슬이 되어 발치로 길게 늘어졌다. 나는 한 단 한 단, 사슬을 내려간다. 풍경이 사라지고, 빛도 비치지 않는다. 소리도 들리지 않는데 전혀 무섭지 않다. 박사가 제시한 도표는 그 무엇도 침범할 수 없는 정확성을 영원히 지닌다는 것을 알고 있었으므로.

내가 서 있는 지면을 보다 깊은 세계가 지탱하고 있다는 것을 느낀 나는 놀라고 감탄한다. 그곳에 가려면 숫자의 사슬을 타고 내려가는 방법밖에 없다. 언어는 무의미하고, 끝내는 내가 깊이와 높이 중 어느 쪽을 지향하려 하는지 구별조차 불분명해진다. 단 하나 분명한 것은 사슬의 끝이 진실과 이어져 있다는 것뿐이다.

나는 마지막 한 권의 마지막 페이지를 넘긴다. 사슬이 뚝 끊어지고 나는 어둠 속에 남겨진다. 조금만 더 앞으로 나아가면, 지향하는 곳이 바로 거기일지도 모르는데, 아무리 눈을 찌푸리고 보아도 그다음 숫자가 보이지 않는다.

"거 미안한데, 자네."

세면실에서 나를 부르는 박사의 목소리가 들렸다.

"바쁜데 미안하지만, 자네."

"네."

나는 노트를 제자리에 돌려놓았다. 그리고 기운차게 대답했다.

5월의 월급을 받는 날, 타이거스 전 티켓을 세 장 샀다. 6월 2일, 상대 팀은 히로시마였다. 타이거스가 우리가 사는 동네에 원정 경기를 오는 것은 1년에 두 번 정도, 그날을 놓치면 당분간 기회가 없었다.

지금까지 루트를 야구장에 데리고 간 적은 한 번도 없었다. 할머니와 셋이서 딱 한 번 동물원에 다녀왔을 뿐, 박물관이든 극장이든 문턱에도 가지 못했다. 그가 태어난 후로 오직 절약에만 신경을 쓰느라 둘이서 뭘 즐길 여유 따위는 잊고 살았다.

과자 통에 담겨 있는 야구 카드를 보는 순간, 문득 생각했다. 무거운 병을 짊어지고 온종일 수의 세계를 탐색하는 노인과, 철들 무렵부터 밤에 엄마가 돌아오기만을 기다린 소년에게 하루 정도 야구 구경을 시켜준들 벌 받을 일은 아닐 것이라고.

솔직하게 말해서 내야석 티켓을 세 장이나 사자니 타격이 컸다. 예기치 않은 루트의 치료비 때문에 더욱 그랬다. 그러나 돈은 나중에라도 얼마든지 벌 수 있지만, 노인과 소년이 함께 야구를 즐길 수 있는 시간은 그리 많지 않을 것이라고 생각했다. 그리고 무엇보다 카드의 세계에서 상상만 했던 땀에 젖은 줄무늬 유니폼과, 함성 속에 펜스를 넘는 홈런볼과, 스파이크 때문에 팬 마운드의 흙을 실제로 박사에게 보여줄 수 있다면, 가사도우미의 임무를 다하는 것보다 더 큰 축복이라고 생각했다. 비록 거기에 에나쓰의 모습은 없더라도.

내 딴에는 좋은 생각이라고 내심 좋아했는데, 루트의 반응은 신통치 않았다.

"가기 싫다고 하면……."

루트가 중얼거렸다.

"박사님은 복잡한 데 싫어하잖아."

그의 판단은 정확했다. 이발소에 데리고 가는 것도 그렇게 고생스러웠는데, 야구장은 박사가 사랑하는 고요함과는 전혀 동떨어진 장소가 아닌가.

"그리고 약속은 또 어떻게 해. 박사님은 마음의 준비란 걸 할 수 없는데."

루트는 박사에 관한 한 늘 놀라운 통찰력을 보여주었다.

"……그러네, 마음의 준비라……."

"박사님에게는 모든 게 다 갑작스러운 일이잖아. 미리 계획을 세울 수 없으니까. 매일매일, 우리보다 몇 배는 긴장해야 되고. 그런데 갑자기 그런 빅 이벤트가 뛰어들면 충격으로 돌아가실걸."

"설마. 참, 이렇게 하면 어떨까. 티켓을 양복에 붙여두는 거야."

"별 효과 없을걸."

루트는 고개를 저었다.

"여기저기 메모지가 붙어 있기는 하지만, 그게 도움이 되는 거 엄마 본 적 있어?"

"글쎄. 아침마다 소맷자락에 붙어 있는 엄마 얼굴 보고 신분을 확인하시는 것 같던데."

"그런 유치원 애 같은 그림으로 엄마를 어떻게 확인해?"

"수학은 잘하지만, 그림은 잘 못 그리시나 보지 뭐."

"몽당연필로 메모를 해서 몸에 붙이는 박사님을 보면, 나는 막 눈물이 날 것 같더라."

"왜?"

"외로워 보이니까 그렇지."

루트는 일부러 퉁명스럽게 말했다. 나는 뭐라 반론하지 못하고 고개를 끄덕였다.

"그리고 한 가지 문제가 더 있어."

루트가 집게손가락을 바짝 세우고 말투를 바꾸어 말했다.

"박사님이 알고 있는 타이거스의 선수는 한 명도 출장하지 않는다는 거야. 다들 은퇴했으니까."

루트의 말이 다 옳았다. 야구 카드를 수집했을 당시의 선수가 한 명도 등장하지 않으면 박사는 당황하고 실망할 것이다. 유니폼의 디자인도 지금은 달라졌다. 게다가 야구장은 수학의 정리처럼 조용하지도 않다. 술주정뱅이도 있고, 때로 욕설도 튀어나온다. 루트의 걱정은 하나같이 타당했다.

"그래, 알겠다. 네 의견은 충분히 이해하겠어. 하지만 엄마는 이미 티켓을 다 사버렸는걸. 박사님 것은 물론이고 네 것도 샀다고. 박사님이 가시든 안 가시든 그건 나중에 생각하고, 너는 어떻게 할 건데? 타이거스 시합, 보고 싶지 않아?"

루트는 괜한 거드름을 피우는 것인지 잠시 고개를 숙인 채 우물쭈물거리다가 마침내 기쁨을 감추지 못하고 내 주위를 깡충깡충 뛰어다녔다.

"보고 싶어. 누가 뭐라든 보고 싶어. 나 꼭 갈 거야."

루트는 한참을 깡충거리다가 내 목을 껴안으며 "엄마, 고마워." 라고 속삭였다.

6월 2일 당일, 날씨 때문에 걱정을 많이 했는데 그럭저럭 괜찮았다. 우리는 4시 50분 버스를 타고 출발했다.

어두워지려면 아직 한참 먼 시간, 하늘에는 빛이 넉넉하게 남아 있었다. 버스에는 우리처럼 야구장에 가는 사람들이 더러 타고 있었다.

루트는 친구에게 빌린 메가폰을 들고, 머리에는 물론 타이거스 모자를 쓰고, 거의 10분 간격으로 티켓을 잘 갖고 있는지 물었다. 나는 한 손에는 샌드위치를 담은 바구니, 다른 한 손에는 홍차를 담은 보온병을 들고 있었다. 그런데도 루트가 너무 자주 물어 불안한 마음에 치마 주머니에 손을 넣고 티켓이 무사한지 확인해야 했다.

박사의 모습은 여느 때와 다름없었다. 메모지가 덕지덕지 붙은 양복과 곰팡이 핀 구두, 가슴 주머니에는 몽당연필. 버스가 야구장이 있는 체육공원 앞에 설 때까지, 그런 모습으로 이발소에 갔을 때처럼 좌석의 팔걸이를 꽉 잡고 있었다.

내가 박사에게 야구 시합을 보러 가자는 말을 꺼낸 것은 버스가 출발하기 꼭 80분 전인 3시 30분이었다. 그때는 루트도 학교에서 돌아와 있었다. 둘이서 최대한 자연스러운 분위기를 연출하며 말을 꺼냈다. 박사는 처음에는 우리가 무슨 말을 하는지 이해하지 못하는 것 같았다. 어이없게도 박사는 프로야구 시합이 전국 각지의 구장에서 행해지고 있고, 돈을 내면 누구든지 관전할 수 있다는 사실을 몰랐다. 하기야 라디오로 야구 중계를 들을 수 있다는 것도 최근에야 알았으니, 어쩔 수 없는 일인지도 모른다. 그에게 야구란 신문의 스포츠란에 실린 기록과 카드의 세계에만 존재하는 것이었다.

"나더러, 거길 가라는 말인가?"

박사가 한참을 생각하더니 말했다.

"물론 명령은 아니에요. 같이 가시자는 거죠."

"흠. 야구장에…… 버스를 타고……."

생각하는 것은 박사의 주특기이니, 그냥 놔두면 시합이 끝날 때까지 생각에 잠겨 있을 것 같았다.

"에니쓰를 볼 수 있을까?"

느닷없이 아픈 곳을 찔려 당황했지만, 미리 약속한 대로 루트가 대답했다.

"안타깝지만, 에나쓰 선수는 엊그제 고시엔에서 자이언츠 전에 선발로 출장했기 때문에 오늘은 벤치를 지킬 거예요. 미안해요, 박사님."

"네가 사과할 필요는 없지. 음, 안타까운 일이기는 하지만. 그래서 에나쓰가 이겼어?"

"물론이죠. 시즌 7승째예요."

1992년 당시 등번호 28을 달고 있는 선수는 나카타 요시히로 투수로, 어깨 부상 때문에 거의 등판하지 못하고 있었다. 등번호가 28인 선수가 출장하지 않는 것이 우리에게 행운인지 불행인지는 판단하기 어려웠다. 만약 나카타가 투수가 아니라면 아무리 박사라도 이상하게 여길 테지만, 먼 불펜에서 투구 연습만 하고 있다면 노인의 눈쯤이야 속일 수도 있다. 움직이는 에나쓰를 본 일이 없으니 투구 폼도 모를 것이다. 하지만 만에 하나 나카타가 마운드에 나타난다면 박사가 받을 충격은 이만저만이 아닐 것이다. 나카타는 에나쓰와 달리 오른손으로 공을 던진다. 그렇다면 아예 등번호 28이 없는 편이 행운이 아닐까.

"가요, 네? 박사님하고 같이 가면 재미있을 것 같아요."

루트의 이 한마디에 박사는 간신히 외출을 결정했다.

버스에서 내리자 박사는 좌석의 팔걸이 대신 루트의 손을 꼭 잡았다. 체육공원에서 구장까지 걸어가는 동안에도, 인파를 헤치며 콘크리트 통로를 지날 때에도, 둘은 거의 아무 말도 하지 않았다. 박사는 평소 생활과 전혀 다른 장소에 끌려온 놀라움에, 루트는 바라고 바라던 타이거즈 전을 보게 된 흥분에 말을 잊은 듯 사방을 두리번거릴 뿐이었다.

"괜찮으세요?"

간혹 내가 말을 걸면 박사는 말없이 고개만 끄덕이고는 루트의 손을 고쳐 잡았다.

3루 쪽 특별 내야로 가는 계단을 다 올라간 순간, 우리는 동시에 탄성을 질렀다. 갑자기 시야가 확 트이면서, 그 끝에 부드럽고 거뭇거뭇한 그라운드, 아직 아무도 밟지 않은 베이스, 똑바로 그어진 하얀 선, 정성스럽게 손질된 푸른 잔디가 펼쳐져 있었다. 어슴푸레 어두워지기 시작한 하늘이 손에 닿을 듯 가까이 있었다. 그리고 그때 마치 우리의 도착을 기다렸다는 듯이 조명이 켜졌다. 칵테일 광선을 받은 구장은 하늘에서 내려온 우주선 같았다.

과연 박사는 6월 2일의 히로시마 대 타이거즈 전을 충분히 즐겼을까? 훗날 나와 루트는 가끔 그 특별한 하루의 일을 얘기하곤 했지만, 박사가 실제로 보는 야구 경기를 마음껏 즐겼는지에 대해서는 자신이 없었다. 어쩌면 괜한 요란만 떨었을 뿐, 선량한 병자를 도리어 피곤하게 한 건 아닌가, 하고 후회한 적도 많았다.

다만 우리 셋이 공유한 소박하고 무수한 풍경만이 시간이 흐르면 흐를수록 오히려 선명하게 떠올라 우리의 마음을 따뜻하게 어루만져주었다. 등받이가 갈라져 불편했던 좌석, 처음부터 끝까지 펜스에 매달려 '가메야마'를 외쳤던 남자, 겨자를 너무 많이 넣어 눈물 나게 매웠던 샌드위치, 구장 위를 유성처럼 가로지르던 비행기의 불빛……. 그런 풍경 하나하나를 오래도록 되새기며 그리워했다. 야구장 얘기를 할 때면 지금도 바로 옆에 박사가 있는 것 같은 착각이 들 정도다.

그중에서도 가장 우리 마음에 들었던 일화는 박사가 주스를 파는 언니에게 반한 일이었다. 2회 공격이 끝나고, 일찌감치 샌드위치를 먹어버린 루트가 주스가 마시고 싶다고 칭얼거렸다. 판매원을 불러 세우려는 내 손을 가로막으며 박사가 "안 돼."라고 말했다.

"왜요?"

박사는 잠자코 대답이 없었다.

그다음으로 지나가는 판매원에게 신호를 보내려는 순간 박사가 또 "안 돼."라고 말했다. 그 말투가 너무도 진지해서, 아이 몸에 좋지 않다는 이유로 주스를 사주지 말라는 뜻인 줄 알았다.

"그냥 집에서 가져온 홍차 마시고, 참아."

"싫어. 목마르단 말이야."

"그럼 매점에서 우유 사다 줄게."

"내가 무슨 유치원 애야? 그리고 구장에서 무슨 우유를 판다고 그래? 커다란 종이컵에 담긴 주스를 꿀꺽꿀꺽 마시는 게 구장의 룰이라고."

루트에게는 나름의 이미지가 있는 모양이었다. 나는 할 수 없이 박사에게, "딱 한 번만 사주면 안 될까요?"하고 허락을 구했다. 박사는 진지한 표정으로 내 귓전에 얼굴을 대고 속삭였다.

"저기 저 아가씨에게 사."

박사가 가리킨 통로로 한 판매원이 올라오고 있었다.

"왜요? 누구한테 사든 다 똑같은데."

아무리 물어도 이유를 밝히지 않다가, 목이 말라 더 이상 참지 못하겠다는 루트에게 한참을 시달린 후에야 박사는 입을 열었다.

"저 아가씨가 제일 예쁘니까."

과연 박사의 안목은 놀라웠다. 언뜻 보기에도 그 아가씨가 가장 미인이고, 환한 미소도 제일 귀여웠다.

덕분에 우리는 그녀가 이쪽으로 다가오는 기회를 놓치지 않으려고 그라운드보다 관람석에 신경이 쏠린 나머지, 3회 초 타이거스가 4안타로 추가점을 올리는 장면에 집중할 수 없었다.

드디어 그 아가씨가 바로 아래 통로에 오자 박사가 "여기요."하고 씩씩하게 손을 들고서 루트에게 주스를 사줬다. 동전을 내미는 박사가 손을 떠는데도, 그 몸이 온통 메모로 뒤덮여 있는데도 아가씨는 미소를 잃지 않았다. 루트는 주스 한 잔 사는데 왜 이렇게 애를 태워야 하느냐고 투덜거렸지만, 그녀가 지나갈 때마다 박사가 팝콘에 아이스크림에 주스까지 한 잔 더 사주자 기분이 풀어졌다.

그런 뜻밖의 일면도 보여주었지만 역시 박사는 수학자였다. 경기장을 내려다보면서 그가 처음 꺼낸 말은,

"다이아몬드는 한 변이 27.43미터인 정사각형."

이었다. 그리고 자신과 루트의 좌석 번호가 7-14와 7-15인 것을 알고는 자리에 앉지도 않은 채 두 숫자에 대해 얘기했다.

"714는 베이브 루스가 1935년에 작성한 통산 홈런 기록. 1974년 4월 8일, 행크 아론은 상대 팀 다저스의 투수 알 다우닝이 던진 공을 날려 이 기록을 깨는 715호 홈런을 기록했지.

714와 715의 곱은 제일 작은 소수 일곱 개의 곱과 같고.

$$714 \times 715 = 2 \times 3 \times 5 \times 7 \times 11 \times 13 \times 17 = 510510$$

또 714의 소인수의 합과 715의 소인수의 합은 같아.

$$714 = 2 \times 3 \times 7 \times 17$$
$$715 = 5 \times 11 \times 13$$
$$2 + 3 + 7 + 17 = 5 + 11 + 13 = 29$$

이런 성질을 지닌, 연속하는 정수의 쌍은 그리 흔하지 않아. 20000이하에는 스물여섯 쌍밖에 존재하지 않지. 루스-아론 쌍. 소수와 마찬가지로 수가 커지면 커질수록 분포가 희박해지고. 가장 작은 쌍은 5와 6이야. 무한히 존재하는지를 증명하기는 쉬운 일이 아니지. 그러나 보다 중요한 것은 내가 7-14고 루트가 7-15에 앉는다는 거야. 그 반대면 절대 안 되지. 옛 기록을 새로이 나타난 자가 깬다. 그것이 세상 사는 이치야. 안 그러니?"

"음, 알았어요. 알았으니까, 저기 봐요. 신조 선수예요."

평소에는 박사의 강의를 열심히 듣는 루트도 이때만은 소귀에 경 읽기, 자기 자리의 번호 따위는 안중에도 없는 표정이었다.

하지만 박사는 시합 내내, 무슨 일이 있을 때마다 숫자를 들먹였다. 그만큼 긴장하고 있다는 뜻이었다. 주위의 소음에 지지 않으려고 목소리가 조금씩 높아져, 사방을 둘러싼 타이거스 팬들 사이에서 우리만 부각되었다. 선발투수 나카고메의 이름이 방송에서 울리고, 환성 속에 그가 마운드에 등장하자,

"마운드 높이는 10인치, 25.4센티미터. 마운드에서 홈을 향

해 6피트 지점까지 1피트당 1인치씩 낮아진다."

히로시마 타선이 1번에서 7번까지 모두 좌타자인 것을 알고는,

"좌대좌 타율 데이터는 0.2568, 우대우는 0.2649."

히로시마의 니시다에게 도루를 당해 모두들 혀를 차고 있을 때에는,

"투수가 자세를 잡고 볼을 던지기까지 0.8초. 볼이 포수에게 도착할 때까지, 지금은 커브볼이었으니까 0.6초. 여기까지 1.4초 경과. 주자가 달리는 거리는 리드한 거리를 빼고 24미터. 주자의 50미터 달리기 기록은…… 2루에 도달하는 데 걸리는 시간은…… 따라서 주자를 잡기 위해서 포수에게 남은 시간은 1.9초."

이런 식이었다.

그러나 우리 옆에 앉은 사람들이, 왼쪽은 현명하게 무관심으로 일관해주고 오른쪽 아저씨는 절묘하게 맞장구를 치면서 분위기를 띄워주어 그나마 다행이었다.

"서투른 해설자보다 훨씬 노련하십니다."

"할아버지, 공식적인 기록원도 될 수 있겠는데요."

"내친김에 타이거즈의 승률도 한 번 계산해보시죠."

박사의 입에서 튀어나오는 계산을 모두 이해할 리는 없겠지만, 그래도 아저씨는 히로시마 선수에게 야유를 보내는 틈틈

이 박사의 강의에 귀 기울여 주었다. 덕분에 주위 사람들에게 박사의 계산이 단순한 망상이 아니라 합당한 이론에 근거한 것이라는 인상을 다소는 주지 않았을까 하는 생각이 들었다. 게다가 아저씨는 우리에게 땅콩까지 나누어주었다.

1회 초, 와다와 구지의 안타로 타이거스가 선취점을 따내고 이어 2회에는 5안타로 4점을 추가했다. 날이 저물면서 바람이 서늘해져 루트에게 점퍼를 입히고, 박사에게는 무릎덮개를 건네고, 물수건으로 손을 닦느라 분주한 사이에 점수가 더 났다. 어이가 없을 정도였다. 루트는 신이 나서 메가폰을 두드리고, 박사는 한 손에 샌드위치를 든 채 어색하게 박수를 쳤다.

박사는 시합에 열중했다. 볼이 날아가는 방향에 감탄하고, 고개를 끄덕이고, 미간을 찌푸리기도 했다. 때로는 앞에 앉은 사람들의 도시락을 들여다보기도 하고, 미루나무 가지에 걸린 달을 올려다보기도 했다.

히로시마의 팬보다 3루 쪽에 있는 타이거스의 팬이 한결 눈에 띄었다. 노란색이 차지하는 면적은 넓었고 응원도 힘찼다. 하기야 히로시마는 나카고메에게 압도당해 기회를 얻지 못하고 있으니, 환호하고 싶어도 그럴 수 없는 상황이었다.

나카고메가 스트라이크만 던져도 환성이 일었다. 점수가 났을 때는 환희의 소용돌이가 경기장을 뒤덮었다. 이렇게 많은 사람들이 동시에 기뻐하는 모습을 보기는 태어나서 처음이었다. 생각을 하고 있든지, 생각을 방해당해 화를 내고 있든지 늘 두 가지 표정밖에 모르는 박사조차 기뻐하고 있었다. 아주 조심스럽게 표현하고 있었지만, 환희의 소용돌이에 동참하고 있는 것만은 틀림없었다.

그러나 그때 그 누구보다 독특한 방식으로 기뻐한 사람은 거의 펜스에 매달려 있다시피 한 가메야마 선수의 팬이었다. 작업복 위에 가메야마의 유니폼을 걸치고, 허리에는 트랜지스터라디오를 매단 20대의 그 젊은이는 열 손가락으로 펜스를 부여잡고 아무튼 한시도 떨어지지 않았다. 히로시마가 공격할 때는 레프트에 있는 가메야마를 쳐다보고, 그가 대기 타석에 모습을 나타냈다 하면 흥분하고, 타석에 있는 동안에는 내내 이름을 외쳐댔다. 때로는 격려하듯 때로는 애원하듯 목소리를 바꿔가면서, 1밀리미터라도 가메야마에게 다가가고 싶은 듯 이마에 마름모꼴 무늬가 새겨지는 것도 아랑곳하지 않고 얼굴을 펜스에 바짝 갖다대고 있었다. 그렇다고 상대 선수에게 야유를 보내는 것은 아니었다. 가메야마가 안타를 치지 못하고 타석에서 물러날 때도 불평 한마디 하지 않았다. 오직 그는 '가메야마'만을 외쳐댔다. 그 한마디에 모든 혼을 쏟아부었다.

때문에 가메야마가 적시타를 쳤을 때는 기절하지 않을까 다들 걱정했는데, 실제로 그의 등을 받치려고 뒤에서 손을 내미는 사람도 있었다. 가메야마가 날린 볼은 힘차게 날아가 베이스 사이를 뚫고 잔디 위로 미끄러지며 칵테일 광선의 축복을 받았다. 뒤따르는 외야수들은 검고 작은 그림자에 지나지 않았다. 남자는 있는 힘을 다해 외쳤고, 폐가 텅 비어버린 후에도 여전히 오열 같은 신음을 내뱉으며 머리를 흔들고 몸부림쳤다. 다음 타자 파치오렉이 타석에 섰는데도 남자는 황홀경의 긴 여운을 늘어뜨리고 있었다. 그에 비하면 박사의 응원은 아주 상식적이었다.

박사는 자신이 수집한 야구 카드의 선수가 한 명도 등장하지 않는데도 별다른 의구심을 보이지 않았다. 자신이 알고 있는 야구의 규칙과 기록에 관한 지식이 현실적인 경기와 어떻게 연결되는지를 생각하느라 선수의 이름까지는 신경을 못 쓰는 것 같았다.

"저 주머니에는 뭐가 들어 있지?"

"로진백이요. 송진 가루가 들어 있어요. 미끈거리지 않게요."

"왜 포수는 늘 1루로 뛰어가나?"

"1루를 커버하는 거예요. 1루수가 볼을 놓쳐도 금방 따라잡을 수 있게요."

"벤치에 팬이 들어간 것 같은데……."

"아니에요. 저 사람은 아마 외국 선수의 통역일 거예요."

박사는 모르는 것이 있으면 무엇이든 솔직하게 물었고, 루트는 아는 대로 대답해주었다. 시속 150킬로미터로 날아가는 볼이 지니는 운동에너지며 볼의 온도와 비거리 간의 관계는 얼마든지 설명할 수 있는 사람이 로진백을 모르는 것이다. 이미 손을 꼭 잡고 있지는 않았지만 박사는 루트에게 의지하고 있었다. 그리고 숫자로 얘기하고, 루트에게 묻고, 예쁜 아가씨에게 먹을 것을 사고, 땅콩을 오물거렸다. 그러면서 틈틈이 불펜을 쳐다보았다. 역시 28은 없었다.

시합은 한신 타이거즈가 6대 0으로 앞서가는 가운데 빠른 속도로 진행되었다. 그리고 승패보다 나카고메의 투구가 구경거리가 되었다. 8회가 끝나가는데도 나카고메는 안타를 한 개도 허용하지 않았다.

이기고 있는데도 3루 쪽은 조금씩 분위기가 무거워졌다. 공격이 끝나고 수비가 시작되면 견디기 힘든 고행에라도 임하듯 여기저기서 한숨 소리가 새어 나왔다. 한신이 계속 점수를 따고 있다면 그나마 편할 텐데, 3회까지 6점을 딴 후 내내 제로 행진이라 어쩔 수 없이 수비에 집중해야 하는 상황이었다.

9회 말, 벤치에서 나와 마운드로 걸어가는 나카고메의 등 뒤로 참다못한 누군가의 신음 소리가 새어 나왔다.

"이제 세 명……."

그 말만은 하지 않기를 바라던 관중들은 이내 술렁이기 시작했다. 그 누군가의 신음에 답한 것은 박사 한 사람뿐이었다.

"노히트노런이 달성될 확률은 0.18퍼센트."

히로시마는 선두 타자로 대타를 내보냈다. 이름도 들어본 적이 없는 선수로, 누구 하나 타자에게 주의를 기울이지 않았다. 나카고메는 제1구를 던졌다.

휘두른 배트에 맞은 볼이 우아한 포물선을 그리면서 밤하늘로 치솟았다. 박사의 낡은 대학 노트에 적혀 있음직한 포물선이었다. 볼은 달보다 하얗게, 별보다 아름답게, 군청색 허공에 동그마니 떠 있었다. 모두들 넋을 잃고 그 한 점을 올려다보았다.

그런데 볼이 떨어지기 시작하는 순간, 그것이 절대 우아한 타구가 아니라는 것을 깨달았다. 볼은 점점 속도를 더하더니 바람을 가르면서 우주에서 오랜 여행 끝에 떨어지는 유성처럼 열기를 뿜어냈다.

어디에선가 비명이 울렸다.

"위험해."

귓전에서 박사의 목소리가 들렸다. 볼은 루트의 무릎을 스치고 발치의 콘크리트를 치고 튀어 올라 뒤쪽으로 날아갔다.

박사의 몸이 루트를 뒤덮고 있었다. 목과 두 팔을 한껏 뻗고, 무슨 일이 있어도 이 가녀린 생명을 다치게 하지 않겠노라는 결의가 넘실거리는 온몸으로 루트를 감싸 안고 있었다.

볼이 사라진 후에도 두 사람은 꼼짝하지 않았다. 하기야 루트는 박사가 팔을 풀어주지 않아 움직일 수 없었지만.

"파울볼에는 아무쪼록 조심해주십시오."

그때 장내 방송이 울렸다.

"이제 괜찮은 것 같은데……."

나는 조심스럽게 말을 걸었다. 박사의 손에서 떨어진 땅콩 껍질이 사방에 흩어져 있었다.

"경식구의 무게는 141.7그램…… 지상 15미터 높이에서 낙하하는 경우…… 12.1킬로그램의 쇠공을…… 충격은 85.39배로……."

박사가 중얼거리는 소리가 들렸다. 둘의 등받이에는 714와 715란 숫자가 새겨져 있었다. 나와 박사가 220과 284로 맺어져 있는 것처럼 그들 또한 특별한 비밀을 공유하는 숫자로 맺어져 있었다. 그 누구도 풀 수 없는 단단한 인연이었다.

관람석이 갑자기 술렁거리기 시작했다. 나카고메의 제2구가 우익수 앞으로 날아가는 것이 보였다. 볼이 잔디밭 위로 굴러갔다.

"가메야마."

펜스의 젊은이가 또 외쳤다.

6

밤 10시가 가까워서야 별채에 도착했다. 흥분은 아직 식지 않았지만 루트는 터져 나오는 하품을 억지로 참고 있었다. 박사를 데려다 주고 곧바로 돌아가려고 했는데, 그가 예상외로 피로한 듯 보여 침대에 들어갈 때까지 지켜보기로 했다. 경기장에서 돌아가는 사람들로 만원인 버스에 지친 모양이었다. 버스가 흔들릴 때마다 사람들에게 떠밀려 메모를 붙인 클립이 떨어지지는 않을까 노심초사했다.

"이제 금방 도착할 거예요."

거듭 그렇게 말하는 내 목소리도 들리지 않는 듯했다. 버스에 타고 있는 내내, 다른 사람들과 가능한 한 접촉하지 않으려고 몸을 이상하게 비틀고 있었다.

피곤해서가 아니라 평소에도 그러는 것이리라. 박사는 양말을 벗고 윗도리, 넥타이, 바지 순으로 입고 있는 것들을 하나하나 바닥에 벗어던지고는 속옷 차림으로 이도 닦지 않은 채 침대에 파고들었다. 아까 화장실에 갔을 때 아무도 모르게 재빨리 이를 닦은 모양이라고, 나는 그렇게 생각하기로 했다.

"오늘은 고마웠어."

눈을 감기 전, 박사가 중얼거렸다.

"덕분에 아주 즐거웠어."

"노히트노런은 아니었지만요."

루트는 머리맡에 무릎을 꿇고 이불을 가지런히 덮어주었다.

"에나쓰도 노히트노런을 해냈지. 더구나 연장전까지 치른 경기에서 말이야. 1973년 8월 30일, 최종전까지 자이언츠와 우승을 다투던 상황이었지. 주니치를 상대로 연장 11회 말, 에나쓰가 굿바이 홈런을 날려 1대 0으로 이겼어. 공격과 수비를 전부 혼자서 해낸 셈이지……. 하지만 오늘은 역시 에나쓰가 투수로 나서지 않았어……."

"그래요. 다음에는 스케줄 먼저 확인하고 티켓 살게요."

"아무튼, 이겼으니까 됐잖아요."

루트와 내가 말했다.

"옳은 말이야. 6대 1. 아주 멋진 스코어야."

"타이거스가 2위로 올라갔어요. 자이언츠는 다이요에 져서

꼴찌로 밀려났고요. 이렇게 운 좋은 날은 없을 거예요, 박사님."

"그래, 네 말이 맞다. 다 루트가 나를 경기장에 데리고 가준 덕분이야. 자, 이제 조심해서 가거라. 엄마 말씀 잘 듣고, 빨리 자. 내일은 학교 가야지?"

박사는 입가에만 희미하게 미소를 띤 채 루트가 대답도 하기 전에 눈을 감았다. 눈두덩이 불그스름하고, 입술이 갈라지고, 언제부터인가 이마에 땀이 돋아 있었다. 나는 이마에 손을 대어보았다.

"어머, 큰일 났네."

열이 있었다. 그것도 꽤 높은 열이.

생각다 못해 나는 루트와 함께 별채에서 묵기로 했다. 아픈 사람을 두고 그냥 갈 수는 없었다. 하물며 그 사람이 박사라면 더욱 그렇다. 취업 규칙이나 계약 조건에 신경을 쓰느라 꾸물거리는 것보다 차분하게 간병을 하는 편이 오히려 마음 편했다.

그러리라 예상은 했지만, 집 안 어디를 뒤져보아도 얼음주머니, 해열제, 체온계, 의료보험증 등, 이런 때에 도움이 될 만한 것은 하나도 없었다. 창밖으로 내다보니, 안채에는 불이 꺼져 있었다. 울타리 언저리에서 사람 그림자가 얼핏 움직인 것처럼 보였다. 미망인과 의논할 수 있으면 좋겠는데, 별채에서 생긴 문제는 별채에서 해결하라는 말이 떠올랐다. 나는 창문의 커튼을 닫았다.

혼자서 어떻게든 해보는 도리밖에 없었다. 비닐 주머니에 얼음을 깨서 담고 수건으로 둘둘 말아 목덜미 밑과 양 겨드랑이와 사타구니 사이에 끼워 넣었다. 겨울 담요를 꺼내 덮어주고 수분을 공급하기 위해 물을 끓였다. 전부 루트가 열이 날 때 쓰는 방법이었다.

루트는 서재 구석에 있는 소파에 재웠다. 온통 책으로 뒤덮여 본래의 역할을 다하지 못하는 소파였는데, 치워놓고 보니 의외로 멋지고 푹신해서 편히 잘 수 있을 것 같았다. 루트는 박사를 걱정하면서도 금방 잠이 들었다. 쌓여 있는 수학 책의 맨 위에 타이거스의 모자가 놓여 있었다.

"어떠세요? 힘들지 않아요? 목이 마르면 말씀하세요."

말을 걸어도 반응은 없었다. 열 때문에 의식이 몽롱해서가 아니라 잠이 든 탓이었다. 숨소리가 약간 거칠 뿐 괴로워하는 기색은 없었다. 눈을 감은 얼굴은 편안하고, 깊은 꿈의 세계에서 헤매는 듯 보였다. 얼음주머니를 갈 때도, 땀을 닦을 때도 박사는 눈 한 번 뜨지 않고 순순히 몸을 내맡겼다.

노인이기는 해도, 양복에서 해방된 몸은 정말 빈약하기 짝이 없었다. 배와 두 허벅지와 두 팔의 살은 축 늘어졌고, 자글

자글하게 주름진 창백한 피부는 어디를 만져도 움푹움푹 들어갈 뿐 탄력이 없었다. 손톱 끝에서라도 숨겨진 생명력 같은 것을 느낄 수 있지 않을까 해서 자세히 들여다보았지만 헛일이었다. 나는 언젠가 박사가 가르쳐준 수학자의 말을 떠올렸다.

'신은 존재한다. 왜냐하면 수학에 모순이 없으니까. 그리고 악마도 존재한다. 왜냐하면 그것을 증명할 수 없으니까.'

그렇다면, 숫자의 악마가 박사의 육체를 다 파먹었다고밖에 생각할 수 없었다.

밤이 깊어가면서 열이 점점 더 오르는 듯했다. 뱉어내는 숨은 뜨겁고, 땀도 끝없이 배어 나왔다. 얼음이 녹는 속도도 빨라졌다. 약국에라도 다녀오는 것이 좋을까. 사람이 많은 곳에 데리고 간 것이 잘못이었는지도 모르겠다. 만에 하나 뇌의 상태가 악화된 것이라면 어쩌지……. 이런저런 걱정이 머리를 스쳤다. 하지만 이렇게 곤히 자고 있으니 별일 없을 것이라고 스스로를 위로했다.

경기장에 들고 갔던 무릎덮개를 덮고 나도 침대 밑에 누웠다. 커튼 사이로 스민 달빛이 방바닥에 긴 빛의 띠를 이뤘다. 야구 경기를 구경한 것이 먼 옛일처럼 느껴졌다.

내 왼쪽에선 박사가, 오른쪽에선 루트가 자고 있었다. 눈을 감자 많은 소리가 들렸다. 박사의 숨소리, 담요와 옷이 스치는 소리, 얼음이 녹는 기척, 루트의 잠꼬대, 삐걱거리는 소파 소리. 둘이서 내는 소리가 나를 편안한 잠으로 인도해주었다.

다음 날 아침, 루트는 박사가 깨기 전에 일어나 친구에게 돌려줄 메가폰을 들고 집으로 돌아가서 교과서를 챙겨 학교에 갔다. 아침이 되자 박사는 얼굴의 열기도 가시고 호흡도 안정을 되찾아 상태가 좋아진 듯 보였지만, 여전히 깊은 잠에서 헤어나지 못했다. 이번에는 잠에 빠져 있는 자체가 걱정스러웠다. 나는 이마에 손을 대보았다. 그리고 담요를 걷어내고 목과 움푹 파인 쇄골, 겨드랑이, 배꼽을 차례로 꾹꾹 눌러보고 간질여도 보았다. 귀에다 숨을 불어넣기도 했다. 그러나 아무 효과가 없었다. 눈두덩 위로 눈동자의 움직임만 감지될 뿐이었다.

내가 부엌에서 일을 하고 있을 때에야 박사가 잠병에 걸린 것은 아님이 분명해졌다. 점심때가 가까운 시간이었다. 서재에서 부스럭거리는 소리가 나서 가보니 박사가 평소처럼 양복을 입고 침대에 걸터앉아 고개를 축 늘어뜨리고 있었다.

"일어나시면 안 돼요. 열이 있어요. 안정을 취하셔야 돼요."

박사는 나를 올려다보고는 아무 말도 않고 또 고개를 숙였다. 눈에는 눈곱이 끼어 있고, 머리는 엉클어지고, 넥타이는 볼품없이 목에 늘어져 있었다.

"자, 옷 벗고, 속옷을 좀 갈아입으셔야겠어요. 어젯밤에 땀을 많이 흘려서 푹 젖었어요. 나중에 잠옷 사 올게요. 시트도 바꾸고, 깔끔해지면 기분도 상쾌해지실 거예요. 많이 피곤하셨나 봐요. 세 시간 동안이나 야구를 보셨으니까요. 괜히 가자고 그래서 죄송해요. 하지만 걱정하실 거 없어요. 몸을 따뜻하게 하고, 맛있는 음식 많이 드시고, 푹 쉬시면 금방 나을 거예요. 루트도 늘 그랬거든요. 자, 우선 뭘 좀 드셔야겠어요. 사과 주스 드릴까요?"

그렇게 말하며 들여다보는 내 어깨를 밀쳐내고 박사는 얼굴을 돌렸다.

그때서야 나는 초보적인 실수를 범했다는 것을 알았다.

박사는 어제 야구를 구경한 것은 물론이고 나도 기억하지 못하는 것이다.

박사는 자기 발치로 시선을 떨구고 있었다. 굽은 등이 하룻밤 사이에 더 왜소해진 것 같았다. 소모될 대로 소모된 몸은 축 늘어져 움직이지 않고, 그저 갈 곳 잃은 마음만 엉뚱한 곳을 헤매는 것 같았다. 숫자의 비밀을 밝혀낼 때의 집중력은 사라지고, 루트를 끔찍하게 아끼던 애정도 온데간데없고, 온몸에서 생기란 생기는 다 빠져나간 듯 보였다.

마침내 흐느끼는 소리가 들렸다. 처음에 나는 그 소리가 박사의 입에서 흘러나오는 줄은 모르고 방 어디에선가 망가진 오르골이 울리는 줄로 착각했다. 루트가 손을 베었을 때 들은 울음소리와는 전혀 성질이 다른, 오직 자신만을 위한 나직한 울음소리였다.

가장 눈에 잘 띄는 곳에 붙어 있는 메모지, 박사는 윗도리를 걸치면 보기 싫어도 보게 되는 가장 중요한 메모를 읽고 있었다.

'내 기억은 80분밖에 지속되지 않는다.'

나는 침대 끝에 앉았다. 뭘 어째야 좋을지 알 수 없었다. 초보적인 실수가 아니라, 나는 치명적인 실수를 저질렀던 것이다.

매일 아침, 박사는 잠에서 깨어나 옷을 입을 때마다 제 손으로 쓴 메모를 읽으면서 자신의 병을 깨닫는다. 어젯밤에 꾼 꿈은 어젯밤의 꿈이 아니라 먼 옛날, 자신이 기억하는 마지막 밤에 꾼 꿈이라는 것을 안다. 어제의 자신은 시간의 심연으로 떨어져 두 번 다시 돌아오지 않는다는 것을 알고 충격을 받는다. 파울볼로부터 루트를 지켜준 박사는 이미 그 자신 안에서는 죽은 사람이다. 매일매일, 그가 홀로 침대 위에서 그런 잔인한 선고를 받고 있었다는 사실을 나는 상상조차 못하고 있었다.

"전, 가사도우미예요."

오열이 잦아들기를 기다렸다가 나는 말했다.

"박사님을 도와드리기 위해 고용된 가사도우미요."

박사가 젖은 눈으로 나를 쳐다보았다.

"저녁때가 되면 아들이 올 거예요. 머리가 평평해서 루트라고 부르죠. 박사님께서 지어주신 이름이에요."

나는 박사의 소맷자락에 붙어 있는 메모지를 가리켰다. 어제 버스 안에서 떨어지지 않은 게 천만다행이라고 생각했다.

"자네 생일이, 언제지?"

열 때문에 맥없는 목소리였지만, 그나마 말이 나와 조금은 안심했다.

"2월 20일이요."

나는 대답했다.

"220이에요. 284와 우애로 맺어진 수, 220이요."

열은 사흘이나 내리지 않았다. 그동안 박사는 거의 잠에 빠져 있었다. 아프다는 소리도, 힘들다는 소리도 한마디 하지 않고 오로지 잠만 잤다.

끼니때가 되어도 잠에서 깨어날 기미가 보이지 않고, 침대 옆에다 갖다 놓은 밥에도 손을 대지 않아 나는 할 수 없이 한 입 한 입 떠먹여야 했다. 윗몸을 일으키고, 볼을 꼬집어 눈을 슬쩍 뜬 순간을 놓치지 않고 숟가락을 밀어 넣었다. 그러나 박사는 수프 한 컵을 먹는 동안을 견디지 못하고 도중에 꾸벅거렸다.

결국 병원에는 가지 않았다. 열이 난 원인이 외출에 있다면 집에서 조용히 지내는 것이 최고의 치료라고 생각했다. 갑자기 바깥공기를 쐰 탓에 몸이 거부반응을 일으킨 것이라고. 그리고 무엇보다 그를 깨워 구두를 신기고, 스스로 병원에 가게 하는 것은 불가능한 일이었다.

루트는 학교에서 돌아오자마자 서재로 뛰어 들어가 침대 곁에 가만히 서 있었다. 박사님이 쉬지 못하시니까 저리 가서 숙제를 하라고 할 때까지 잠든 얼굴을 지켜보았다.

나흘째 아침, 열이 내리고 점차 회복되는 기미가 보였다. 자는 시간이 줄어들면서 거기에 반비례하듯 식욕이 돌아왔다. 침대에서 나와 의자에 앉을 수 있을 만큼 기운이 회복되자, 박사는 넥타이를 반듯하게 매고 안락의자에 앉아 수학 책을 펼쳐 들었다. 그리고 수학 잡지의 현상 문제에도 다시 도전했다. 생각할 때면 내가 방해가 된다고 언짢아했지만 저녁때가 되어 루트를 포옹할 즈음에는 기분이 한결 좋아져 있었다. 박사는 루트와 함께 수학 문제를 풀고, 그의 머리를 마음껏 쓰다듬었다. 그제야 모든 것이 제자리로 돌아왔다.

박사가 기운을 되찾고 나서 며칠 지나지 않아 소장으로부터 소개소에 들르라는 연락을 받았다. 정기적인 업무 보고를 할 때가 아닌데 따로 불러들인다는 것은 좋지 않은 징조였다. 고객의 불평이 있어 따끔하게 주의를 듣든지 사죄를 요구받든지 벌금을 내게 되든지, 아무튼 마음이 무거웠다. 다만 박사는 80분의 벽에 걸려 그런 일을 할 리 없고, 안채에는 발을 들여놓지 말라는 미망인의 주의 사항도 빈틈없이 지켰으니, 어쩌면 스 탬프가 아홉 개나 찍힌 요주의 인물의 현황을 알아보려는 것 인지도 모르겠다는 생각도 들었다.

"그러면 안 되지."

소장의 첫마디에, 내 예상이 안이했다는 것을 알았다.

"클레임이 들어왔다고."

그는 벗겨진 이마를 쓰다듬으면서 사뭇 곤혹스럽다는 표정 으로 말했다.

"어떤……."

나는 뭐라 말을 잇지 못했다.

지금까지 몇 번인가 고객의 클레임을 받은 적이 있다. 하지 만 모두 상대방의 오해나 편협한 생각 때문이었다. 그래서 소 장도 내게 잘못이 없다는 것을 알고는 어떻게 좀 잘해보라면 서 일을 무마시켜주었다. 그런데 이번에는 상황이 달랐다.

"그렇게 시치미를 떼면 곤란하지. 당치도 않은 잘못을 저질 러놓고……. 수학 선생님 댁에서 묵었다면서?"

"전 잘못한 거 없어요. 누구죠? 그런 저질스런 염탐을 한 사 람이? 어처구니없군요. 불쾌합니다."

나는 항의했다.

"누가 염탐을 했다고 그래, 묵은 것은 사실이지. 그렇지 않 나?"

나는 고개를 떨굴 수밖에 없었다.

"근무 시간을 연장할 필요가 있을 때에는 미리 소개소에 연락할 것, 만약 긴급한 사태가 발생해서 어쩔 수 없는 경우에는 고객의 도장을 받아 초과근무수당 신청서와 사후 보고서를 제출할 것. 업무 규칙에 그렇게 되어 있을 텐데."

"네, 잘 알아요."

"그 규칙을 어겼으니 잘못한 거지. 그것이 어째서 저질이고 어처구니가 없다는 거야?"

"그런 뜻이 아니에요. 난 초과근무를 한 게 아니고, 그냥 친절을 베풀다 보니까 하지 말아야 할 것까지 했을 뿐……."

"근무가 아니라면, 그렇다면 대체 뭐지? 일도 아닌데 남자가 사는 집에 묵었다면, 그야말로 염탐을 당해도 어쩔 수 없는 일 아닌가?"

"아프셨어요. 갑자기 열이 나서 혼자 계시게 할 수가 없었다고요. 규칙을 어긴 것은 제 실수니까, 죄송해요. 하지만 가사도우미로서 부적절한 행동은 절대 하지 않았어요. 아니 오히려 그때 당연히 해야 할 의무를 다했다고 생각해요."

"아들에 관해서는……."

소장은 박사의 고객 카드 테두리를 집게손가락으로 더듬었다.

"특별히 편의를 봐준 거였어. 파견 나간 곳에 아들을 드나들게 하는 건 전례가 없는 조치였다고. 고객이 먼저 제안한 것이기도 하고, 또 까다로운 고객이기도 하니까 그만큼 양보를 한 거야. 다른 가사도우미들이 왜 당신 한 명만 특별 취급을 하느냐고 말들이 많아. 그래서 더욱 오해받을 일이 없도록 성실하게 근무에 임해야 한다고. 그러지 않으면 나도 곤란해."

"정말 죄송해요. 제가 경솔했어요. 아들 건은 감사하고 있어요. 청을 들어주셔서, 뭐라 감사해야 할지……."

"그래서 말인데, 그 일자리 그만둬야겠어."

네? 하고 나는 되물었다.

"오늘부터 그곳에 출근하지 않아도 돼. 오늘 하루는 결근 처리할 테니까, 내일 다른 고객에게 면접을 보러 가도록."

소장은 박사의 고객 카드를 뒤집어 파란 스탬프를 찍었다. 열 번째 별 표시였다.

"아니, 잠깐만요. 갑자기 그러시면 저도 곤란하죠. 대체 누가 저를 그만두라고 한 거죠? 박사님인가요? 소장님인가요?"

"형수 되는 분이야."

나는 고개를 저었다.

"하지만 면접을 본 날 이후로 저는 한 번도 그분과 얼굴을 마주한 적이 없어요. 그분에게 폐를 끼친 일도 없고요. 별채의 문제는 별채에서 해결하라는 요구도 충실하게 지켰다고요. 월급은 그 사람이 주겠지만, 제가 무슨 일을 어떻게 하는지 제대로 알지도 못한다고요. 그런데 어떻게 저를 해고할 수 있죠?"

"자네가 서재에서 잤다는 것까지 다 알고 있었어."

"그럼 몰래 엿봤다는 말이로군요."

"그쪽에는 그럴 권리가 있지."

그날 밤, 울타리 언저리에서 얼핏 사람 그림자가 움직였던 기억이 났다.

"박사님은 환자예요. 그것도 보통 환자 이상으로 세심한 보살핌이 필요한 환자라고요. 형식적인 간호는 아무 도움도 되지 않아요. 오늘 제가 가지 않으면 당장 아무것도 할 수 없는 사람이라고요. 지금쯤 아마 침대에서 일어나 양복에 붙어 있는 메모지를 보시고, 혼자 외롭게……."

"대신 갈 사람은 얼마든지 있어."

소장은 내 말을 도중에 끊고, 책상 서랍을 열고는 박사의 고객 카드를 홀더에 끼웠다.

"더 이상 할 말 없어. 이미 결정 난 일이라 변경의 여지도 없고."

탁 하고 서랍이 닫혔다. 내 기분과는 정반대로 위협적인 소리였다. 이렇게 해서 나는 박사의 집에서 해고당했다.

그다음 고용주는 회계사 사무실을 경영하는 부부였다. 장소는 집에서 전철과 버스를 갈아타고 한 시간 넘게 가야 하는 곳이었다. 근무 시간도 길어 밤 9시까지였고, 자택과 사무실 일을 구별 없이 시키는 데다 부인의 성미마저 몹시 고약했다. 소장이 반칙에 대한 벌을 준 것이리라. 루트는 또다시 열쇠를 목에 걸고 다니는 신세가 되었다.

이 일에 고용주와의 이별은 반드시 따라다닌다. 특히 아케보노 같은 인력 파견 소개소에 속해 있으면 더욱 그렇다. 고용주의 사정이 수시로 변하는 데다 서로의 성격이 딱 맞는 경우가 흔하지 않기 때문이다. 한 군데 오래 있다 보면 그만큼 불편한 일도 많아진다.

나를 위해 일부러 송별회를 열어준 가정도 있고, 눈물을 흘리면서 선물을 건네준 아이도 있었다. 그런가 하면 한마디 인사는커녕 식기와 가구, 의류의 파손 정도를 계산해서 청구서만 쓱 내민 고용주도 있었다.

그럴 때마다 나는 과민하게 반응하지 않으려고 스스로를 타일렀다. 괜스레 아쉬워하거나 상처받을 필요는 없다. 나는 그들에게 스쳐 지나가는 사람에 불과하고, 이다음 나를 만났을 때는 이름조차 기억하지 못한다. 내가 그들의 이름을 점차 잊어가는 것이나 마찬가지다. 실제로 다음 고객의 집을 드나들기 시작하면 새로운 규칙을 기억하기에 바빠 감상적인 기분 따위는 어디론가 금세 사라져버렸다.

그러나 이번에는 달랐다. 나를 가장 괴롭힌 것은 박사가 우리를 두 번 다시 기억해내지 못할 것이란 사실이었다. 박사는 내가 그만둔 이유를 형수에게 묻거나 루트의 소식을 궁금해하지 못한다. 그는 식당의 안락의자에서 첫 별을 쳐다보거나 서재에서 수학 문제를 풀면서 우리와의 추억에 잠길 자유조차 빼앗긴 사람이다.

그런 생각을 하자 괴로웠다. 돌이킬 수 없는 실수를 범한 나 자신이 한심하고, 화가 났다. 그래서 새 일에 집중할 수 없었다. 지시받은 작업의 대부분이 고된 육체노동인데도(외제차 다섯 대를 세차하고, 4층짜리 빌딩의 계단을 청소하고, 10인분의 밤참을 준비하는 등), 머릿속 한 귀퉁이에 자리하고 있는 박사의 모습이 마음에 걸려 신경이 날카로워졌다. 일을 할 때도, 고개를 푹 숙이고 침대에 앉아 있는 박사의 모습이 떠올랐다. 그 모습에 정신을 팔다가 사소한 실수를 몇 번이나 저질러 부인에게 핀잔을 듣기도 했다.

누가 내 뒤를 이어 일하고 있는지는 모른다. 메모지에 그려진 얼굴과 비슷한 사람이면 좋을 텐데, 하고 생각한다. 박사는 새 가사도우미에게도 역시 전화번호를 묻고 신발 사이즈를 묻고, 거기에 담겨 있는 암호를 해독하고 있을까? 박사가 내가 모르는 누군가와 수학의 비밀을 공유하고 있다고 상상하니 기분이 별로 좋지 않았다. 그가 내게만 가르쳐준 수의 매력이 퇴색하는 듯한 느낌이었다. 어제도 오늘도, 세상에서 무슨 일이 벌어지든 상관없이 그저 거기에 있을 뿐인데.

혹시 후임자가 박사의 까다로움에 넌더리를 내고, 소장도 역시 내가 아니면 안 되겠다고 생각을 바꾸지는 않을까? 때로 그런 염치없는 상상에 잠기는 일도 있었다. 그러나 곧바로 고개를 흔들며 환상을 지웠다. 내가 아니면 안 되다니, 우쭐해하는 것도 정도가 있지. 내가 생각하는 만큼 상대방은 나를 필요로 하지는 않는다. 나를 대신할 사람은 얼마든지 있다. 소장의 말이 옳다.

"요즘엔 왜 박사님 집에 안 가?"

루트는 몇 번이나 같은 질문을 했다. 그때마다 나는,

"사정이 변해서."

하고 대답할 수밖에 없었다.

"어떤 사정이?"

"여러 가지로 복잡한 사정."

"흐음, 그래."

라며 루트는 어깨를 으쓱했다.

6월 14일 일요일, 타이거스의 유부네가 고시엔에서 노히트노런을 달성했다. 나와 루트는 점심을 먹고 나서는 내내 라디오만 들었다. 마유미가 스리런, 신조가 솔로 홈런을 날리고, 8회가 끝났는데 6대 0이었다. 스코어도 상대 팀도 나카고메 때와 똑같았다.

히로시마의 타자가 안타를 날리지 못하고 물러날 때마다 아나운서의 목소리와 경기장의 열기도 덩달아 뜨거워졌지만 우리는 도리어 말이 없어졌다. 9회, 선두 타자가 2루 땅볼로 물러나자 루트는 한숨을 쉬었다. 우리는 서로가 무슨 생각을 하고 있는지 잘 알고 있었다. 그래서 더 불필요한 말은 하지 않았다.

마지막 타자, 마사다의 타구가 하늘로 치솟는 순간 생중계 소리가 지워지고 환성이 라디오를 감쌌다. 마침내 "아웃, 아웃!" 하는 아나운서의 외침이 들렸다.

"좋았어."

루트가 나직하게 말했다. 나는 잠자코 고개만 끄덕였다.

"……프로야구 사상 쉰여덟 명째…… 1973년 타이거스의 에나쓰 이래 19년 만의……."

아나운서의 목소리가 토막토막 들렸다.

우리는 어떤 식으로 기쁨을 표현해야 좋을지 난감했다. 아니 기뻐할 일인지조차 알 수 없었다. 타이거스가 이겼는데, 더구나 어마어마한 기록을 달성했는데, 오히려 마음은 쓸쓸했다. 라디오에서 전해지는 흥분은 우리에게 지난 6월 2일을 되살려주었고, 7-14에 앉아 있었던 박사와 지금은 아주 멀어지고 말았다는 사실을 일깨워주었다. 그때 마지막 회의 선두 타자, 이름도 없는 대타가 날린 파울볼이 어쩌면 우리 세 사람에게는 불운의 전조였는지도 모르겠다는 생각마저 들었다.

"자, 이제 그만 자자. 내일도 일찍 나가야 하니까."

나는 말했다.

"응."

루트는 라디오 스위치를 껐다.

파울볼의 첫 저주는 물론 나카고메의 노히트노런 달성을 방해한 우익수 앞 안타였지만, 그 후에 발열, 해고 등 좋지 않은 사건이 잇달았고, 지금도 계속되고 있다. 그 모든 것을 파울볼의 저주라고 단정 짓는 것은 억지일지도 모르겠지만, 내 마음을 어지럽히기에는 충분했다.

어느 날, 일하러 가려고 버스 정거장에서 버스를 기다리다가 낯선 여자에게 돈을 빼앗겼다. 날치기나 퍽치기를 당한 것도 아니고 나 스스로 여자에게 돈을 주었으니 경찰에도 뭐라 할 말이 없지만, 만약 그것이 새로운 수법의 사기라면 정말 그럴싸하다. 여자는 똑바로 당당하게 내게 다가와 아무 말도, 인사도 없이 불쑥 손을 내밀었다. 그러고는 딱 한마디 "돈."이라고 말했다. 30대 후반에 몸집이 크고 피부가 하얀 여자였다. 초여름인데 봄 코트를 입고 있는 것 외에는 수상쩍은 구석도 딱히 없었다. 차림새가 깔끔해서 부랑자로 보이지도 않고 몹시 절박한 사정이 있는 것 같지도 않았다. 길을 묻듯 태연했다. 아니 오히려 내게 길을 가르쳐주는 사람 같았다.

"돈."

여자는 다시 한 번 그렇게 말했다.

나는 지폐 한 장을 그 손에 올려놓았다. 나로서도 뜻밖의 행동이었다. 칼을 들이대고 협박하는 것도 아닌데, 왜 늘 돈에 쪼들리는 내가 그런 짓을 했는지 이해할 수 없었다. 여자는 지폐를 코트 주머니에 집어넣고 다가왔을 때처럼 말없이 사라졌다. 그때 마침 버스가 도착했다.

회계사의 집으로 가는 동안, 나는 내 돈이 그 여자에게 얼마나 큰 도움이 될까 하고 상상했다. 굶주린 어린아이에게 빵을 사주는 돈이 될까, 병든 부모의 약값이 될까, 가족 동반자살을 저지하는 돈이 될까…… 하지만 그 어떤 상상에도 내 마음은 후련해지지 않았다. 돈이 아까워서가 아니었다. 마치 나 자신이 타인에게 베풂을 구걸한 듯한 비참한 기분이 들어서였다.

그리고 또 어느 날, 어머니의 기일에 성묘를 하러 갔을 때였다.

비석 뒤 잔디 위에 어린 사슴의 시체가 가로누워 있었다. 뼈만 남은 것은 아니고, 등뼈 부근에 반점 모양의 피부가 너덜너덜하게 붙어 있었다. 쭉 뻗은 네 다리는 숨이 끊어지는 순간까지 일어서려고 애쓴 흔적을 그대로 보여주었다. 내장은 썩어 문드러졌고, 눈은 검은 구멍이 되었고, 반쯤 벌린 입 안으로 아직 덜 자란 조그만 이가 보였다.

처음 발견한 것은 루트였다.

"앗."

루트는 그렇게 외마디 비명을 지르며 손가락으로 사슴이 있는 곳을 가리킬 뿐, 나를 부르지도 고개를 돌리지도 못했다.

산에서 뛰어 내려오다가 비석에 부딪혀 그대로 숨이 끊어진 것 같았다. 비석에도 살점과 피가 묻어 있었다.

"엄마, 어떻게 해. 이거 어떻게 해?"

"괜찮아. 그냥 놔둬."

우리는 어머니의 명복을 비는 시간보다 훨씬 오래 어린 사슴의 명복을 빌었다. 이 어린 주검이 어머니의 혼에 따스하게 기댈 수 있기를 기도했다.

성묘를 다녀온 다음 날, 신문의 지방판에서 루트의 아빠 사진을 보았다. 어떤 재단이 젊은 기술 연구자에게 주는 상을 수상한 모양이었다. 짧은 기사와 함께 실린 사진은 선명하지 않았지만, 틀림없는 그였다. 10년치만큼의 나이를 먹은 얼굴이었다.

나는 신문을 구깃구깃 구겨서 쓰레기통에 버렸다. 잠시 후에 생각을 바꿔 다시 주워다 주름을 펴고 가위로 기사를 오려냈다. 거의 종이 쓰레기와 구분이 안 될 정도로 구겨져 있었다.

"그래서, 뭐?"

나는 나 자신에게 물었다.

"별일 아니잖아."

나는 나에게 대답했다.

"루트의 아빠가 상을 받았어. 기쁜 일이지. 그뿐이잖아."

그리고 기사를 반으로 접어, 루트의 탯줄을 넣어둔 상자에 간직했다.

7

소수를 볼 때마다 박사가 떠올랐다. 소수는 풍경 어디에든 숨어 있었다. 슈퍼마켓의 가격표, 문패에 적힌 번지수, 버스 시간표, 햄의 유효기간, 루트의 시험 점수……. 그 숫자들은 모두 표면적인 역할에 충실하면서 이면에 숨겨진 본래의 의미를 고집스럽게 견지하고 있었다.

물론 소수인지 아닌지를 금방 알아볼 수 있는 것은 아니었다. 박사에게 훈련을 받은 덕분에 100까지는 일일이 계산을 하지 않아도 감으로 판단할 수 있었지만, 그 이상 큰 수는 계산을 해봐야 했다. 언뜻 보기에는 합성수 같은데 실은 소수인 경우도 있었고, 처음에는 소수 같았는데 약수가 있는 경우도 흔했다.

나도 박사를 본받아 앞치마 주머니에 연필과 메모지를 늘 넣어두었다. 그래서 언제든 생각날 때면 계산할 수 있었다. 이런 일도 있었다. 회계사의 집에서 냉장고를 청소하다가 문 안쪽에 찍혀 있는 제조번호 2311이 문득 눈에 들어왔다. 이거 꽤 재미있는 숫자일 것 같은데 싶어 세제와 행주를 옆으로 밀어놓고 메모지를 꺼내 나누어보았다. 우선은 3으로, 그다음은 7, 그리고 11, 헛수고였다. 어느 것이나 1이 남았다. 이어서 13, 17, 19 역시 나누어떨어지지 않았다. 그것도 실로 교묘하게 나누어떨어지지 않았다. 정체를 알아냈다고 생각하는 순간, 스르륵 빠져나가 새로운 전개를 예감케 하면서 한편으로 미묘한 허탈감을 안겨주었다. 그것은 소수가 늘 쓰는 수법이었다.

나는 2311을 소수라고 단정한 후, 메모지를 앞치마 주머니에 넣고 다시 청소를 시작했다. 제조번호가 소수라는 것만으로 그 냉장고가 사랑스러워졌다. 타협하지 않고 고결함을 지키고 있는 냉장고, 그런 느낌이었다.

또 사무실 바닥을 닦으면서 341이란 숫자를 만난 적도 있었다. 책상 밑에 No. 341이라고 찍힌 파란색 결산신고서가 떨어져 있었던 것이다.

소수일지도 모른다. 나는 순간적으로 걸레질을 하던 손을 멈췄다. 오래전에 떨어졌는지 먼지가 잔뜩 붙어 있었지만, 그래도 여전히 No. 341은 생기발랄한 신호를 내보내고 있었고,

박사의 총애를 받을 만한 매력을 겸비하고 있었다.

직원들은 이미 다 퇴근했고, 불도 반쯤 꺼진 사무실에서 검증 작업을 시작했다. 나는 소수를 구분해내는 나 나름의 수순을 아직 정리하지 못해 무턱대고 직감에만 의존하고 있었다. 박사가 언젠가 에라토스테네스란 이름의 알렉산드리아 도서관장이 발명했다는 방법을 가르쳐주기는 했는데, 복잡해서 금방 잊어버렸다. 그러나 직감을 중요시한 박사였으니, 나의 이 자유분방한 방법을 용납해줄 것이라고 생각했다.

그러나 341은 소수가 아니었다.

"아아, 헛다리를 짚었네……."

나는 다시 한 번 341 ÷ 11을 계산해보았다.

$$341 \div 11 = 31$$

멋들어진 나눗셈의 완성이었다.

물론 소수를 발견하면 기분이 좋다. 그러나 소수가 아니라고 해서 절대 낙담하지는 않았다. 예상이 빗나갔을 때에도 나름의 수확은 있다. 11과 31을 곱해 이렇듯 그럴싸한 유사소수가 생겨나다니, 신선한 발견이었다. 그리고 소수와 가장 비슷한 유사소수를 만들어내는 법칙은 없을까, 하는 뜻하지 않은 방향성도 제시해주었다.

나는 결산신고서를 책상 위에 올려놓고 대걸레를 양동이 물에 빨아 꾹 짰다. 소수를 발견했다고 해서, 또는 소수가 아니라는 것이 판명되었다고 해서 뭐가 달라지는 것은 아니다. 내 앞에는 해야 할 일이 산더미처럼 쌓여 있다. 제조번호가 몇이든 냉장고는 그저 자신의 역할에 충실할 뿐이고, No. 341 결산신고서를 제출한 사람은 지금도 세금 문제 때문에 골머리를 썩고 있을 것이다. 득은커녕 오히려 손해가 난다. 냉동고에서는 아이스크림이 녹고, 바닥 닦기는 진전이 없고, 회계사의 짜증은 심해진다. 그럼에도 여전히 2311은 소수이고, 341은 합성수라는 진실은 퇴색하지 않는다.

  "실생활에 보탬이 되지 않기 때문에, 그래서 더욱 수학의 질서가 아름다운 거지."

  박사가 했던 말이 떠올랐다.

  "소수의 성질이 분명해졌다고 해서 생활이 편리해지는 것도 아니고 돈을 버는 것도 아니야. 그러나 아무리 세상을 등지고 있다 해도, 수학의 발견이 결과적으로 현실에 응용되는 사례는 얼마든지 있어. 타원 연구는 행성의 궤도를 밝혀주고, 아인슈타인은 비유클리드 기하학으로 우주의 형태를 제시했지. 소수 역시 암호의 기본으로 전쟁을 돕고 있어. 한심한 일이지. 그러나 그것은 수학의 목적이 아니야. 수학의 목적은 오로지 진실을 밝혀내는 데 있어."

박사는 진실이란 말을 소수만큼이나 중요시했다.

"자, 여기에다 직선을 하나 그어 보라고."

언제였던가, 저녁을 먹는 자리에서 박사가 내게 말했다. 광고지에(우리의 공책은 늘 신문 광고지의 뒷면이었다) 젓가락을 대고 연필로 직선을 그었다.

"그렇지. 그게 직선이야. 자네는 직선의 정의를 정확하게 이해하고 있군. 그러나 다시 한 번 생각해보라고. 자네가 그은 직선에는 시작과 끝이 있어. 그렇다면 두 개의 점을 최단거리로 이은 선분인 셈이지. 원래 직선의 정의에는 끝이 없어. 한없이 뻗어 나가는 선이지. 하지만 한 장의 종이에 그리기에는 한계가 있고, 자네의 체력에도 한계가 있으니까, 일단 선분을 직선이라고 이해하고 있는 거야. 그리고 아무리 날카로운 칼로 꼼꼼하게 끝을 갈아도, 연필심에는 굵기가 있어. 따라서 여기 있는 직선에는 너비가 있지. 즉, 넓이가 생기는 거야. 그러니까 결과적으로 종이에 진정한 의미의 직선을 그리기란 불가능하다는 얘기야."

나는 연필 끝을 빤히 쳐다보았다.

"그럼 진정한 직선은 어디에 있을까? 바로 여기에밖에 없어."

박사는 자기 가슴에 손을 대었다. 허수에 대해 가르쳐줄 때 그랬던 것처럼.

"물질이나 자연현상, 또는 감정에 좌지우지되지 않는 영원한 진실은 눈에 보이지 않는 법이야. 그러나 수학은 그 모습을 해명하고, 표현할 수 있지. 아무것도 그걸 방해할 수는 없어."

배가 고픈 것을 참아가면서 사무실 바닥을 닦고 루트를 걱정하고 있는 내게는 박사가 말하는 영원하고 옳은 진실이 필요했다. 눈에 보이지 않는 세계가 눈에 보이는 세계를 지탱하고 있다는 실감이 필요했다. 넓이도 없이 장엄하게 어둠을 뚫고 한없이 뻗어 나가는 한 줄기 진실한 직선. 그 직선이야말로 내게 잠시의 평온을 가져다주었다.

"자네의 그 영리한 눈을 뜨게나."

박사의 말을 떠올리면서 나는 어둠을 응시했다.

"지금 당장 그 수학 선생 집에 가봐. 당신 아들이 골치 아픈 일을 벌인 것 같아. 나도 자세한 것은 모르니까 아무튼 빨리. 소장의 명령이야."

아케보노 소개소에서 회계사 집으로 전화가 걸려온 것은, 장을 보고 돌아와 슬슬 저녁 준비를 하려던 때였다. 뭐, 우리 아이가 무슨…… 하고 물을 새도 없이 전화는 끊겼다.

그때, 제일 먼저 파울볼의 저주가 떠올랐다. 그 연쇄작용이 아직도 막을 내리지 않고, 아니 간신히 재난을 피했다고 여겼는데 다시 돌아와 루트의 머리 위로 떨어진 것은 아닐까? 역시 박사의 충고는 옳았다.

'아이를 혼자 놔둬서는 안 되지.'

혹시 간식 삼으라고 내놓은 도넛을 먹다가 목에 걸려 숨이 막혔을지도 모른다. 아니면 라디오 콘센트가 스파크를 일으켜 감전된 것은 아닐까? 온갖 가능성을 생각해보았다. 겁이 나서 몸이 부들부들 떨렸다. 부인에게 사정을 제대로 설명할 수가 없었다. 회계사에게 실컷 잔소리를 듣고서, 아무튼 박사의 집으로 서둘러 출발했다.

불과 한 달 사이에 마당의 모습이 낯설고 서먹하게 변해 있었다. 망가진 벨도, 살풍경한 가구도, 제멋대로 자란 잡초도 이전 모습 그대로인데, 한 걸음 발을 들이미는 순간 거북함을 느꼈다. 그러나 원인이 루트가 아니라는 것을 알고는 일단 안심했다. 숨이 막히지도, 감전되지도 않은 루트가 박사와 나란히 식탁에 앉아 있었다. 발치에 책가방이 놓여 있었다.

거북한 느낌은 그들과 마주 앉아 있는 안채의 미망인 때문이었다. 그리고 그녀 옆에는 낯선 중년 여자가 서 있었다. 내 후임으로 파견된 가사도우미인 것 같았다. 박사와 나와 루트밖에 없는 기억 속의 장소에 새로운 인물이 끼어든 탓인가, 뭐라 말할 수 없이 분위기가 어색했다.

안심하는 순간, 왜 루트가 여기 있는지 궁금해서 견딜 수 없었다. 미망인은 식탁 한가운데 앉아 있었다. 면접 때처럼 기품 있는 차림이었고, 왼손에는 역시 지팡이를 쥐고 있었다.

루트는 얌전하게 앉은 채 나와는 눈도 마주치려 하지 않았다. 박사는 그 옆에서 생각하는 중이었다. 어느 누구와도 시선이 마주치지 않는 방향으로 의식을 집중하고 있었다.

"바쁠 텐데 이렇게 오라고 해서 미안해요. 자, 이쪽에 앉아요."

미망인이 내게 의자를 권했다. 역에서 뛰어온 탓에 숨이 차서 말도 제대로 할 수 없었다.

"어서, 사양 말고 앉아요. 여기 손님에게 차 좀 준비해줘요."

아케보노 사람인지 어쩐지는 모르겠지만, 가사도우미가 부엌으로 갔다. 말투는 공손하지만, 입술을 핥아대고 손톱으로 식탁을 긁는 몸짓으로 보아 미망인이 동요하고 있다는 것을 알 수 있었다. 나 역시 뭐라 인사를 해야 좋을지 몰랐다. 아무튼 의자에 앉았다.

잠시 침묵이 흘렀다.

"당신……."

손톱으로 더 세게 식탁을 그어대면서 미망인이 말을 꺼냈다.

"무슨 생각이죠?"

숨을 고르고서, 나는 말했다.

"저, 저희 아이가 무슨 잘못이라도 했나요?"

루트는 고개를 숙인 채 무릎에 올려놓은 타이거스의 모자를 접었다 폈다 하고 있었다.

"아니, 질문은 내가 합니다. 왜 그만둔 가사도우미의 아이가 이 집에 드나드는 거죠?"

애써 칠한 매니큐어가 벗겨져 부슬부슬 식탁 위로 떨어졌다.

"난, 나쁜 짓한 거 없는데."

고개를 숙인 채 루트가 말했다.

"벌써 오래전에 그만둔 가사도우미의 아이가 말이에요."

루트의 말을 가로막으며 미망인이 말했다. 아이, 아이라고 말은 하면서도 미망인은 절대 루트를 쳐다보지 않았다. 박사 쪽에도 눈길을 돌리지 않았다. 애당초 두 사람은 이 자리에 없다는 듯이 행동했다.

"아니, 그렇게까지 심한 말씀은……."

뭐가 어떻게 돌아가고 있는 것인지 상황을 파악할 수 없었다.

"그냥 잠시 놀러 온 것 아니겠어요?"

"도서실에서 빌린 『루 게릭 이야기』를 박사님하고 같이 읽으려고 한 것뿐이에요."

루트가 간신히 고개를 들고 말했다.

"예순이 넘은 남자와 열 살짜리 아이가 뭘 하고 논다는 말이죠?"

루트의 말은 또 무시당했다.

"내게 허락도 받지 않고, 또 댁의 사정도 고려하지 않고, 저희 아이가 폐를 끼친 점에 대해서는 사과를 드립니다. 아이를 제대로 관리하지 못해서 죄송합니다."

"아니, 그런 얘기를 하고 있는 게 아니에요. 해고를 당했는데 무슨 의도로 아이를 이 집에 보냈는지, 그게 문제죠."

깔짝거리는 손톱 소리가 점차 귀에 거슬리기 시작했다.

"의도요? 무슨 오해를 하고 계신 것 같은데요. 겨우 열 살짜리 아이입니다. 놀고 싶어서 놀러 왔겠죠. 재미있는 책이 있어서 박사님하고 같이 읽으려고요. 그럼 충분한 거 아닌가요?"

"네, 그렇겠죠. 아이에게 무슨 흑심이 있겠어요? 그러니까 나는 당신의 생각을 묻고 있는 거라고요."

"제 아들이 즐겁게 지낼 수 있다면, 전 더 이상 바라는 게 없습니다."

"그렇다면 왜 도련님을 끌어들인 거죠? 셋이서 외출을 하질 않나, 이 집에 묵으면서까지 간병을 하질 않나. 난 당신에게 그런 일까지 요구한 기억이 없는데."

가사도우미가 차를 들고 왔다. 의무에 충실한 가사도우미였다. 한마디도 끼어들지 않고, 그릇 소리도 내지 않고, 사람 수대로 찻잔을 늘어놓았다. 그런 그녀가 내 편이 되어줄 리는 없었다. 그녀는 성가신 일에 휘말리고 싶지 않다는 듯 재빨리 부엌으로 돌아갔다.

"직무에서 벗어난 것은 인정합니다. 하지만 무슨 의도가 있었던 것은 아니에요."

"돈인가요?"

"돈?"

너무도 뜻밖의 말에 목소리가 튀고 말았다.

"무슨 말씀이죠, 아이 앞에서? 말씀 삼가주세요."

"그것 말고는 뭐가 있겠어요? 도련님의 비위를 맞춰가면서 돈을 챙기려는 의도가 아니면."

"기가 막혀서……."

"당신은 해고됐어요. 우리하고는 아무 인연도 없다는 말입니다."

"그만하세요."

"저……."

가사도우미가 다시 나타났다. 앞치마를 벗고 가방을 든 모습이었다.

"시간이 됐으니까, 그만 가보겠습니다."

그녀는 그렇게 말하고 차를 들고 나올 때처럼 발소리조차 내지 않고 나가버렸다. 우리는 그녀의 뒷모습을 쳐다보았다.

박사는 생각하는 정도가 점점 심해지고, 루트의 모자는 잔뜩 구겨져 있었다. 나는 긴 한숨을 뱉었다.

"친구잖아요."

나는 말했다.

"친구 집에 놀러 온 게 무슨 잘못이죠?"

"누가 누구하고 친구란 말이죠?"

"제 아들과 박사님이죠."

미망인이 고개를 저었다.

"당신, 무슨 착각을 하고 있는 것 같군요. 도련님한테는 재산이 한푼도 없어요. 부모님께 받은 유산을 남김없이 수학에 쏟아부었지만, 한 푼도 건지지 못했으니까요."

"저와는 관계없는 얘기입니다."

"도련님에게는 친구도 없어요. 친구가 찾아온 적은 한 번도 없다고요."

"그렇다면 저와 루트가 첫 친구겠군요."

그때 박사가 벌떡 일어섰다.

"안 돼. 아이를 괴롭히면 못써."

그러고는 주머니에서 꺼낸 메모지에 뭐라고 쓰는가 싶더니 그것을 식탁 한가운데로 밀어놓고 나가버렸다. 미리 그렇게 하기로 약속이라도 한 것처럼 단호한 태도였다. 그런 그의 모습에는 분노도 혼란도 없었다. 오직 정적만이 그를 감싸고 있었다.

남은 세 사람이 물끄러미 메모지를 쳐다보았다. 아무도 움직이지 않았다. 거기에는 딱 한 줄, 이런 수식이 쓰여 있었다.

$$《\, e^{\pi i} + 1 = 0 \,》$$

아무도 군소리를 하지 않았다. 미망인은 더 이상 손톱으로 식탁을 긁지 않았고, 그 눈동자에서도 동요와 냉담함과 의심이 사라져갔다. 수식의 아름다움을 정확하게 이해하는 사람의 눈빛이었다.

얼마 지나지 않아 박사의 집으로 다시 출근하라는 통보가 왔다. 미망인의 생각이 바뀌었는지, 아니면 그저 새 가사도우미가 적응을 하지 못해 소개소에서 감당하기가 어려워졌는지, 이유는 분명하지 않다. 아무튼 박사는 열한 번째 별 표시를 획득한 셈이다. 나에 대한 어이없는 오해가 풀렸는지 어떤지도 확인할 길이 없었다.

몇 번이나 생각해봤지만 그녀의 항의는 이치에 맞지 않았다. 소개소에 고자질을 해서 나를 해고한 것이나, 루트가 박사를 찾아온 일에 과민하게 반응한 것이나, 나로서는 납득하기 어려웠다.

야구를 보고 온 날, 마당에서 별채를 엿본 것은 역시 그녀였을 것이다. 불편한 다리를 지팡이에 의지하고서 수풀 속에 숨어 있는 모습을 상상하니 괜한 오해를 받아 불쾌했던 마음보다 가여운 마음이 앞섰다.

돈을 운운한 것은 핑계에 불과하다. 어쩌면 미망인은 나를 질투하는 것인지도 모른다, 하고 생각한 적도 있었다. 그녀 나름으로 박사에게 애정을 품고 있기에 내가 눈에 거슬린 것은 아닐까. 그리고 안채에 드나들지 말라고 한 것도 시동생과 접촉하고 싶지 않아서가 아니라 그와의 관계를 아무도 모르게, 비밀리에 유지하고 싶어서가 아니었을까, 하고.

다시 출근을 시작한 날은 7월 7일, 칠석날이었다. 현관에 박사의 모습이 나타났을 때, 팔랑팔랑 흔들리는 메모지가 상품에 매달린 가격표처럼 보였다. 소맷자락에는 아직도 나와 루트에 관한 메모지가 붙어 있었다.

"태어났을 때 몸무게가 몇이었지?"

현관에서 행해지는 숫자 문답은 여전한데, 태어났을 때 몸무게는 새로운 질문이었다.

"3217그램이었는데요."

내 몸무게는 잊어버려 루트 것으로 대답했다.

"2의 3217승 빼기 1은, 메르센 소수로군."

박사는 그렇게 중얼거리면서 서재로 들어갔다.

지난 한 달 동안 타이거스는 분발해서 상위 다툼에 합세했다. 유부네의 노히트노런 이후에도 투수의 눈부신 활약으로 승승장구한 것이다. 그런데 6월 말부터 성적이 부진하더니 어제까지 6연패, 악을 쓰고 기어 올라온 자이언츠에 밀려 3위로 전락했다.

나를 대신해서 일한 가사도우미는 몹시 꼼꼼한 사람인 것 같았다. 박사에게 방해가 될까 봐 나는 거의 손대지 않은 서재의 수학 책을 전부 책꽂이에 꽂고, 다 꽂지 못한 것은 옷장 위와 소파 밑 빈틈에 차곡차곡 쌓아놓았다. 그것도 오직 크기를 기준으로 분류해놓아 보기에 깔끔한 것은 분명한데, 오랜 세월 혼란 속에서 나름대로 유지되던 질서는 깡그리 파괴되어 있었다.

나는 문득 걱정이 돼서 야구 카드가 들어 있는 과자 통을 찾아보았다. 그것은 원래 있던 자리에서 약간 떨어진 곳에서 책의 크기를 맞추기 위한 북엔드 역할을 하고 있었다. 에나쓰도 무사했다.

그러나 타이거즈의 순위가 바뀌든 서재가 깨끗해지든 박사의 생활에는 전혀 변화가 없었다. 이틀도 채 지나지 않아 전 가사도우미의 노력은 물거품이 되었고, 서재도 원래의 낯익은 풍경으로 돌아갔다.

그날 박사가 식탁 한가운데로 밀어놓은 메모지를 나는 소중하게 간직하고 있었다. 손을 내밀어 집는 나를 미망인이 묵인

해주었던 것이다. 꼼꼼하게 접어서 루트의 사진이 들어 있는 정액권 지갑에 넣었다.

나는 거기에 쓰여 있는 수식의 의미를 알기 위해 동네 도서관을 찾아갔다. 박사에게 물으면 금방 가르쳐주겠지만, 그 의미를 보다 깊이 이해하려면 혼자 차분하게 생각하는 것이 좋겠다는 예감이 들어서였다. 물론 예감일 뿐 근거는 없었다. 박사와의 짧은 만남을 통해서 나는 알게 모르게 음악이나 이야기를 상상하듯 숫자와 기호를 상상하는 버릇이 생겼다. 그 짧은 수식에는 그냥 지나칠 수 없는 중량감이 있었다.

도서관에 발을 들여놓기는, 작년 여름방학 때 루트의 숙제 때문에 공룡 책을 빌리러 온 이후 처음이었다. 수학 코너는 2층의 동쪽 맨 구석에 있었다. 나 말고는 사람이 없어 조용했다.

박사의 서재에 있는 책은 하나같이 손때가 묻어 있거나 페이지가 구겨져 있고, 때로는 음식 부스러기가 붙어 있는 등 박사의 흔적이 남아 있는데, 도서관의 책은 너무 정연해서 오히려 다가가기가 어려웠다. 그중에는 사람의 손길 한 번 받아보지 못한 채 일생을 마감하는 수학 책도 더러 있을 것 같았다.

나는 정액권 지갑에서 메모지를 꺼냈다.

$$\langle\!\langle\, e^{\pi i} + 1 = 0 \,\rangle\!\rangle$$

박사의 필적이다. 전체적으로 동글동글하고 군데군데 희미
하면서도 조잡한 분위기는 없고, 기호의 모양과 숫자 0 사이
에서는 정성이 느껴진다. 메모지의 크기에 비해 수식이 차지
하는 자리는 좁고, 한가운데에서 약간 위쪽에 조심스럽게 적
혀 있다.

새삼스레 들여다보자 좀 유별난 식이었다. 예를 들어 내가
알고 있는, 사각형의 넓이는 가로×세로이고, 직각삼각형의 빗
변의 제곱은 다른 두 변의 제곱의 합과 같다는 등의 공식에 비
하면 묘하게 균형이 맞지 않았다. 숫자는 0과 1뿐이고, 계산도
덧셈뿐 간결하기 그지없는 식인데, 앞에 있는 기호의 덩치가
너무 컸다. 그 큰 덩치를 마지막 0이 받치고 있다.

그런데 정작 무엇을 실마리로 조사하면 되는지 감이 잡히지
않았다. 할 수 없이 손에 닿는 적당한 책을 꺼내 팔락팔락 페이
지를 넘겨보았다.

온통 수학뿐이었다. 이 수학들이 나와 같은 인간의 공유물
이라는 것이 믿기지 않았다. 여기에 있는 한 페이지 한 페이지
가 우주의 비밀을 푸는 설계도란 말인가. 신의 수첩을 베껴놓
은 것이란 말인가.

내 이미지 속 우주의 창조주는 멀고 먼 하늘 끝에서 레이스
를 짜고 있다. 아무리 가는 빛도 통과할 수 있는 고급 실로. 도
안은 창조주의 머릿속에만 있다. 아무도 그 도안을 가로챌 수

없고, 다음 무늬가 어떤 것인지도 예측할 수 없다. 바늘은 쉴
새 없이 움직인다. 레이스는 바람에 흔들리고 물결치면서 한
없이 이어진다. 나도 모르게 손에 들고 빛에 비춰본다. 황홀함
에 촉촉이 젖은 눈동자를 하고서, 뺨을 비비고 만다. 그리고 그
무늬를 어떻게든 사람의 언어로 다시 짜볼 수는 없을까 하고
바란다. 끝자락이라도 좋으니, 내 것으로 만들어 지상으로 가
져올 수는 없을까 하고.

문득 페르마의 마지막 정리에 관해 쓰인 책이 눈에 띄었다.
수학 책이라기보다 역사소설 같은 내용이라 나도 어느 정도는
이해할 수 있었다. 페르마의 마지막 정리가 아직도 해결되지
않은 어려운 문제라는 것은 알고 있었지만, 정리의 내용을 이
렇듯 간결하게 표현할 수 있다니 놀라웠다.

"3 이상의 자연수 n에 대하여 《$X^n + Y^n = Z^n$》을 만족시키는 자
연수 X, Y, Z는 없다."

에, 겨우 이거야? 하는 말이 튀어나올 뻔했다. 식을 만족시
키는 자연수가 얼마든지 있을 것 같았다. 그러나 n이 2면 피
타고라스의 정리와 정확하게 맞아떨어지는데, n이 하나 커지
자 질서가 무너져버리고 말았다. 서서 죽 훑어보니 이 명제는
공식적인 논문을 통해서 발표된 것이 아니라 페르마의 낙서에

서 태어났고, 그 자신은 여백이 없어서 증명을 남기지 못했다고 한다. 이후 수많은 천재들이 수학의 세계에서 완벽한 골인 지점인 증명을 향해 도전을 거듭했지만 번번이 실패하고 말았다. 한 남자의 일시적인 변덕에 3세기에 걸쳐 수학자들이 골머리를 썩었을 거라 생각하니, 안됐다는 기분도 들었다.

나는 신이 갖고 있을 수첩의 중후함, 창조주의 정교한 레이스를 생각했다. 온 힘을 다해 한 코 한 코 더듬어 가다가도 잠시 한눈을 팔았다간 그다음 코를 잃어버린다. 여기가 골이라고 기뻐하는 순간, 더욱 복잡한 무늬가 나타난다.

박사 역시 레이스 조각 몇 개는 얻었으리라고 생각한다. 거기에는 얼마나 아름다운 무늬가 그려져 있을까. 박사의 기억에 지금도 그 무늬가 새겨져 있기를 나는 기도했다.

페르마의 마지막 정리가 그저 수학 마니아의 호기심이나 채우기 위한 퍼즐이 아니라 수학의 근본과 깊게 연관된 것임을 설명하는 제3장 중간쯤에서 박사가 쓴 것과 똑같은 수식을 발견했다. 무심하게 페이지를 넘기는 내 시야 한끝에 순간적으로 스친 그 한 줄을 나는 놓치지 않았다. 메모지와 책을 신중하게 비교해보았다. 틀림없었다. 그 수식은 오일러의 공식이라는 것이었다.

공식의 이름은 금방 알았지만, 그것이 뭘 의미하는지는 이해하기 어려웠다. 나는 서가 사이에 서서 공식에 관련된 페이지를 몇 번이나 거푸 읽었다. 유난히 어려운 부분은 박사에게 배운 대로 소리 내어 읽어보았다. 여전히 수학 코너에는 사람이 없어, 다른 사람에게 폐가 될 일은 없었다. 수학 책들 사이로 빨려 들어가는 내 목소리에 나는 귀 기울였다.

π는 안다. 원주율이다. i도 박사에게 배웠다. −1의 제곱근이고, 허수다. 골치 아픈 것은 e였다. e도 π처럼 순환하지 않는 무리수로 수학에서 가장 중요한 정수의 하나인 듯했다.

우선 로그가 무엇인지부터 알아야 했다. 로그란, 정수를 몇 제곱해서 임의의 정수를 얻었을 때, 제곱한 횟수를 뜻한다. 그리고 이때 정수는 밑이라고 한다. 예를 들어 밑이 10이면 100의 로그($log_{10}100$)는, $100 = 10^2$ 이니까,

2가 된다.

보통 10진법의 세계에서는 편리하게 10을 밑으로 하는 로그를 사용하고 이를 상용로그라고 하는데, 수학이론에서는 e를 밑으로 하는 로그가 상당한 역할을 하고 있는 듯하다. 이때 e는 자연로그라고 한다. e를 몇 제곱해야 주어진 수를 구할 수 있는지, 제곱한 횟수, 즉 지수를 생각하는 것이다. 그러니까 e는 자연로그의 밑인 셈이다.

그리고 e는 오일러가 산출한 바에 따르면,

$$e = 2.718281828459045235360128\cdots\cdots$$

이렇게 끝없이 이어진다. 수식은 복잡한 설명에 비하면 상당히 명쾌했다.

$$e = 1 + \frac{1}{1} + \frac{1}{1 \times 2} + \frac{1}{1 \times 2 \times 3} + \frac{1}{1 \times 2 \times 3 \times 4}$$

$$+ \frac{1}{1 \times 2 \times 3 \times 4 \times 5} + \cdots\cdots$$

단, 그 명쾌함에 비례해서 e의 수수께끼는 한층 묘연해진 듯했다.

이름은 자연로그인데, 대체 어디가 자연이란 말인가. 기호가 아니면 표현할 수 없는, 아무리 거대한 종이에도 끝까지 다 쓸 수 없는, 마지막을 알 수 없는 숫자를 밑으로 하다니 부자연스럽기 짝이 없는 일 아닌가.

개미떼가 제멋대로 줄지어 있는 것처럼, 어린 아기가 엉성하게 쌓아 올린 나무 벽돌처럼, 우연적이고 무질서하고 두서없는 숫자의 나열이 실은 사리 정연한 의지를 갖고 있으니 감당이 안 된다. 신의 의도는 그 뜻을 알 수가 없다. 그런데 그 의도를 간파한 인간이 있는 것이다. 그들이 지불한 노고에 나를 포함한 대다수의 인간이 정당한 감사를 표하고 있지는 않지만.

나는 책의 무게 때문에 저린 손을 주무르고서 다시 페이지를 넘기며 18세기 최고의 수학자였다는 레온하르트 오일러에 대해 생각했다. 그에 대해서는 무엇 하나 아는 것이 없었지만, 이 공식 하나로도 충분히 그의 체온을 느낄 수 있을 것 같았다. 오일러는 부자연스럽기 짝이 없는 개념을 이용해서 하나의 공식을 짜냈다. 무관하게 보이는 수들 사이에서 자연스러운 연결을 발견한 것이다.

π와 i를 곱한 수로 e를 거듭제곱해서 1을 더하면 0이 된다.

나는 다시 한 번 박사의 메모를 쳐다보았다. 한없이 순환하는 수와, 절대로 정체를 드러내지 않는 수가 간결한 궤적을 그리며 한 점에 착지한다. 어디에도 원은 없는데 하늘에서 π가 e 곁으로 내려와 수줍음 많은 i와 악수를 한다. 그들은 서로 몸을 마주 기대고 숨죽이고 있는데, 한 인간이 1을 더하는 순간 세계가 전환된다. 모든 것이 0으로 규합된다.

오일러의 공식은 어둠 속에서 빛나는 한 줄기 유성 같았다. 어둠의 동굴에 새겨진 한 줄의 시였다. 거기에 담긴 아름다움에 감동하면서 나는 메모지를 다시 정액권 지갑에 집어넣었다.

계단을 내려오다가 문득 뒤돌아보았지만 수학 코너는 여전히 한산했다. 그렇게 아름다운 것들이 아무에게도 알려지지 않은 채 조용히 숨 쉬고 있었다.

다음 날에도 도서관에 갔다. 전부터 마음에 걸렸던 한 가지를 조사하기 위해서였다. 나는 1975년의 지방신문 축쇄판을 찾아, 두꺼운 책자를 한 페이지 한 페이지 끈질기게 들췄다. 1975년 9월 24일자 지역판에 찾는 기사가 실려 있었다.

23일 오후 4시 10분경, ○○동 국도 2호선에서 ○○운수의 경트럭을 운전하던 ○○(28)가 중앙선을 침범하여 반대 차선을 달리던 ○○대학 수학 연구소 교수 ○○(47)의 승용차와 정면 충돌, ○○ 씨는 머리를 다쳐 중태. 조수석에 타고 있던 형수 ○○(55)는 왼쪽 다리에 골절상을 입고 중상. 트럭 운전사는 이마 등에 가벼운 타박상을 입었다. 경찰에서는 졸음운전에 의한 사고로 보고 트럭 운전사를 조사……

나는 책자를 덮었다. 미망인이 짚고 다니는 지팡이 소리가 생각났다.

나는 루트의 사진이 누렇게 바랜 후에도 박사의 메모를 버리지 않고 늘 갖고 다녔다. 오일러의 공식은 내게 마음의 기둥이며 경구이고, 보물이며 기념품이었다.

왜 그때 박사가 이 공식을 썼는지, 거듭 생각해보았다. 화를 낸 것도 아니고 식탁을 두드리며 위협한 것도 아니고, 그저 수식 한 줄을 써서 미망인과의 말다툼을 마무리 지은 박사. 결과적으로 나를 가사도우미로 다시 불러들였으며 루트와의 교제도 부활시켰다. 처음부터 그렇게 될 것이라 계산하고 있었던 것일까, 아니면 혼란스러운 나머지 별다른 의미 없이 취한 행동이었을까?

다만 한 가지, 그가 가장 염려하는 사람이 루트라는 것은 분명했다. 그는 루트가 자기 때문에 엄마가 말다툼을 하는 것은 아닐까 하고 생각할까 봐 두려워했다. 그렇기에 그 특유의, 그만이 할 수 있는 방법으로 루트를 구한 것이다.

지금 돌이켜보면 박사가 어린아이에게 쏟은 애정의 순수함에는 고개가 숙여진다. 그것은 오일러의 공식이 불변하는 것처럼 영원한 진실이다.

박사는 어떤 경우에도 루트를 지키려고 했다. 루트는 늘 많은 보살핌을 필요로 하기 때문에, 자신이 아무리 곤란한 입장에 처해 있어도 루트를 보살펴야 할 의무가 있다고 생각하고 있었다. 그리고 그 의무를 다할 수 있다는 것을 무엇보다 큰 기쁨으로 여겼다.

박사의 생각이 행동으로만 나타나는 것은 아니었다. 눈에 보이지 않는 형태로 전해지는 일도 많았다. 그러나 루트는 그 모든 것을 하나도 빼놓지 않고 느꼈다. 당연하다는 표정으로 받아넘기거나 모르는 채 지나가는 일이 없었다. 루트는 박사의 배려가 고귀하고 고마운 것임을 잘 알고 있었다. 나도 모르는 사이에 그런 능력을 갖춘 것이다. 놀라운 일이다.

자기 반찬이 루트보다 많으면 박사는 인상을 찌푸리며 내게 주의를 주었다. 생선 토막이든 스테이크든 수박이든, 제일 좋은 부분을 가장 어린 사람에게 준다는 신념을 끝까지 관철했다. 현상 문제를 생각하는 데 완전히 집중하고 있을 때에도, 루트를 위해서라면 언제든 무한정 시간을 할애했다. 루트가 질문을 하면 어떤 질문이든 기뻐했다. 어린아이는 어른보다 훨씬 어려운 문제로 고민한다고 믿었다. 단순히 정확한 답을 제시하는 선에서 그치지 않고 질문한 당사자에게 자부심을 느끼게 했다. 루트는 스스로 찾아낸 답 앞에서, 그 답의 정확함뿐만 아니라 질문 자체의 훌륭함에 황홀해했다. 박사는 또 루트의 몸에 대해서도 천재적인 관찰력을 보여주었다. 눈을 찌르는 속눈썹을 발견한 것도, 귓밥에 난 뾰루지를 발견한 것도 나보다 빨랐다. 빤히 쳐다보거나 만져보지 않고서도 루트의 어느 부분에 주목해야 하는지 순간적으로 간파했다. 게다가 본인이 불안해하지 않도록 내게만 살짝 가르쳐주었다.

부엌에서 설거지를 하고 있는데 등 뒤에서 귀띔을 하던 박사의 목소리를 지금도 또렷하게 기억하고 있다.

"그 뾰루지, 아무래도 치료를 해줘야 할 것 같은데."

마치 이 세상이 끝나버릴 것 같은 말투였다.

"애들은 신진대사가 활발하니까, 그냥 놔두면 점점 곪아서

임파선을 압박하거나 기관을 막는 사태가 벌어질 수도 있으니까 말이야."

박사는 루트의 몸에 대해서는 온갖 걱정을 다했다.

"그럼, 바늘로 찔러서 고름을 빼죠 뭐."

내가 적당히 대답하자 화를 버럭 냈다.

"세균이 들어가면 어쩌려고."

"바늘을 가스 불에다 소독하면 괜찮아요."

일부러 애를 태우듯 그렇게 말한 것은 점점 황당무계해지는 박사의 걱정이 재미있어서였다. 그리고 누군가가 루트를 위해서 걱정해주는 것이 기뻐서였다.

"안 되지. 어디든 세균이 우글거리니까. 세균이 혈관을 타고 뇌로 들어가면, 그때는 돌이킬 수가 없어."

네, 알았어요. 병원에 데리고 갈게요. 그렇게 말할 때까지 박사는 끈질기게 물고 늘어졌다.

그는 루트를 소수만큼이나 아꼈다. 소수가 모든 자연수를 있게 하는 근원이듯, 아이는 어른에게 필요 불가결한 원자라고 생각했다. 자신이 지금 이렇게 존재하는 것도 다 아이들 덕분이라고 믿고 있었다.

가끔, 나는 메모지를 꺼내 본다. 왠지 잠이 오지 않는 밤, 혼자 있는 저녁 시간, 그리운 사람을 생각하며 눈물을 머금을 때, 거기에 쓰여 있는 한 줄의 위대함에 고개를 숙인다.

8

칠석날, 타이거스는 다이요에 0대 1로 져서 기어이 7연패를 기록하고 말았다. 한 달 동안 공백이 있었지만 일은 금방 자리를 잡았다. 뇌손상은 물론 불행한 일이지만, 나쁜 기억이 깨끗하게 사라지는 것은 어찌 보면 다행이었다. 박사에게 미망인과 옥신각신한 사건의 흔적은 조금도 남아 있지 않았다.

나는 위치가 바뀌지 않도록 조심하면서 여름용 양복에 메모지를 붙였다. 찢어지거나 글자가 희미해진 메모는 새 메모지에 고쳐 썼다.

'책상 서랍 밑에서 두 번째 봉투 속'
'함수론 제2판 P. 315~372 및 쌍곡선 함수 해설 제4편 제1장-17'

'식기 선반 왼쪽 차통에 든 약 매 식후'

'세면대 거울 옆 면도날'

'√에게 찐빵 고맙다고 말할 것!'

때 지난 메모도 있었지만(루트가 조리 실습 시간에 만든 찐빵을 박사에게 갖다준 것은 지난달이었다), 내 마음대로 버리지는 않았다. 전부 공평하게 취급했다.

메모를 읽다보면, 박사가 보기보다 훨씬 용의주도하게 생활하고 있다는 것을 알 수 있다. 그 용의주도함이 겉으로 드러나지 않게 하려고 애쓰는 것도 알 수 있었다. 그래서 괜한 호기심에 멀뚱멀뚱 쳐다보는 일 없이 최대한 신속하게 작업을 처리했다. 메모지를 전부 바꿔 붙이자 여름 양복이 언제든 준비 완료, 하는 식으로 말쑥해 보였다.

박사는 전에 없는 난제와 싸우고 있었다.《JOURNAL of MATHEMATICS》발간 이래 최고액의 현상금이 걸려 있는 듯했다. 하지만 그는 돈에는 관심이 없고, 순수하게 문제를 푸는 재미에만 빠져 있었다. 잡지사에서 우편환을 보내줘봐야 뜯어보지도 않는다. 그런 우편환이 몇 통이나 현관과 전화기 옆과 식탁 위에 놓여 있다. 간혹 우체국에 가서 바꿔 올까요, 하고 물어도 건성으로만 대답하기 때문에, 할 수 없이 소개소를 통해 미망인에게 전달하고 있다.

이번 문제가 얼마나 만만치 않은지는 박사의 모습을 보면 알 수 있었다. 생각하는 상태의 밀도가 포화 지경에 달한 것처럼 보였다. 한번 서재에 들어가면 전혀 기척이 느껴지지 않았다. 생각을 너무 깊이 해서 몸이 녹아버리는 것은 아닐까 불안할 정도였다. 그런가 하면 정적 속에서 불쑥 종이 위로 미끄러지는 연필 소리가 들리기도 했다. 연필심을 깎는 소리에는 안심이 되었다. 그것은 박사가 무사히 살아 있고, 증명이 다소나마 진전되었다는 증거였으니까.

매일 아침 눈을 뜨면 어쩌다 자신이 이렇게 골치 아픈 병에 걸렸는지를 이해하는 것에서 하루가 시작될 텐데, 수학 문제는 어떻게 지속적으로 생각할 수 있는지 신기하게 느껴질 때도 있었다. 그러나 박사는, 사고를 당한 1975년 이전부터 한 것이라고는 오로지 수학 연구밖에 없다. 그래서 거의 본능적으로 책상 앞에 앉고, 지금 눈앞에 있는 문제에 집중한다. 어제까지 쌓아 올린 고찰의 소멸을 보충하는 것은 평범하기 짝이 없는 한 권의 대학 노트와 온몸을 뒤덮은 고치 같은 메모지뿐이었다.

그러던 어느 날, 한창 저녁 준비를 하고 있는데 눈앞에 박사가 불쑥 나타났다. 보통 생각하는 상태에 있는 박사는 나와 눈길도 마주치지 않고, 먼저 말을 거는 일도 없다. 게다가 서재 문이 열리는 소리도, 발소리도 들리지 않았기에 더 놀랐다.

나는 말을 걸었다가 화를 내면 어쩌나 싶어 잠자코 피망의 씨를 떨어내고 양파 껍질을 벗기면서 힐금힐금 박사의 모습을 살폈다. 박사는 부엌과 식당을 가르는 카운터에 기대어 팔짱을 끼고, 그저 빤히 내 손길을 지켜보고 있었다. 괜히 긴장이 되어 일하기가 거북했다. 나는 냉장고에서 계란을 꺼내 계란말이를 만들 준비를 시작했다.

"저…… 무슨, 일, 있으세요……?"

참을 수 없어 입을 열었다.

"계속하게나."

뜻밖에도 박사의 말투가 부드러워 안심했다.

"음식을 만드는 자네의 모습이 좋아."

나는 계란을 깨뜨려 볼에 담고 젓가락으로 휘저었다. 좋아, 란 말이 귓속에서 메아리쳤다. 그 메아리를 잠재우려고 가능한 한 머리를 비우고 계란에 집중했다. 조미료가 녹아들고, 노른자위가 다 풀렸는데도 계속 휘저었다. 왜 박사가 그런 말을 했는지, 이유를 알 수 없었다. 수학 문제가 너무 어려워서 두뇌의 기능이 잠시 정지되었다고밖에 생각할 수 없었다. 마침내 손이 묵직해져서 나는 젓가락을 내려놓았다.

"이제 뭘 할 거지?"

박사의 목소리는 차분했다.

"음…… 글쎄요, 이제부터는…… 참, 그렇지. 돼지 등심을 구울 거예요."

박사의 등장으로 순서가 엉망이 되고 말았다.

"계란말이는 안 만드나?"

"네. 잠시 두었다가 만들어야 맛있어요."

루트는 공원에 놀러 나가고 없었다. 저녁 해가 마당의 나무를 빛과 그림자로 나누고 있었다. 활짝 열어놓은 창문에 걸린 커튼마저 꼼짝하지 않을 정도로 바람 한 점 없었다. 박사는 생각하는 상태일 때와 같은 눈빛으로 나를 보고 있었다. 눈동자는 풍경이 비칠 정도로 검고, 숨을 쉴 때마다 속눈썹 한 올 한 올이 떨리고, 초점은 가까이에 있는데 먼 곳을 내다보고 있는 듯한 눈빛이었다. 나는 등심에 밀가루를 묻혀서 프라이팬에 늘어놓았다.

"왜 그렇게 고기의 위치를 바꾸는 거지?"

"프라이팬 한가운데하고 테두리 쪽하고 온도가 다르니까요. 고루 구우려면 이렇게 간혹 위치를 바꿔줘야 해요."

"아아. 제일 좋은 장소를 독차지하지 않도록 서로 양보를 하는 것이로군."

지금 풀고 있는 수학 문제의 복잡함에 비하면 고기를 굽는 방법 따위는 문젯거리도 안 될 텐데, 그는 마치 굉장한 발견이라도 한 것처럼 고개를 끄덕거렸다. 우리 둘 사이로 고소한 냄새가 풍겼다.

이어서 피망과 양파를 잘게 썰어 샐러드를 만들고, 올리브 오일로 드레싱을 만들고, 계란말이를 만들었다. 강판에 간 홍당무를 드레싱에 몰래 섞으려고 했는데, 박사의 감시 탓에 그럴 수 없었다. 그는 아무 말도 하지 않았다. 레몬을 썰자 숨을 들이삼키고, 식초와 기름이 섞여 보얗게 색이 변하자 몸을 쑥 내밀어 들여다보고, 김이 모락모락 오르는 계란말이를 카운터에 올려놓자 한숨을 쉬었다.

"저⋯⋯."

나는 또 묻고 말았다.

"재미있으세요? 그냥 반찬 만드는 건데."

"음식을 만드는 자네의 모습이 좋아."

박사는 방금 전과 똑같은 대답을 했다. 그러고는 팔을 내리고 창밖으로 시선을 돌려 첫 별의 위치를 확인한 후 서재로 돌아갔다. 모습을 나타냈을 때처럼 기척조차 남기지 않았다. 그 등에 서쪽으로 기운 햇살이 비쳤다.

나는 다 만든 반찬과 내 손을 번갈아 쳐다보았다. 조각 레몬으로 장식한 돼지 등심 소테와 채소 샐러드, 노랗고 도톰한 계란말이. 그것들을 하나하나 보았다. 흔하디 흔한 반찬이지만 맛있어 보였다. 오늘 하루의 마지막에 행복을 가져다줄 반찬들이었다. 나는 다시 한 번 내 손을 내려다보았다. 나는 마치 페르마의 마지막 정리를 증명한 것만큼이나 위대한 일을 해낸 듯한 터무니없는 만족감에 젖었다.

장마가 끝나고 초등학교는 여름방학에 들어갔다. 바르셀로나 올림픽이 개막했는데도 박사는 여전히 분투하고 있었다. 완성된 증명을 언제 《JOURNAL of MATHEMATICS》에 부치라고 할까 기다리고 있는데, 좀처럼 그날이 오지 않았다.

무더운 날이 계속되었다. 별채에는 에어컨도 없는 데다 바람도 잘 통하지 않았지만, 우리는 불평 한마디 하지 않고 참았다. 하지만 박사의 인내심은 누구도 당할 수 없었다. 기온이 섭씨 35도를 넘는 한낮에도 서재 문을 꼭 닫은 채 책상 앞에 앉아 있었고, 하루 종일 양복도 벗지 않았다. 양복을 벗으면 지금까지 쌓아 올린 증명이 한꺼번에 무너져 내릴 수도 있다고 겁을 내는 사람 같았다. 노트는 땀에 젖어 모양이 일그러졌고, 몸여기저기에 땀띠가 생겨 아플 것 같았다. 나는 서재에 선풍기를 들여놓기도 하고, 시원하게 물이라도 끼얹으라고 제안하기도 하고, 보리차를 더 마시라고 권하기도 했지만, 결국은 시끄럽다는 핀잔을 들으며 서재에서 쫓겨났다.

여름방학이 되면서 루트는 아침에 나와 함께 별채로 출근했다. 예의 사건도 있었고 해서, 가능하면 오래 있게 하고 싶지 않았는데 박사가 용납하지 않았다. 수학 말고는 별다른 상식이 없을 텐데 초등학생에게 긴 여름방학이 있다는 것은 어떻게 알고서, 아이는 늘 엄마의 눈길이 닿는 곳에 있어야 한다는 주장을 굽히지 않았던 것이다. 그러나 루트는 공원에서 친구들과 야구를 하느라, 오후에는 학교 수영장에 가서 수영을 하느라 거의 집에 붙어 있지 않았다. 그러니 숙제를 할 새도 별로 없었다.

증명이 완성된 것은 7월 31일 금요일이었다. 박사는 딱히 흥분하지도, 피로감을 드러내지도 않았다. 그러고는 담담하게 원고를 내게 건넸다. 나는 내일이 토요일이라 어떻게든 오늘 안에 보내려고 서둘러 우체국으로 달려갔다. 빠른등기 도장이 찍히고 봉투가 우편함에 들어가는 것을 확인하는 순간, 기쁜 나머지 돌아오는 길에 이리저리 딴청을 부리고 말았다. 박사의 속옷을 사고, 좋은 향기가 나는 비누를 사고, 아이스크림과 젤리와 물양갱을 샀다.

돌아와보니, 박사는 나를 모르는 박사로 돌아가 있었다. 나는 손목시계를 보았다. 외출한 지 1시간 10분이 지나 있었다.

박사의 80분이 어긋난 적은 한 번도 없었다. 그의 뇌가 계산하는 80분은 시계보다 엄밀하고 냉혹했다.

나는 손목을 흔들어, 시계가 제대로 작동하는지 귀에 대어보았다.

"자네, 태어났을 때 몸무게가 얼마였지?"

박사가 물었다.

8월에 들어서자 루트는 4박 5일간의 캠프를 떠났다. 루트는 오래전부터 열 살이 돼야 참가할 수 있는 이 캠프를 기다리고 있었다. 난생처음 엄마 곁을 떠나는데 전혀 겁먹은 표정이 아니었다. 집합 장소인 버스 정류소는 잠시 동안의 이별을 아쉬워하는 부모와 아이들, 마지막 순간까지 주의사항을 이르는 엄마들의 열기로 후끈거렸다. 나도 예외는 아니어서, 추우면 점퍼를 걸치라는 등 의료보험증을 잘 챙기라는 등 하고 싶은 말이 많았는데, 루트는 들은 척도 않고 버스가 도착하자 제일 먼저 올라탔다. 버스가 출발할 때도 거의 의례적으로 창문으로 손을 내밀고 흔들었을 뿐이다.

루트가 떠난 날, 혼자 집에 돌아가기가 귀찮아 저녁 먹은 설거지를 다 끝내고 나서도 한동안 꾸물거렸다.

"과일이라도 깎을까요?"

내가 말하자, 박사는 안락의자에 비스듬히 앉은 채 돌아보았다.

"미안하군."

날이 저물려면 아직 시간이 있었지만, 구름이 끼면서 저녁 어둠과 기우는 햇살이 뒤섞인 마당은 연보라색 셀로판지에 감싸인 것 같았다. 나는 멜론을 잘라 박사에게 건네고 안락의자 옆에 앉았다.

"자네도 먹지."

"고마워요. 신경 쓰지 말고 드세요."

박사는 포크 등으로 과육을 짓뭉갰다. 과즙이 이리저리 튀었다.

루트가 없으니 라디오를 켤 일도 없어 사방이 조용했다. 안채에서는 아무 소리도 들리지 않았다. 매미가 우는가 싶더니 금방 잠잠해졌다.

"조금이라도 먹지."

박사가 마지막 한 조각을 내 쪽으로 내밀려고 했다.

"아니요, 괜찮아요. 다 드세요."

나는 손수건으로 박사의 젖은 입가를 닦아주었다.

"오늘도 참 덥네요."

"그러게 말이야."

"욕실에 있는 땀띠약, 꼭 바르세요."

"음, 잊어버리지 않으면……."

"내일은 더 덥대요."

"덥다 덥다 노래를 부르다보면 여름이 지나가는 법이지."

갑자기 나뭇잎들이 쏴쏴 소리를 내더니 순식간에 사방이 어두워졌다. 방금 전까지 먼 산등성이에 희미하게 남아 있던 노을이 어둠에 삼켜지고 말았다. 어디선가 천둥소리가 울렸다.

"앗, 천둥."

나와 박사가 동시에 소리를 질렀다.

그 순간, 후드득 비가 쏟아지기 시작했다. 한 방울 한 방울, 모양을 눈으로 확인할 수 있을 만큼 굵직한 빗방울이었다. 지붕을 두드리는 소리가 온 방에 울렸다. 창문을 닫으려는 내게 박사가 말했다.

"그냥 놔둬. 열어두는 편이 기분이 좋으니까."

커튼이 흔들릴 때마다 빗방울이 뿌려 두 사람의 맨발을 적셨다. 그의 말대로 시원하고 기분이 좋았다. 하늘 어디에서도 태양의 기운은 찾아볼 수 없고, 끄는 것을 깜박 잊은 싱크대 위 불빛만 부옇게 마당을 비추고 있었다. 나무들 사이에 앉아 있던 새들이 날아오르고, 뒤엉킨 나뭇가지들이 휘고, 마침내 눈에 보이는 모든 것이 비에 덮였다. 흙냄새가 올라왔다. 천둥소리가 조금씩 가까워졌다.

나는 루트를 생각했다. 비옷을 어디다 넣었는지는 알고나 있는지, 운동화도 한 켤레 더 넣었어야 하는 건데, 들떠서 너무 먹어대는 것은 아닌지, 혹 젖은 머리를 말리지도 않고 잤다가 감기에 걸리면 안 되는데.

"산에도 비가 올까요?"

나는 물었다.

"글쎄, 너무 캄캄해서 산은 보이지 않는군."

박사가 눈을 찌푸렸다.

"돋보기를 바꿔야 할 때가 온 것 같아."

"저 번개, 산에서 치는 건 아니겠죠?"

"왜 그리 산을 걱정하는 거지?"

"아들이 캠프를 떠났어요."

"아들?"

"네. 열 살이에요. 야구를 좋아하는 개구쟁이죠. 박사님이 루트라고 이름을 지어주셨어요. 머리가 평평하다고."

나는 지금까지 수도 없이 반복한 설명을 또 되풀이했다. 전에 루트와 나는 박사가 똑같은 질문을 몇 번이나 하든, 우리가 똑같은 대답을 몇 번이나 하게 되든, 절대 짜증스런 태도를 보이지 않기로 약속했기 때문이다.

"아아, 그래. 자네에게 아들이 있었군. 좋은 일이야."

루트 얘기가 나오는 순간 박사의 표정에 생기가 도는 것도 늘 되풀이되는 일이었다.

"아이가 여름 캠프에 참가했다. 좋은 일 아닌가. 건강과 평화의 상징이야."

박사는 쿠션에 기대 기지개를 폈다. 박사의 숨에 아직도 멜론 냄새가 남아 있었다.

벼락이 치면서 더욱 커진 천둥소리가 울렸다. 그 빛이 비와 어둠을 이기고 하늘을 갈랐다. 사라진 후에도 잠시 넋을 잃을 만큼 멋진 번개였다.

"지금, 틀림없이 벼락이 떨어진 거죠?"

나는 물었다. 박사는 그렇다고만 대답했다. 방바닥에도 비가 들이쳤다. 나는 그의 바지가 젖지 않도록 바지 자락을 걷어주었다. 박사는 간지러운 듯 발을 꼼지락거렸다.

"벼락은 높은 곳에서 치니까, 역시 평지보다는 산이 더 위험하겠죠?"

수학은 이과니까 벼락에 대해서도 나보다 지식이 많을 것이라고 생각했는데, 아닌 듯했다.

"오늘 첫 별을 보니 윤곽이 희미했어. 그런 날은 대개 날씨가 안 좋지."

박사의 대답은 수학의 엄밀함과는 동떨어진 것이었다.

그러는 동안에도 빗발은 점차 굵어졌고, 몇 번이나 번개가 치고 천둥소리가 창문을 흔들었다.

"루트가 걱정이네요."

"누가 쓴 책에, 아이를 걱정하는 것이 부모에게 부과된 최고의 시련이란 말이 있었지."

"짐이 젖지나 않았는지 모르겠어요. 캠프는 아직 나흘이나 남았는데."

"어차피 지나가는 소나기야. 내일 아침 해가 뜨고 날씨가 더워지면 금방 마를 텐데 뭐."

"루트에게 벼락이 떨어지면 어쩌죠?"

"그럴 확률은 아주 낮아."

"타이거스 모자에 번개가 치면…… 머리가 유난히 평평하잖아요. 박사님도 아시죠? 루트 기호하고 꼭 닮았어요. 아무도 흉내 낼 수 없는, 그 아이만의 머리 모양이죠. 벼락이 아주 좋아할……."

"그렇지 않아. 툭 튀어나온 머리가 훨씬 위험할 거야. 피뢰침이라고 착각할 가능성이 있으니까."

루트에 관해서라면 그리도 걱정이 많던 박사가 도리어 나를 위로하고 있었다. 바람이 휙 불면서 나뭇가지들이 몸부림을 쳤다. 비바람이 몰아치면 몰아칠수록 별채에는 고요함만 가득해졌다. 안채의 2층 방에 불이 켜졌다.

"루트가 없으니까 왠지 가슴이 텅 빈 것 같아요."

내가 말했다.

"텅 비었다는 것은, 즉 0을 뜻하는 것인가?"

박사가 중얼거렸다. 딱히 묻는 투는 아니었다.

"그러니까 지금 자네 안에는 0이 존재하는 셈이로군."

"네, 그런가보네요."

나는 맥없이 고개를 끄덕였다.

"0을 발견한 인간은 위대하다고 생각하지 않나?"

"0은 옛날부터 있었던 거 아닌가요?"

"옛날이 언제지?"

"글쎄요, 인류가 태어났을 때부터 사방에 있었을 것 같은데."

"그렇다면 자네는 꽃이나 별처럼, 0도 인류가 태어났을 때이미 눈앞에 있었다고 생각하는 건가? 아무 고생 없이 그 아름다움을 손에 넣을 수 있었다고 말이야? 아아, 오해야 오해. 자네는 인류의 진보가 얼마나 위대한지, 감사해야 해. 아무리 감사해도 모자랄 지경이지. 벌 받을 일이 아니야."

박사는 안락의자에서 윗몸을 일으키고 머리칼을 쥐어뜯었다. 한심하고 어이없는 일이란 표정이었다. 멜론 접시에 비듬이 떨어질 것 같아 나는 재빨리 접시를 의자 밑에 밀어 넣었다.

"그래서 누가 발견했는데요?"

"이름도 없는 인도의 수학자였어. 이교도에 대한 탄압 때문에 공동 욕탕의 화로에 던져진 그리스의 수학을 구해내고, 사라진 정리를 부활시키고, 나아가 새로운 진리를 탄생시켰지. 고대 그리스의 수학자들은 하나같이 아무것도 없는 것은 가르칠 필요가 없다고 생각했어. 없으니까 숫자로 표현하는 것도 불가능했지. 그런데 언뜻 정당하게 보이는 이 논리를 뒤집은 사람이 있었지. 무無를 숫자로 표현한 거야. 존재하지 않는 것을 존재하게 했지. 정말 멋진 일 아닌가."

"네, 그러네요."

루트를 걱정하다가 왜 인도의 수학자로 얘기가 옮아갔는지 모르겠지만, 나는 동의했다. 나는 경험을 통해 박사가 열심히 얘기하는 내용은 하나같이 멋진 것임을 알고 있었다.

"인도의 위대한 스승이 신의 수첩에 쓰여 있는 0을 발견해 낸 덕분에, 그때까지 들춰지지 않았던 페이지가 넘겨진 셈이 로군요."

"그렇지. 자네 말대로야. 자네는 이해력이 뛰어나군. 감사의 마음은 부족하지만, 수학 전체를 조망하는 대범함을 갖고 있 어. 자, 이걸 좀 봐."

박사는 가슴 주머니에서 연필과 메모지를 꺼냈다. 지금까지 몇 번이나 보았던 몸짓이었다. 그가 가장 멋지게 보이는 순간 이기도 했다.

"이 두 개의 숫자를 구별할 수 있는 것은 다 0 덕분이지."

안락의자의 팔걸이에 메모지를 올려놓고 박사가 쓴 숫자는 38과 308이었다. 0 밑에 밑줄이 두 개 그어져 있다.

"38은 10이 세 개, 1이 여덟 개지. 308은 100이 세 개, 10이 0, 1이 여덟 개야. 10자리는 비어 있어. 그 빈자리를 0이 기호 로 표시해주고 있는 거야. 알겠나?"

"네."

"좋아. 그럼 여기 자가 있다고 생각해보자고. 1밀리미터 간 격으로 금이 그어져 있는 30센티미터짜리 나무 자야. 1센티미 터마다, 5센티미터마다 굵은 금이 그어져 있지. 그 제일 왼쪽 끝은 어떻게 돼 있지?"

"0이에요."

"그래. 아주 좋아. 왼쪽 끝의 눈금은 0이야. 자는 0에서 시작되지. 재고 싶은 것의 끝에다 0을 맞추면 자동적으로 길이를 알 수 있어. 그런데 만약 이 자가 1에서 시작된다면, 일이 성가시게 되지. 지금 우리가 마음 놓고 이 자를 쓸 수 있는 것도, 0이 있기 때문이야."

여전히 비는 쏟아지고 있었다. 어디선가 사이렌 소리가 울리다 천둥소리에 지워졌다.

"그러나 0의 경이로움은 기호나 기준일 뿐만 아니라, 명실상부한 숫자라는 점에 있어. 가장 작은 자연수 1보다 1만큼 작은 수, 그것이 바로 0이지. 0이 등장했다고 해서 계산 규칙의 통일성이 흐트러지는 일은 없어. 아니 오히려 질서가 견고해지지. 모순도 없어지고 말이야. 자, 한번 상상해봐. 나뭇가지에 새 한 마리가 앉아 있다. 고운 소리로 지저귀는 새야. 부리는 귀엽고 날개에는 예쁜 무늬가 있지. 너무 예뻐서 나도 모르게 한숨을 쉬는 순간, 새는 놀라 날아가버리지. 나뭇가지에는 아무 흔적도 남아 있지 않아. 그저 마른 잎이 흔들릴 뿐."

정말 지금 막 작은 새가 날아가기라도 한 것처럼 박사는 마당의 어둠을 가리켰다. 비에 젖은 어둠이 한층 짙게 보였다.

"1   1 = 0. 아름답지 않나?"

박사가 내 쪽을 돌아보았다. 우르릉 쾅쾅, 천둥소리에 땅이 흔들렸다. 안채의 불빛이 깜박이면서 순간적으로 아무것도 보이지 않았다. 나는 그의 양복 소매를 꼭 잡았다.

"괜찮아. 안심해도 돼. 루트 기호는 튼튼해. 모든 숫자를 보호해주니까."

박사는 그렇게 말하고 내 손을 쓰다듬었다.

루트는 예정된 나흘이 지나 무사히 돌아왔다. 선물은 나뭇가지와 도토리로 만든 잠든 토끼였다. 박사는 그것을 책상 위에 올려놓았다. 그리고 토끼의 발에,

'루트(가사도우미의 아들)가 준 선물'

이라고 메모를 써서 붙였다.

캠프 첫날 번개가 치고 비가 쏟아져서 무섭지 않았느냐고 묻자, 비 같은 것은 한 방울도 안 왔는데, 하고 대답했다. 벼락은 근처에 있는 신사의 은행나무에 떨어진 모양이었다. 별채에는 무더위와 매미 울음소리가 돌아왔고, 젖은 커튼도 방바닥도 금방 말랐다.

루트가 없는 동안 그가 제일 마음에 걸려한 것은 타이거즈였다. 그사이에 타이거즈가 상위로 올라서지는 않을까 기대했던 것 같은데, 기대와는 반대로 스왈로스에 져서 4위로 떨어졌다.

"내가 없는 동안 응원 제대로 했어요?"

"암, 물론이지."

박사가 대답했다. 루트는 타이거스의 부진한 성적이 박사가 응원을 하지 않은 탓이라고 의심했다.

"라디오 켜는 법 모르잖아요?"

"엄마한테 배웠지."

"정말이요?"

"정말이고말고. 야구 중계 잘 들을 수 있게, 엄마한테 채널 맞춰달라고 했다."

"그냥 멍하니 듣기만 하면 어떻게 이겨요?"

"그야 그렇지. 그래서 열심히 응원했어. 제발 에나쓰가 삼진을 잡을 수 있도록 해달라고, 라디오에 대고 내내 절을 했다."

의심을 풀어주려고 박사는 이런저런 변명을 늘어놓았다.

이렇게 저녁이 되면 식당에 라디오 소리가 흐르는 생활이 돌아왔다.

라디오는 식당의 식기 선반에 놓여 있다. 숙제를 잘해서 그 부상으로 수리점에서 수리를 한 후, 제구실을 톡톡히 하고 있다. 때로 잡음이 심해지곤 하는데, 기계 탓이 아니라 지형이 나쁜 탓이라고 생각한다.

야간 중계가 시작되기 전에는 소리를 작게 틀어놓는다. 내가 부엌에서 저녁 준비를 하는 소리와 큰길을 달려가는 오토바이의 엔진 소리와 박사가 중얼거리는 소리, 루트의 딸꾹질

소리에 섞여 켜져 있는지도 모를 정도다. 모든 소리가 잠잠하게 숨을 죽인 순간에만 음악이 흐른다. 다양한 곡을 틀어줄 텐데, 어느 곡이나 먼 옛날에 들은 기억이 있을 뿐 제목이 생각나지 않는 것은 어째서일까.

박사는 창가의 지정석인 안락의자에서 책을 읽고 있다. 루트는 식탁에다 대학 노트를 펼쳐놓고 꼬물꼬물 뭔가를 하고 있다. 표지에 쓰여 있던 '정계수 삼차 형식 No. 11' 위에 두 줄이 그어져 있고 그 밑에 루트의 글씨로 '타이거스 수첩'이라고 쓰여 있다. 그 나름으로 타이거스의 자료를 정리하기 위해 박사에게 쓰지 않는 노트를 얻은 것이다. 그래서 처음부터 3페이지까지는 해독이 불가능한 수식이 적혀 있고, 그다음부터는 나카다의 방어율과 신조의 타율이 적혀 있다.

나는 빵을 만들려고 반죽을 하고 있다. 셋이서 오랜만에 빵으로 저녁을 먹자고 의기투합했다. 따끈따끈한 빵에 치즈와 햄과 채소와 각자 좋아하는 것을 얹어서 먹는다.

해가 기울기 시작했는데도 더위는 조금도 가시지 않았다. 낮 동안 햇볕에 익은 나뭇잎이 체온을 발산하고 있기 때문일까, 열린 창문으로 바람이 아니라 열기가 들어온다. 루트가 학교에서 가져온 나팔꽃 화분은 벌써 꽃잎을 오므리고 잘 준비를 하고 있다. 마당에서 제일 키가 큰 오동나무 가지에 매미가 몇 마리 앉아 쉬고 있다.

갓 발효가 끝난 반죽은 보들보들하다. 그 안에 손가락을 파묻은 채 마냥 있고 싶다. 조리대도, 부엌 바닥도 떨어진 밀가루 때문에 하얗다. 팔로 이마에 흐르는 땀을 닦을 때마다 내 얼굴에도 밀가루가 묻는다.

"박사님."

연필을 쥔 채 고개도 들지 않고 루트가 박사를 부른다. 너무 더워서 러닝셔츠에 팬티 바람이다. 방금 전에 수영장에서 돌아와 머리가 아직 축축하다.

"왜 그러냐?"

박사가 얼굴을 든다. 돋보기가 콧잔등까지 내려와 있다.

"루타가 뭐예요?"

"안타를 쳐서 움직인 루의 수를 말하는 거지. 단타면 1, 2루타면 2, 3루타면 3. 그러니까 홈런은······."

"4네요."

"그렇지."

박사가 정말 기쁘다는 듯이 웃는다.

"박사님을 방해하면 안 돼."

나는 반죽을 조그맣게 잘라 같은 크기로 동글동글하게 빚는다.

"알아."

루트가 대답한다.

하늘에는 구름 한 조각 없고, 초록은 눈부시고 땅에는 나뭇잎 사이로 비치는 햇빛이 넘실거린다. 루트는 손가락을 꼽으면서 루타를 세고 있다. 나는 오븐을 켠다. 라디오에서 흘러나오는 음악이 잡음 때문에 끊겼다가 잠시 후 되살아난다.

"있죠."

루트가 또 말한다.

"응?"

내가 대꾸하자,

"아니, 엄마 말고."

라고 한다.

"규정 타석은 어떻게 구하면 되는데요?"

"시합 수에 3.1을 곱하면 되지. 소수점 이하는 버리고."

"반올림 안 해요?"

"아아, 그렇군. 어디 좀 보자……."

박사는 책을 덮어 책상에 올려놓고 루트 곁으로 다가온다. 메모지가 사락사락 소리를 낸다. 박사는 한 손을 식탁에 올려놓고 다른 한 손은 루트의 어깨에 올려놓는다. 둘의 그림자가 겹친다. 의자 밑에서 루트의 발이 흔들거린다. 나는 오븐에 반죽을 넣는다.

드디어 야구 중계의 시작을 알리는 음악이 들린다. 루트가 손을 뻗어 볼륨 스위치를 돌린다.

"오늘은 절대 지면 안 돼."

루트는 매일 그렇게 말한다.

"에나쓰가 선발로 나오려나."

박사가 돋보기를 벗는다.

우리는 아직 아무도 발을 내딛지 않은 말끔한 마운드를 상상한다. 수분을 머금은 흙이 거뭇거뭇 시원스럽게 빛난다.

"수비에 나서는 타이거스 투수⋯⋯."

장내 방송이 관람객의 함성과 잡음에 지워진다. 우리는 마운드를 향해 걸어가는 선발투수의 발자국을 떠올린다. 땅에 스파이크가 찍힌다. 빵이 구워지는 고소한 냄새가 식당 가득 퍼진다.

9

여름방학도 거의 끝나가는 어느 날, 박사의 잇몸이 눈가림을 할 수 없을 정도로 통통 부었다. 타이거스가 여름 시즌을 10승 6패로 마감하고, 스왈로스와 2.5게임 차로 2위에 올라 고시엔으로 돌아온 날이었다.

박사는 내내 혼자서 참은 모양이었다. 루트에게 보여주는 주의력의 10분의 1만이라도 자신에게 쏟았다면 이렇게 심해지지는 않았을 텐데, 내가 알았을 때는 왼쪽 볼이 부어올라 입도 제대로 벌릴 수 없는 상태였다.

이발소나 야구 경기장에 갈 때보다 훨씬 쉽게 박사를 치과에 데리고 갈 수 있었다. 너무 아파서 고집을 피울 수가 없었고, 입술이 움직이지 않아 뭐라 꽁무니를 뺄 말도 할 수 없었기 때문이다. 박사는 와이셔츠를 갈아입고 구두를 신고 순순히 따라나섰다. 아픈 이를 보호하듯 등을 구부리고 내가 펼쳐 든 양산 속으로 들어왔다.

"여기서 기다려야지, 다른 데 가면 안 돼."

박사는 대기실 의자에 앉아 마음대로 돌아가지 않는 혀로 몇 번이나 그렇게 말했다. 말이 통하는지 의심스러웠는지 아니면 나를 믿을 수 없었는지, 차례를 기다리는 동안 거의 5분 간격으로 같은 말을 했다.

"자네, 내가 치료를 받는 동안 괜히 밖에 나가 어슬렁거리면 안 돼. 여기 이 의자에 앉아서, 나를 꼭 기다리고 있어야 돼. 알겠나?"

"물론이죠. 박사님을 두고 제가 어디를 가겠어요."

나는 잠시라도 아픈 것을 잊으라고 박사의 등을 쓰다듬어주었다. 다른 환자들은 모두 고개를 숙이고 우리 둘을 의식 밖으로 내쫓으려 애쓰고 있었다. 그런 어색한 분위기에 어떻게 대처해야 하는지 나는 잘 알고 있다. 피타고라스의 정리처럼 또는 오일러의 공식처럼, 의연하게 있으면 그만이다.

"정말이지?"

"네. 아무 걱정 마세요. 여기서 꼼짝도 않고 기다릴 테니까요."

그렇게 말해봐야 그가 안심하지 않는다는 것을 잘 알면서도 나는 몇 번이나 똑같은 대답을 했다. 진찰실로 들어가 문을 닫는 마지막 순간까지, 박사는 뒤를 돌아보며 내 모습을 확인했다.

진료는 의외로 오래 걸렸다. 나중에 들어간 환자가 진료비를 지불하고 돌아가는데도 박사는 나오지 않았다. 이도 닦지 않고 틀니를 빼서 씻는 일도 없는 박사가 치료에 협조할 리 없으니, 의사도 아마 진땀을 빼고 있을 것이다. 가끔 자리에서 일어나 접수창구로 안을 들여다보았지만, 박사의 뒤통수밖에 보이지 않았다.

간신히 치료가 끝나 진찰실에서 나온 그는 아픈 것을 참고 있을 때보다 훨씬 언짢은 표정이었다. 피로한 기색이 역력하고 이마에는 땀이 돋아 있었다. 연신 코를 훌쩍대고 마취 때문에 저린 입술을 답답하다는 듯이 꼬집었다.

"괜찮아요? 피곤하시죠…… 이제……."

일어서서 손을 내미는데 박사는 내 옆을 스치고 그대로 걸어가버렸다. 쳐다보기는커녕 내가 내민 손을 뿌리치지도 않았다.

"왜 그러세요?"

박사의 귀에 내 말이 들리지 않는 것 같았다. 그는 슬리퍼를 벗어 던지고 비틀거리며 구두를 신더니 밖으로 횡하니 나가버렸다. 당황한 나는 얼른 진료비만 계산하고, 다음 진료 날짜도 예약하지 못한 채 허둥지둥 쫓아 나갔다.

박사는 저만치 첫 네거리에 접어드는 참이었다. 방향은 틀리지 않은데, 오가는 차들도 아랑곳하지 않고 신호마저 무시할 기세로 길 한가운데를 성큼성큼 걸어가고 있었다. 그가 이렇게 빠른 걸음으로 걷다니 놀라운 일이었다. 그 등짝에서도 언짢음이 배어 나오고 있었다.

"저기요, 좀 기다려보세요."

큰 소리로 불러보았지만, 지나가던 사람들이 이상한 눈으로 쳐다볼 뿐이었다. 한여름의 햇살은 쨍쨍 내리쬐고, 현기증이 일 정도로 더웠다.

나까지 점점 화가 났다. 이를 치료하느라 좀 아팠다고 해서 저렇게 화를 낼 것까지야 없지 않은가. 그냥 내버려뒀으면 더 혹독한 지경이 되었을 텐데. 언젠가는 치료를 해야 하는 일이다. 루트도 그 정도는 참을 수 있다. 그래 맞아, 루트를 데리고 왔어야 하는 건데. 그랬으면 좀 어른스럽게 굴었을 텐데. 나는 하라는 대로 꼼짝 않고 앉아서 기다렸는데……

잠시 저러다 말겠지. 나는 심술이 도져 일부러 걸음을 늦췄다. 박사는 차들이 경적을 빵빵 울리든, 전신주에 부딪힐 뻔하든 상관하지 않고 여전히 앞만 보며 걸었다. 한시라도 빨리 집에 돌아가야지, 못 견디겠다는 투였다. 떨어져 있는 거리에 비해 등이 너무 작아 보였다.

햇살의 각도에 따라 모습이 홀연 없어지는 순간도 있었지만, 빛을 반사하는 메모지 덕분에 박사가 시야에서 사라지는 일은 없었다. 그것은 박사가 있는 곳을 알려주는 암호처럼 복잡하게 빛을 반사하고 있었다.

퍼뜩 놀라 나는 양산의 손잡이를 바꿔 쥐었다. 그리고 손목시계를 보았다. 애매한 기억을 더듬어 박사가 진찰실에 들어갔다가 나오기까지의 시간을 계산해보았다. 10분, 20분, 30분…… 하고 눈금을 짚으며 시간을 가늠해보았다.

나는 박사의 등을 쫓아 뛰었다. 샌들이 벗겨질 것 같은데도 반짝이는 메모지를 향해 뛰었다. 그것은 다음 모퉁이를 돌아 동네 어귀로 접어들고 있었다.

박사가 욕실에서 물을 끼얹고 있는 동안 《JOURNAL of MA-THEMATICS》를 정리했다. 박사는 현상 문제에는 집착하지만 정작 잡지에는 아무 관심이 없어 현상 문제가 있는 페이지를 제외하고는 거의 들춰보지도 않고 서재 여기저기에다 아무렇게나 던져놓는다. 그것들을 주워 모아 각 호별로 정리한 후, 목차를 훑으면서 박사의 증명이 현상금을 받은 호만 골라냈다.

박사의 이름이 발견될 확률은 높았다. 현상금 수상자의 이름은 활자도 큰 데다 테두리가 쳐져 있어 금방 눈에 띄었다. 박사의 이름이 실로 자랑스럽게 인쇄되어 있었다. 활자가 된 증명은 손으로 썼을 때의 온기가 사라진 반면 품위가 가미되어, 내가 보아도 논리의 견고함이 느껴졌다.

오랜 세월 정적의 벽에 갇혀 있었기 때문인지, 서재는 유난히 더웠다. 박사의 증명이 실려 있지 않은 잡지를 종이 박스에 담으면서 나는 다시 한 번 치과에서 있었던 일을 생각하고 시간을 계산해보았다. 대기실과 진찰실이 공간적으로 나뉘어 있기는 하지만 같은 건물 안에 있으니 염려할 것 없다고 방심한 것이 잘못이었다. 어떤 경우든 늘 박사와 함께 있을 때에는 80분을 의식했어야 했다.

그런데 아무리 계산해봐도 우리가 떨어져 있었던 시간은 60분 남짓이었다.

아무리 수학자지만 그래도 살아 있는 사람이니, 그렇게 항상 정확하게 80분의 사이클을 유지하지는 못할 것이라고 나는 스스로를 설득했다. 매일 날씨가 다르고 만나는 사람이 다른 것처럼, 몸 상태가 좋지 않은 날도 있을 것이다. 특히 그때는 이가 아팠다. 낯선 사람들에게 시달린 탓에 신경이 곤두서서 80분짜리 테이프의 회전에 이상이 생겼을 수도 있다.

박사의 증명을 바닥에 쌓아놓고 보니 내 허리보다 높았다. 그저 평범한 잡지 속에 박사가 쌓아 올린 증명이 보석처럼 박혀 있구나, 하고 생각하니 사랑스러움이 북받쳤다. 나는 잡지를 한 권 한 권 정성스럽게 정리했다. 그것은 그가 수학에 바친 에너지의 집적이며, 그의 수학적 능력이 고작 불행한 사고 하나에 손상되지 않았음을 증명하는 것이기도 했다.

"뭘 하고 있나."

어느 틈엔가 박사가 욕실에서 나와 있었다. 마취가 덜 풀렸는지 입술은 아직 일그러져 있었지만 볼의 부기는 가라앉아 있었다. 기분도 상쾌하고 통증도 많이 가신 듯 보였다. 나는 눈치채지 못하게 살짝 벽시계를 쳐다보면서 그가 욕실에 있은 시간이 30분 남짓하다는 것을 확인했다.

"잡지를 정리하고 있어요."

"그거 수고가 많군. 산더미처럼 쌓여 있는데 미안하지만, 내다 버려줄 수 있겠나?"

"버리다니요, 당치도 않아요."

"어째서지?"

"이거 다 박사님이 하신 거잖아요. 박사님이 전부 혼자서 말이에요."

나는 말했다.

박사는 아무 대답도 하지 않고 풀 죽은 눈빛으로 나를 쳐다보았다. 머리에서 떨어지는 물방울이 메모지를 적셨다.

오전 내내 시끄러울 정도로 울어대던 매미 소리도 잠잠하고, 마당에는 쏟아지는 여름의 뜨거운 햇살만 가득했다. 그런데도 가만히 바라보면, 산등성이 저 먼 하늘에 엷은 구름이 떠 있어 가을을 느끼게 했다. 첫 별이 뜨는 그 언저리 하늘이었다.

루트의 여름방학이 끝나고 2학기가 시작되자마자 《JOUR-NAL of MATHEMATICS》에서 1등을 획득했다는 연락이 왔다. 여름 내내 매달렸던 예의 문제였다.

그러나 아니나 다를까 박사는 기뻐하지 않았다. 잡지사에서 보낸 엽서를 제대로 읽어보지도 않고 식탁에 휙 던지고는 그만이었다. 감상을 말하기는커녕 미소조차 띠지 않았다.

"《저널 오브》 발행 이래 최고의 현상금이에요."

나는 확인시키듯 말했다. 잡지의 이름을 정확하게 발음할 자신이 없는 나는 늘 《저널 오브》라고 줄여 말하곤 했다.

"후우."

관심 없다는 듯 박사는 한숨을 쉬었다.

"그 문제 푸시느라 정말 수고 많이 하셨잖아요. 먹을 것도 제대로 못 드시고, 잠도 충분히 못 주무시고, 하루 종일 수학의 세계에 매달리셨잖아요. 온몸에 땀띠가 돋고, 양복에 소금까지 묻어났잖아요."

문제를 푼 기억이 이미 사라지고 없다는 것을 알면서도 나는 그의 노력을 본인 자신에게 역설했다.

"저는 잊을 수 없어요. 건네주신 봉투의 두께와 무게를. 우체국에 가서 창구에 그 봉투를 내밀 때의 자랑스러웠던 마음을."

"아아, 그랬나…… 음."

아무리 설명해도 박사의 반응은 답답할 정도로 둔했다.

수학자들은 보통 자신이 이뤄낸 일의 영향을 과소평가하는 경향이 있는 것일까, 아니면 박사 고유의 인간성에 기인하는 것일까. 수학자에게도 공명심은 있을 테고, 수학과는 무관한 일반 사람들의 주목을 받고 싶은 욕망도 있을 텐데. 그 덕분에 학문으로서 발전에 발전을 거듭하고 있는데……. 역시 그의 기억 구조에 문제가 있어서인지도 모르겠다.

아무튼 박사는 일단 종결된 증명에 관해서는 놀랍도록 담담하다. 있는 힘을 다 기울인 대상이 진실한 모습을 드러내면서 이쪽을 돌아보는 순간, 조심스럽게 입이 무거워진다. 자신이 얼마나 정열을 기울였는지도 피력하지 않고, 보상을 요구하지도 않는다. 그것이 정말 완전한지 아닌지를 확인한 후에는 그저 말없이 앞으로 나아갈 뿐이다.

수학에만 그런 태도를 보이는 것이 아니다. 다친 루트를 병원으로 데리고 갔을 때도, 몸을 던져 파울볼을 막았을 때도, 고마워하는 우리의 마음을 순순히 받아들일 줄 몰랐다. 고집이 세서도 아니고, 마음이 비뚤어져서도 아니고, 그저 왜 그렇게 자신에게 고마워하는지 이해할 수 없었기 때문이다.

내가 할 수 있는 일은 아주 사소한 것뿐이다. 내가 할 수 있는 일은 다른 누구도 할 수 있다. 박사는 늘 마음속으로 그렇게 중얼거린다.

"우리 축하 파티 해요."

"그럴 필요가 있을까?"

"열심히 노력해서 1등한 사람을 모두 함께 축복하면, 기쁨이 배가 되잖아요."

"난 별로 기쁘지 않은데. 나는 그저 신의 수첩을 슬쩍 들여 다보고 그걸 베꼈을 뿐……."

"아니, 그렇게 해요. 박사님은 기쁘지 않으실지 몰라도 저하고 루트는 무척 기뻐요."

루트란 이름이 나오자 박사의 태도가 변했다.

"참, 루트의 생일도 같이 축하해요. 9월 11일이거든요. 틀림 없이 좋아할 거예요."

"몇 살이 되지?"

"열한 살이요."

"11……."

박사는 몸을 앞으로 쑥 내밀고 눈을 깜박이며 머리카락을 쥐어뜯었다. 식탁에 비듬이 떨어졌다.

"네. 11이에요."

"참으로 아름다운 수로군. 소수 중에서도 각별히 아름다운 수야. 게다가 무라야마의 등번호이기도 하고. 자네, 이거야말 로 정말 멋진 일이네."

어려운 수학 문제를 풀어 1등상을 차지한 데 비하면 1년에 한 번 누구에게나 돌아오는 생일 따위가 뭐 그리 멋지랴 싶었지만, 물론 아무 말 않고 순순히 박사의 의견에 동의했다.

"좋아. 그러기로 하지. 아이들에게는 축복이 필요하니까. 맛있는 것과 촛불과 박수가 있으면, 아이들은 행복한 법이지. 쉬운 일 아닌가, 자네."

"네, 옳은 말씀이세요."

나는 매직을 들고 식당에 걸려 있는 달력의 9월 11일에 커다랗게 동그라미를 쳤다. 아무리 무심한 사람이라도 그냥 지나칠 수 없을 정도로 크게. 박사는 '9월 11일(금) 루트의 열한 살 생일 축하 파티'라고 메모를 해서, 가슴팍에 붙어 있는 제일 중요한 메모지 밑에 억지로 자리를 만들어 붙였다.

"음, 이제 됐군."

박사는 만족스럽게 고개를 끄덕이며 새 메모지를 보았다.

루트와 의논해서 박사에게 에나쓰의 야구 카드를 선물하기로 했다. 박사가 식당에서 꾸벅꾸벅 조는 동안, 몰래 과자 통을 보여주자 루트가 상당한 관심을 보였던 것이다. 박사에게는 비밀인 것도 잊고, 바닥에 철퍼덕 앉아 한 장 한 장 꺼내 앞뒤 구석구석 쳐다보고는 감탄하고 또 감탄했다.

"박사님의 보물이니까, 구겨지거나 얼룩지지 않게 조심해."

혹 박사에게 들키지는 않을까 조마조마해하면서 그렇게 주의를 주었지만, 루트는 거의 듣지 않는 것 같았다.

그때 루트는 난생처음으로 야구 카드와 조우했던 것이다. 친구가 보여준 적이 있어 막연하게나마 그 존재는 알고 있었을 텐데, 무의식적으로 모르는 척 피했는지도 모르겠다. 그저 재미를 위해서, 그것도 혼자만의 재미를 위해서 엄마에게 돈을 달라고 조르는 아이가 아니었으니까.

그런데 박사의 수집품을 보고는, 더 이상 모르는 척할 수 없었던 모양이다. 루트는 거기에 또 다른 야구의 세계가 있고, 실제 야구와는 다른 매력이 넘친다는 사실을 알고 말았다. 조그만 카드가 라디오나 구장에서 펼쳐지는 야구를 수호천사처럼 지키고 있는 모습을 두 눈으로 보고 말았다. 순간을 포착하는 사진의 멋, 자랑스럽게 표시된 위대한 기록, 동경을 품게 하는 일화, 손바닥에 쏙 들어가는 단정한 사각형, 태양 빛에 반짝이는 플라스틱 클리어 케이스…… . 카드와 관련된 모든 것이 루트를 매료했다. 나아가 이만큼 수집하기 위해 박사가 기울였을 노력을 생각하고는, 거의 황홀해했다.

"엄마, 이 에나쓰 사진 땀방울이 튀는 것까지 찍혀 있어."

"우와, 밧키네. 팔이 엄청 길다."

"이 사진 좀 봐. 정말 굉장해. 불빛을 비추면 에나쓰의 모습이 입체적으로 나타나게 돼 있어."

루트는 일일이 감동을 표하고 설명하면서 내게 동의를 구했다.

"알았으니까, 이제 그만 정리해."

식당에서 안락의자가 삐걱거리는 소리가 들렸다. 슬슬 박사가 깨어날 시간이었다.

"다음에 박사님한테 보여달라고 부탁하자. 차례 안 틀렸어? 꼼꼼하게 분류돼 있으니까……."

내가 말을 채 끝내기 전에, 카드가 의외로 무거웠는지 아니면 흥분이 식지 않아서였는지 루트가 과자 통을 떨어뜨리고 말았다. 요란한 소리가 났다. 꽉 들어차 있는 덕분에 충격에 비해 피해는 적었지만, 그래도 카드 몇 장(대부분 2루수)이 바닥에 흩어졌다.

우리는 허둥지둥 복구 작업을 시작했다. 다행히 클리어 케이스가 깨지거나 하지는 않았고, 구겨진 카드는 한 장도 없었다. 하지만 박사의 컬렉션이 과자 통 속에서 너무도 완벽한 모습을 유지하고 있었기 때문에, 겨우 한 군데가 빠져나갔는데도 마치 돌이킬 수 없는 상처를 입은 것처럼 처참하게 보였다. 그래서 우리는 더욱 당황했다.

언제 박사가 눈을 뜰지 몰랐다. 루트가 부탁하면 박사가 보여주지 않을 리 없는데, 그러니까 이렇게 몰래 훔쳐볼 필요도 없는데, 나는 왠지 이 야구 카드가 유난히 조심스러웠다. 그런데 조심을 한다는 것이 오히려 엉뚱한 결과를 초래하고 말았다. 소년이 자기만의 비밀을 마음 한구석에다 감춰두는 것처럼, 박사 역시 이 야구 카드를 타인에게 보이고 싶지 않았던 건 아닐까, 하고 멋대로 생각하고 있었다.

"이 사람은 시라사카니까 음, 가마다 미노루 다음에 끼워 넣어."

"이 한자는 뭐라고 읽는데?"

"혼도 야스지. 그러니까 훨씬 뒤쪽."

"엄마도 아는 선수야?"

"몰라, 하지만 이렇게 카드가 만들어졌을 정도니까 훌륭한 선수였겠지. 아무튼 그건 됐고, 빨리 좀 해."

우리는 카드 한 장 한 장을 박사가 정해놓은 장소에 돌려놓느라 정신이 없었다. 그런데 문득 보니 통 바닥이 이중으로 되어 있었다. '모토야시키 긴고'의 카드를 손에 들고 있을 때였다. 카드가 쌓여 있는 깊이보다 통의 바닥이 더 깊었다.

"잠깐 기다려봐."

나는 루트를 제지하고, 2루수 선수들이 빠져 생긴 빈 틈에 손가락을 집어넣어보았다. 이중으로 되어 있는 게 틀림없었다.

"왜 그래 엄마?"

루트가 이상하다는 표정으로 물었다.

"괜찮아. 엄마에게 맡겨."

어찌 된 일인지 그때까지의 조심스러움은 어디론가 사라지고, 나는 대담하게 행동하고 있었다. 루트에게 책상 서랍에서 자를 꺼내오라고 해서, 카드가 흐트러지지 않게 자를 밀어 넣고 조심조심 바닥을 들어 올렸다.

"봐, 카드 밑에 뭐가 있지? 엄마가 이렇게 들고 있을 테니까, 꺼낼래?"

"응, 알았어."

루트의 여린 손가락이 좁은 틈으로 미끄러져 들어가 무사히 내용물을 꺼냈다.

그것은 수학 논문이었다. 학교 마크인 듯한 무늬가 있고 영자로 타이프를 친 표지에, 속은 한 100장 정도 되는 분량의 증명이었다. 박사의 이름이 고딕체로 선명하게 찍혀 있었다. 날짜는 1957년.

"박사님이 푼 수학?"

"그런가 보다."

"그런데 왜 이런 데다 숨겨뒀을까?"

루트가 모를 일이라는 듯 말했다. 나는 순간적으로 1992 빼기 1957을 암산했다. 그해 박사는 스물아홉 살이었다. 어느 틈엔가 식당에서 느껴지던 기척도, 안락의자가 삐걱거리는 소리도 잠잠해졌다.

'모토야시키 긴고'의 카드를 한 손에 쥔 채 나는 논문을 들취보았다. 야구 카드만큼이나 소중하게 간직한 논문이라는 것을 금방 알 수 있었다. 종이나 활자는 흐른 세월만큼 색이 바랬지만, 사람의 손이 스친 흔적은 남아 있지 않았다. 꺾이거나 구겨지고 얼룩이 묻은 페이지가 한 쪽도 없는 것은 야구 카드나 마찬가지였다. 더구나 유능한 타이피스트가 타이프를 쳤는지, 오타도 없었다. 1밀리미터의 오차도 없이 인쇄된, 그리고 모서리는 정확하게 90도를 유지하고 있는 용지에서 매끄러움마저 느껴졌다. 제아무리 고귀한 왕의 유품이라도 이렇듯 정중하게 매장되지는 않으리라 여겨질 정도였다.

과거 그것을 만졌던 사람들의 정성과 방금 전 루트가 저지른 실수를 교훈 삼아 나는 세심하게 주의를 기울였다. 오랜 잠을 방해하는데도 박사의 논문은 기품을 잃지 않았다. 카드의 무게도, 쿠키의 냄새도 그것을 침범하지는 못했다.

첫 페이지, 해독할 수 있는 것은 제일 첫 줄의 'Chapter 1'이란 영자뿐이었다. 몇 장을 넘기자 '아르틴'이라고 읽히는 단어가 몇 번이나 눈에 띄었다. 이발소에서 돌아오는 길, 공원에서 박사가 나뭇가지로 땅에다 수식을 써가며 설명해준 아르틴의 예상이 떠올랐다. 그 설명에 이어 완전수 28에 대한 나의 말을 수식으로 표현해주었던 일, 땅에 그려진 수식 위로 하늘하늘 떨어지던 벚꽃 잎의 모습도 되살아났다.

그때 페이지 사이에서 흑백사진이 한 장 떨어졌다. 루트가 그것을 주웠다. 어느 강가에서 찍은 사진이었다. 클로버로 가득 덮인 비스듬한 강둑에 박사가 앉아 있다. 편안하게 두 다리를 쭉 뻗고, 쏟아지는 햇빛에 눈을 찌푸리고 있다. 아주 젊고 핸섬하다. 양복 차림인 것은 지금과 변함없는데, 온몸에서는 재능이 넘쳐흐른다. 물론 양복에는 한 장의 메모지도 붙어 있지 않았다.

그리고 박사 옆에 한 여자가 기대어 있다. 활짝 펼쳐진 치맛자락 끝으로 구두코만 보인다. 수줍은 듯 박사 쪽으로 고개를 기울이고 있다. 몸 어느 한 군데도 맞닿아 있지 않지만 두 사람 사이에 오가는 애정이 느껴진다. 아무리 오랜 세월이 흘렀어도, 그 여자가 안채의 미망인이라는 것은 쉬 알아볼 수 있었다.

박사의 이름과 'Chapter 1' 외에 내가 이해할 수 있는 한 줄이 더 있었다. 표지 맨 위 증명의 시작을 장식하는 첫머리, 타이프로 친 것이 아니라 손으로 직접 쓴 문장이었다.

영원한 내 사랑 N에게 바침.
당신이 잊어서는 안 될 사람으로부터

에나쓰의 야구 카드를 선물하기로 계획은 세웠지만, 막상 구하려고 보니 수월한 일이 아니었다. 타이거즈 시절의, 그러니까 1975년 이전의 에나쓰 카드는 박사가 거의 망라했기 때문이다. 그 이후에 발매된 새로운 버전에는 대개 트레이드된 사실이 기재돼 있었고, 난카이나 히로시마의 유니폼을 입은 에나쓰는 우리가 찾는 카드가 아니었다.

나와 루트는 우선 야구 카드 전문 잡지를 사서(그런 잡지를 책방에서 판다는 것 자체가 우리에게는 신선한 발견이었다), 어떤 종류의 카드가 있고, 어느 정도의 가격에, 어디서 살 수 있는지를 조사했다. 그리고 조사를 하는 김에 카드의 역사와 수집가의 매너, 보관상의 주의점 등에 관한 지식도 섭렵했다. 주말이 되면 잡지 권말에 실려 있는 카드 가게 일람표를 참고해서 갈 수 있는 범위 안의 가게를 전부 찾아다녔다. 그러나 성과는 없었다.

카드 가게는 대개 낡은 건물에 고리대금업소와 탐정 사무소, 또는 점집과 뒤섞여 있었다. 다들 엘리베이터에 타고만 있어도 우울해지는 건물이었지만, 일단 카드 가게에 발을 들이밀면 루트에게는 낙원이었다. 거기에는 박사의 과자 통을 무수하게 수집해놓은 세계가 펼쳐져 있었다.

이것저것 탐을 내는 루트를 어르고 달래며 우리는 오직 에나쓰 유타카를 찾았다. 과연 그의 코너는 충실했다. 그리고 박사의 과자 통 분류법은 어떤 카드 가게에서나 통용되고 있었다. 팀별, 시대별, 포지션별로 나뉜 코너와는 별도로 그의 전용 장소가 나가시마와 왕정치 옆에 마련돼 있었다.

우리는 에나쓰 코너에 진을 치고, 나는 처음부터, 루트는 끝에서부터 한 장 한 장 카드를 체크해나갔다. 이 밑에 처음 보는 카드가 숨어 있을지도 모른다. 이 다음 장에야말로 환상의 에나쓰가 등장할지도 모른다. 그렇게 기대하면서 한 장 한 장 점검하자니 체력 소모가 엄청났다. 햇빛이 비치지 않는 숲을 나침반도 없이 탐색하는 것 같았다. 하지만 우리는 군소리 하나 하지 않았다. 그러고는 조금씩 요령과 기술을 터득해가면서 점점 작업의 속도를 높여갔다.

우선 엄지손가락과 집게손가락으로 한 장을 꺼내, 과자 통 속에 있는 것과 같은 종류면 바로 제자리에 돌려놓는다. 못 본 것 같을 때는 필요조건을 충족시키고 있는지 세심하게 확인한다. 그런 순간적인 판단을 한없이 되풀이한다.

그런데 대부분이 본 기억이 있든지 낯선 유니폼을 입고 있든지 트레이드 경위를 친절하게 설명한 카드뿐이었다. 게다가 박사가 수집한, 갓 데뷔했을 당시의 흑백 사진은 가격도 비싸고 아주 귀한 것이었다. 그런 컬렉션에 곁다리로 낄 카드를 찾는 셈이니, 만만치 않을 것 같았다. 마침내 한가운데에서 내 손가락과 루트의 손가락이 마주쳤다. 가능성이 또 줄어든 것을 알고는 한숨을 쉬었다.

우리가 오랜 시간 버티고 있으면서 결국 동전 한 푼 쓰지 않는데도 가게 사람은 싫은 내색을 하지 않았다. 에나쓰를 찾고 있다고 말하면 기꺼이 가게 안에 있는 모든 것을 내보여주었고, 찾는 것이 없어 실망하는 우리에게, 기운 내요, 하고 도리어 위로해주었다. 마지막으로 찾은 가게에서는 우리 얘기를 듣고 조언까지 해주었다.

1985년에 어떤 과자 회사에서 초콜릿 사은품으로 판매한 카드를 찾아보는 게 좋을 것 같다는 얘기였다. 그 회사는 늘 과자에 카드를 붙여서 판매했는데, 1985년에는 창립 50주년을 기념해서 프리미엄 카드를 제작했다. 더구나 그해 타이거스가 우승을 했기 때문에 카드에 타이거스의 선수를 대대적으로 등장시켰던 모양이다.

"프리미엄 카드가 뭔데요?"

루트가 물었다.

"선수가 직접 한 사인이 들어 있거나, 홀로그램을 이용한 카드, 선수가 사용했던 배트를 얇게 깎아내서 집어넣은 카드 등 여러 가지가 있지. 에나쓰 선수 같으면 85년에는 이미 은퇴했을 때니까, 복각판 글러브 카드가 있을 거야. 딱 한 번 물건을 들여왔었는데, 금방 팔렸어. 인기가 좋았거든."

"글러브 카드는 또 뭔데요?"

루트의 질문이 이어졌다.

"글러브를 조그맣게 잘라서 그 가죽조각을 카드에 박은 거."

"에나쓰 선수가 실제로 사용했던 글러브를요?"

"그럼. 일본 스포츠카드협회가 인정한 카드니까, 엉터리는 아닐 거야. 그건 그렇지만 한정 판매라서 찾아내기가 쉽지 않을 걸. 하지만 포기하면 안 되지. 이 세상 어딘가에는 반드시 있을 테니까. 혹시 들어오면 당장 너한테 연락해줄게. 나도 에나쓰 유타카 선수 팬이거든."

그 사람은 타이거즈 모자를 슬쩍 들어 올리고 루트의 머리를 쓰다듬었다. 박사와 아주 닮은 몸짓이었다.

9월 11일이 코앞에 다가왔다. 선물은 다른 것으로 하자고 제안했지만, 루트가 말을 듣지 않았다. 루트는 야구 카드가 아니면 절대 안 된다고 고집을 피웠다.

"도중에 그만두면 정답은 영원히 찾아낼 수 없어."

루트는 그렇게 자기주장을 꺾지 않았다.

물론 기뻐하는 박사의 모습을 보는 것이 첫 번째 목적이었다. 하지만 솔직하게 말하면, 카드 찾기 체험 자체를 즐긴 것 또한 사실이다. 이 세상 어딘가에 반드시 있을 한 장의 카드를 찾아서 여행하는 모험가 같은 기분이었다.

박사는 식당에 있는 동안에는 수시로 달력을 쳐다보았다. 가끔은 벽으로 다가가 내가 9월 11일에 쳐놓은 동그라미를 손가락으로 더듬어보기도 했다. 가슴에도 메모지가 단단히 붙어 있었다. 그 나름대로 루트의 생일을 잊지 않으려고 노력하는 것이었다. 《저널 오브》건은 잊어버렸을 테지만.

과자 통 사건은 결국 아무도 모르게 무마되었다. 그때 나는 논문 표지에서 한참이나 눈길을 뗄 수 없었다. 영원한 내 사랑 N⋯⋯ 이란 글자를 물끄러미 쳐다보았다. 틀림없는 박사의 필체였다. 박사에게 영원이란 보통 의미가 아니다. 수학의 정리가 영원하듯 영원한 것이다.

빨리 모든 것을 제자리로 돌려놓으라고 재촉한 것은 루트였다.

"자, 엄마. 다시 자를 집어넣어서 틈을 벌려봐."

루트는 내 손에서 논문을 낚아채 과자 통 바닥에 돌려놓았다. 서두르기는 했지만 함부로 다루지는 않았다. 마치 자기 스스로, 그것이 지켜온 비밀을 훼손해서는 안 된다고 경계하는 것처럼 보였다.

카드를 다 집어넣자, 과자 통은 움푹 들어간 곳 하나 없이 말끔하게 원래의 모습으로 돌아갔다. 카드의 모서리는 일직선을 이루고, 차례도 다 맞았다. 그런데 어딘가 모르게 달랐다. N에게 바친 증명이 어두운 지하에 잠적되어 있다는 것을 안 이상, 그것은 단순히 야구 카드가 수집돼 있는 통이 아니었다. 박사의 기억이 매장된 관이나 다름없었다. 나는 그 관을 책꽂이 속에 안치했다.

큰 기대를 걸지는 않았지만, 끝내 카드 가게에서는 전화가 걸려 오지 않았다. 잡지의 독자 코너에 엽서도 보내고, 친구와

친구의 형들을 찾아가 보는 등 루트는 마지막까지 있는 노력을 다했다. 나는 우리가 원하는 카드가 입수되지 않을 경우에 대비해서 루트 몰래 다른 선물을 준비했다. 그것도 뭘로 하면 좋을지 한참을 고민했다. 4B 연필, 대학 노트, 클립, 메모지, 와이셔츠……. 그러나 박사가 필요로 하는 일상용품은 손에 꼽을 정도밖에 없었다. 루트와 의논할 수 없어 더욱 어려웠다.

그렇지, 구두로 하자고 나는 생각했다. 박사에게는 새 구두가 필요하다. 생각났을 때, 언제든 어디든 마음대로 갈 수 있는, 곰팡이가 피지 않은 구두가.

루트가 꼬맹이였을 때 자주 그랬던 것처럼 나는 선물을 벽장 깊숙이 감춰놓았다. 만약 야구 카드가 구해지면, 아무 말 않고 신발장에 넣어두자고 생각했다.

그런데 뜻하지 않은 방향에서 희망의 빛이 보였다. 월급을 받으려고 소개소에 갔는데, 한 가사도우미가 옛날에 어머니가 운영했던 잡화점 창고에 과자의 사은품이었던 야구 카드가 남아 있을지도 모르겠다고 한 것이다. 소장도 한 자리에 있었기 때문에 박사와 루트를 축하하기 위한 파티에 대해서는 아무 말 않고, 그냥 아들이 갖고 싶어 하는데 아무리 돌아다녀도 없다는 식으로 화제를 몰고 갔다. 그러자 그 가사도우미가, 지금도 있는지 자신은 없지만, 하면서 창고에 방치돼 있는 사은품 얘기를 꺼낸 것이다.

나는 그 어머니가 연로한 탓에 1985년, 잡화점 문을 닫았다고 해서 더욱 기대를 품었다. 1985년 11월, 노인회의 여행용 간식으로 들여놓은 과자 속에 예의 초콜릿이 들어 있었다. 어머니는 노인들이라 필요 없을 것이라면서 초콜릿 갑에 붙어 있는 얇은 카드를 한 장 한 장 뜯어냈다. 그리고 봄에 어린아이들 소풍 철이 돌아오면 그때 써먹자, 사은품은 노인들보다 아이들이 좋아하니까, 하고 생각했다. 그것이 야구 카드인 줄 알고 있었는지는 불분명하지만 가사도우미의 어머니는 옳은 판단을 한 것이다. 하지만 소풍용 간식 주문은 없었다. 어머니가 12월에 병을 앓기 시작해 가게 문을 닫았기 때문이다. 그리하여 100장에 가까운 야구 카드가 잡화점 창고에서 긴긴 잠을 자게 되었다.

소개소에서 바로 그녀 집에 들러, 두 팔로 안아도 묵직한 먼지투성이 종이 박스를 받아 왔다. 다소나마 대금을 지불하고 싶다고 했지만 인심 좋은 그녀는 깨끗하게 거절했다. 카드 가게에 들고 가면 초콜릿 값보다 훨씬 비싸게 팔 수 있을 것이란 말은 굳이 하지 않았다.

집에 돌아오자마자 나와 루트는 당장 작업을 시작했다. 내가 가위로 검정색 비닐 포장을 벗겨내면 루트가 카드를 꺼내 체크했다. 우리는 호흡을 맞춰 정확하게 일을 진행했다. 우리는 야구 카드를 어떻게 다루어야 하는지 이미 숙련된 기술을 터득하고 있었다. 루트는 손으로 만져만 보고서도 종류의 차이를 판별해냈다.

오시타, 히라마쓰, 나카니시, 기누가사, 부머, 오이시, 가케후, 장훈, 나가이케, 호리우치, 아리토, 랜디 바스, 아키야마, 가도타, 이나오, 고바야시, 후쿠모토…… 줄줄이 선수가 등장했다. 카드 가게 아저씨가 가르쳐준 대로 입체적으로 나타나는 것, 직접 한 사인이 들어 있는 것, 황금빛으로 빛나는 것도 있었다. 루트는 더 이상 탄성을 지르지도, 분해하며 혀를 차지도 않았다. 집중하면 집중할수록 목표에 빨리 도달할 수 있다고 믿는 것 같았다. 우리 주위에는 검정 비닐이 하나둘 늘어가고, 루트 앞에서는 카드가 쌓여가다 힘없이 무너져 내렸다.

종이 박스에 손을 뻗을 때마다 곰팡이 냄새가 났다. 카드에 밴 초콜릿 냄새가 변질된 것인지도 모르겠다. 절반쯤 처리하고 나자 솔직히 희망이 사라져갔다. 아니 희망은커녕 무엇 때문에 이런 짓을 하고 있는지, 내가 무엇을 찾고 있는지조차 애매해졌다. 적어도 나는 그랬다.

야구 선수는 너무 많다. 한 경기에 아홉 명이 출전하는 데다 센트럴리그와 퍼시픽리그가 있고, 역사가 50년 이상이나 되었으니 어쩔 수 없는 일이다. 물론 에나쓰가 위대한 선수라는 것은 알고 있다. 그러나 에나쓰 이외의 위대한 선수, 예를 들어 사와무라나 가네다, 에가와에게도 팬은 있고 그 팬들에게도 카드는 필요하다. 그러니 이렇게 많은 카드가 눈앞에 있는데 정작 찾고 있는 카드 한 장이 없다고 화를 내서는 안 된다. 짜증을 낼 필요도 없다. 루트만 만족하면 그것으로 그만이다. 벽장에는 다른 선물도 준비돼 있다. 아주 좋은 것은 아니지만 그래도 카드 한 장 값보다는 비싸고, 디자인도 심플하고, 신어서도 편할 것이다. 박사는 틀림없이 기뻐…….

"앗!"

그때 루트가 외마디 소리를 질렀다. 복잡한 문제를 해결할 수 있는 공식을 찾아냈을 때처럼, 실마리가 보이지 않는 도형 문제를 단숨에 정복할 보조선을 찾아냈을 때처럼 어른스러운 목소리였다. 너무도 냉정하고 침착한 목소리에 나는 잠시, 지금 루트가 손에 쥐고 있는 카드가 그리도 찾았던 카드라는 것을 미처 알아차리지 못했을 정도였다.

루트는 환성을 지르며 깡충거리지도 않았고, 내게 안겨들지도 않았다. 손바닥에 있는 카드로 가만히 시선을 떨구고 있을 뿐이었다. 그렇게 잠시 혼자서만 에나쓰 선수를 쳐다보고 싶은 모양이었다. 그래서 나도 말을 걸지 않았다. 에나쓰의 글러브 조각이 박혀 있는 1985년 한정 프리미엄 카드였다. 파티가 있기 이틀 전 밤의 일이었다.

10

멋진 파티였다. 과거 내가 체험한 파티 중에서 가장 마음에 남는 파티였다. 호화롭지도 요란스럽지도 않다는 점에서는 미혼모 보호소에서 맞이했던 루트의 첫 생일과 단둘이서 지낸 다섯 살 때 생일, 할머니와 함께였던 크리스마스 때와 마찬가지였다. 하기야 이런 이벤트를 파티라고 할 수 있는지조차 의심스러웠지만, 역시 박사가 함께해주었기에 루트의 열한 번째 생일은 특별할 수 있었다. 그리고 그날이 박사와 함께 보낸 마지막 밤이었기에 더욱이.

루트가 학교에서 돌아오기를 기다렸다가 우리 셋은 파티 준비를 했다. 나는 음식을 준비하고, 루트는 식당 바닥을 닦으면서 내가 시키는 잔심부름을 하고, 박사는 식탁보를 다림질했다.

박사는 약속을 잊지 않았다. 내가 루트의 엄마이며 자기 집 가사도우미라는 것을 인식하자 "오늘이 11일이야." 라며 달력의 동그라미 표시를 가리켰다. 잊지 않고 기억하고 있었으니 칭찬을 해달라는 뜻으로 메모지를 손에 쥐고 팔락거리기도 했다.

물론 그에게 다림질을 부탁할 뜻은 없었다. 그의 솜씨를 생각하면 그나마 루트에게 부탁하는 편이 안전했다. 주역은 평소대로 안락의자에 앉아 있으라고 할 생각이었다. 그런데 박사가 자기도 무슨 일이든 도와야 한다고 주장했다.

"어린아이도 이렇게 훌륭하게 일을 거들고 있는데, 다 큰 어른이 자고만 있어서야 되겠나."

그가 그렇게 말할 줄은 예상하고 있었지만, 실제로 다리미와 식탁보를 꺼내 왔을 때는 뜻밖이었다. 다리미가 수납장 안에 있다는 것을 박사가 알고 있다는 것 자체도 놀라운데 식탁보를 가져왔을 때는 마술이라도 보는 듯한 기분이었다. 드나든 지 반년이 넘어서야 나는 이 집에 식탁보가 있다는 것을 알았다.

"파티 준비를 할 때는 맨 먼저 식탁에 청결한 식탁보를 씌워야지, 안 그런가? 나 말이지, 다림질은 아주 잘한다고."

얼마나 오래 잊힌 채 있었을까. 식탁보는 잔뜩 주름이 져 있었다.

늦더위가 물러가 투명하고 메마른 공기와 마당에 비치는 안채의 그림자 모양, 나뭇잎 색깔이 한여름과는 사뭇 달랐다. 사방은 빛으로 충만한데, 첫 별과 달이 소리 없이 떠 있고, 구름은 시시각각 모습이 달라졌다. 나무 둥치에는 어둠이 스미려 하는데, 그 기척은 아직 희미해 밤이 찾아오려면 조금은 여유가 있었다. 하루 중에서 내가 가장 좋아하는 시간이다.

박사는 안락의자 옆에 다리미판을 놓고 당장에 일을 시작했다. 박사는 놀랍게도 코드를 꺼내는 법이며 다리미를 켜는 법, 온도를 조절하는 방법까지 알고 있었다. 식탁보를 펼쳐놓고 수학자답게 그것을 눈짐작으로 열여섯 등분해서, 한 쪽씩 차례로 다리미질을 해나갔다.

우선은 분무기로 두 번 정도 물을 뿌리고, 다리미가 너무 뜨겁지 않은지 손을 가까이 대어 확인하고, 첫 쪽에 다리미를 갖다댄다. 손잡이를 꼭 잡고, 천이 눌어붙지 않게 조심조심, 그러나 리드미컬하게 다리미를 밀고 당긴다. 미간에는 힘을 주고 콧잔등을 찌푸리고는 주름이 잘 펴졌는지 꼼꼼히 살펴본다. 그런 동작 하나하나에 정성과 확신과 애정이 담겨 있었다. 다리미는 합리적으로 움직인다. 최소한의 움직임으로 최대의 효과를 낼 수 있는 각도와 속도로. 박사의 테마인 우아하고 아름다운 증명이 그 낡은 다리미판에서도 실현되고 있었다.

나와 루트는 박사만큼 그 일에 적합한 사람은 없다고 인정하지 않을 수 없었다. 더구나 그것은 레이스 달린 식탁보였으니 말할 나위도 없다.

우리 세 사람에게 각자 역할이 있다는 것. 서로의 숨결이 바로 옆에서 느껴지고 사소한 일이 조금씩 달성되어가는 과정을 두 눈으로 볼 수 있다는 것이 우리에게 예기치 못한 기쁨을 선사해주었다. 오븐 속에서 지글지글 익고 있는 고기 냄새, 걸레에서 떨어지는 물방울, 다리미에서 올라오는 김, 그것들 모두가 하나로 어우러져 우리를 감싸고 있었다.

"오늘은 고시엔에서 스왈로스 전이 있어요."

역시 말이 많은 것은 루트였다.

"이기면 상위권 안에 들겠죠."

"과연 이길 수 있을까?"

나는 수프의 맛을 보면서 오븐을 들여다본다.

"이기고말고."

박사가 그답지 않은 단호한 말투로 대답한다.

"저기를 좀 보라고. 첫 별의 아래 끝이 떨어져 나간 것처럼 보이는 날에는 좋은 일이 있어. 오늘 이기고 내일 우승할 징조야."

"에이. 공식에 대입해서 계산한 게 아니잖아요. 그냥 그럴 거다, 하고 짐작한 거잖아요."

"요아잖거 한작짐 고하 다거 럴그 냥그."

"박사님 너무해요. 뒤집어 말하면서 대충 넘어가려고."

루트가 아무리 뭐라 그래도 다림질의 리듬에는 한 치의 어긋남이 없었다.

박사는 마지막 한 쪽을 천천히 다림질한다. 루트는 식탁 밑으로 들어가 평소에는 손이 닿지 않아 청소하지 못하는 의자 다리와 식탁 밑을 닦는다. 나는 식기 선반을 훑어보면서 로스트비프에 어울리는 접시를 찾는다. 마당으로 눈길을 돌릴 때마다 빛이 어두워졌다.

준비가 다 되었다 싶어 자리에 앉아 파티를 시작하려는데 조그만 착오가 발견되었다.

정말 사소한 착오였다. 호들갑을 떨 것도 없고 신경에도 거슬리지 않는, 얼마든지 돌이킬 수 있는 문제였다. 세 사람 중누구에게 책임이 있는 것도 아니었다. 책임이 있다면 빵가게에서 일하는 아르바이트생에게 있을 것이다. 케이크 상자에초가 들어 있지 않았던 것이다.

열한 개의 초를 꽂을 수 있을 만큼 대단한 케이크는 아니어서 열 살짜리 한 개와 한 살짜리 한 개를 달라고 했는데, 냉장고에서 케이크 상자를 꺼내놓고 보니 초가 없었다.

"생일 케이크에 촛불이 없으면, 루트가 가엾지. 촛불을 불어서 꺼야 비로소 축하를 받을 수 있는데."

박사는 촛불을 끌 당사자인 루트보다 더 초에 연연했고 다소 여유를 잃은 것처럼 보이기도 했지만, 아직 그 단계에서 파티에 연관된 별다른 타격은 없었다. 우리 세 사람 모두 준비를 위해 자신이 한 일에 만족하고 있었고, 이제 맛보게 될 음식과 선물이 안겨다 줄 기쁨으로 들떠 있었다.

"내가 얼른 빵가게에 가서 받아 올게."

앞치마를 벗으려는 내게 루트가 말했다.

"엄마, 내가 갔다 올게. 내가 더 빠르잖아."

루트는 채 말을 끝내지도 않고 현관으로 뛰어나갔다.

빵가게는 멀지 않고 아직 해도 지지 않았다. 아무 문제없다. 나는 케이크 상자를 닫아 다시 냉장고에 집어넣었다. 박사와 나는 식탁 의자에 앉아 루트가 돌아오기를 기다렸다.

식탁보는 멋들어지게 되살아나 있었다. 전체를 뒤엎고 있던 주름이 깨끗하게 사라지고, 레이스의 무늬 하나하나가 도드라져 볼품없는 식탁을 기품 있는 테이블로 변신시켰다. 마당에서 따다가 요구르트 병에 꽂은 이름 모를 꽃도 식탁에 색채를 곁들이는 역할을 톡톡히 하고 있었다. 가지런히 놓인 세 사람 분의 나이프와 포크와 스푼은 비록 디자인은 저마다 다르지만 제법 당당하게 보였다.

그에 비하면 음식은 어딜 가나 있는 것들이다. 새우 칵테일, 로스트비프, 감자 샐러드, 시금치와 베이컨 무침, 완두콩 포타

주, 프루트 펀치, 온통 루트가 좋아하는 것들이고 박사가 싫어하는 홍당무도 들어 있지 않다. 특별한 소스도 없고 화사한 장식품도 없는 그저 소박하기만 한 음식들이다. 하지만 고소하고 좋은 냄새가 풍긴다.

나와 박사는 서로를 쳐다보며, 따분하긴 한데 달리 할 일은 생각나지 않아 미소만 주고받았다. 박사는 헛기침을 하면서 언제 파티가 시작되어도 문제없게 양복 깃을 여미고 자세를 바로잡았다.

식탁 한가운데, 루트가 앉을 자리 앞에만 동그랗게 빈 공간이 있었다. 케이크를 놓을 자리였다. 우리는 그곳에 시선을 떨구고 있었다.

"왜 이리 늦는 거지."

주저하면서 박사가 중얼거렸다.

"별로 그렇지 않은데요."

나는 박사가 시계를 보면서 시간을 말한 것에 다소 놀라면서 대답했다.

"아직 10분도 지나지 않았는데요 뭐."

"그런가……."

박사의 마음을 다른 곳으로 돌리려고 나는 라디오를 켰다. 타이거스 대 스왈로스 전의 생중계가 막 시작된 참이었다. 우리는 다시 케이크가 놓일 자리로 시선을 돌렸다.

"지금, 몇 분이나 지났나?"

"12분이요."

"너무 늦는 거 아닌가?"

"괜찮아요. 걱정하지 마세요."

박사를 만나고서 몇 번이나 이 말을 되풀이했을까, 하고 나는 생각했다. 괜찮아요, 걱정 마세요. 이발소에서, 치과의 엑스레이실 앞에서, 야구장에서 돌아오는 버스 안에서, 때로는 등을, 때로는 손을 쓰다듬으면서. 그러나 과연 박사에게 진정 위로가 된 적이 있었을까. 박사의 아픔은 전혀 다른 곳에 있었는데, 나는 늘 엉뚱한 곳만 쓰다듬었던 것 같은 기분이 들었다.

"이제 곧 돌아올 거예요. 괜찮아요."

그런데 내 입에서 나온 것은 역시 엇비슷한 말뿐이었다.

사방이 어두워지면서 박사는 점점 더 불안해했다. 30초 간격으로 시계를 쳐다보면서 몇 번이나 옷깃을 잡아당겼다. 그 바람에 메모지가 몇 장 떨어졌는데도 모를 정도였다.

라디오에서 환성이 울렸다. 1회 말, 타이거즈가 적시타로 선취점을 딴 것 같았다.

"몇 분 지났지?"

질문의 간격이 점점 짧아졌다.

"분명 무슨 일이 있는 거야. 아무리 그래도, 시간이 너무 많이 지났어."

박사가 앉은 의자가 달그락달그락 소리를 냈다.

"알겠어요. 제가 가볼게요. 괜찮습니다. 걱정하시지 않아도 돼요."

나는 몸을 내밀어 박사의 어깨에 손을 얹었다.

루트를 상점가 입구에서 만났다. 박사가 걱정한 대로 문제가 있기는 했다. 빵가게가 문을 닫고 만 것이다. 하지만 루트는 기지를 발휘해서 문제를 이미 수습하고 돌아오는 길이었다. 역 반대쪽으로 가서 다른 빵가게를 찾아 사정을 설명하고 초를 얻어 온 것이다. 우리는 함께 뛰었다.

집에 도착했을 때 루트와 나는 식탁의 모습이 어딘가 모르게 달라진 것을 동시에 알아챘다. 요구르트 병에 꽂아놓은 꽃은 여전히 싱그럽고, 라디오는 타이거스의 리드를 전하고 있는데, 식탁은 우리가 나가기 전의 식탁이 아니었다. 겨우 초 두자루를 찾으러 다닌 동안에 무언가가 훼손되어 있었다. 파티를 위해 준비한 케이크가 방금 전까지 박사와 내가 쳐다보고 있던 그 자리에서 뭉개져 있었다.

박사는 빈 케이크 상자를 두 손에 든 채 우뚝 서 있었다. 그의 등이 절반쯤 어둠에 가려 있었다.

"준비를 해놓으려고 했는데, 돌아오면 바로 먹을 수 있게."

빈 상자에 말하듯 박사가 중얼거렸다.

"미안하군. 뭐라 사과를 해야 할지……. 돌이킬 수가 없어. 이 꼴이 되었으니……."

우리는 박사 곁으로 다가가 그를 가장 효과적으로 위로할 수 있는 행동을 취했다. 루트는 박사의 손에서 빈 상자를 낚아채, 별 대수롭지 않은 것이 들어 있었다는 듯 의자에다 아무렇게나 올려놓았다. 나는 라디오의 볼륨을 줄이고 식당 전등을 켰다.

"돌이킬 수가 없다니, 무슨 말씀이세요. 아무 상관없어요. 미안해하실 거 없어요."

나는 민첩하게 손을 움직였다. 이런 때, 주저하거나 망설여서는 안 된다. 박사에게 공연한 생각을 할 틈을 주지 않고, 최대한 빨리, 그리고 태연하게 사태를 제자리로 돌려놓아야 한다.

케이크는 비스듬히 떨어졌는지, 절반이 뭉개지고 나머지 절반은 그런대로 형태가 남아 있었다. 초콜릿으로 쓴 메시지는 '박사&루트 축'까지만 무사했다. 아무튼 나는 케이크를 세 등분으로 잘라 나이프로 생크림을 펴 발랐다. 떨어지면서 여기저기 흩어진 딸기와 토끼 모양 젤리와 천사 모양 설탕 과자를 보기 좋게 다시 꽂자 그럭저럭 케이크 모양이 되살아났다. 그리고 루트 몫의 케이크에 초를 꽂았다.

"이거 봐요. 초도 충분히 꽂을 수 있잖아요."

루트가 박사의 얼굴을 들여다보았다.

"이제 촛불 끌 수 있어요."

"맛도 변함없고요."

"그래요, 아무것도 달라진 건 없어요."

나와 루트는 번갈아 박사에게 말했다. 실수의 사소함에 반해 박사가 느끼고 있는 죄책감이 얼마나 과도한지 거듭 설명했다. 하지만 그는 침묵한 채 아무 대꾸도 하지 않았다.

나는 오히려 뭉개진 케이크보다 식탁보가 마음에 걸렸다. 레이스 무늬 사이사이에 낀 카스텔라와 생크림은 행주로 아무리 닦아도 없어지지 않았다. 행주로 문지를 때마다 달콤한 냄새가 피어올랐다. 박사가 애써 되살려놓은 무늬가, 우주의 성립을 풀 암호가 그려진 레이스 무늬가 엉망이 되어버리고 말았다. 돌이킬 수 없는 상처를 입은 것은 케이크가 아니라 식탁보였다.

나는 레이스에 묻은 얼룩을 로스트비프 접시로 감추고, 수프를 데우고 촛불을 켜기 위해 성냥을 준비했다. 라디오는 작은 소리로 3회 초 스왈로스가 역전했다는 소식을 전했다. 루트는 언제든 건넬 수 있도록 노란 리본으로 장식한 에나쓰의 야구 카드를 주머니 속에서 만지작거리고 있었다.

"자, 보세요. 다 원래대로 돌아갔죠. 박사님 앉으세요."

나는 그의 손을 잡았다. 박사는 간신히 고개를 들고 곁에 있는 루트에게 시선을 돌리더니, 가칠한 목소리로 말했다.

"너, 몇 살이지?"

그러고는 루트의 머리를 쓰다듬었다.

"이름은 뭐고. 오오, 아주 영리한 마음이 담겨 있을 것 같구나. 어떤 숫자든 가리지 않고 따뜻하게 감싸 안아 그에 합당한 신분을 부여하는 루트 기호 같구나."

11

 1993년 6월 24일자 신문에, 영국 태생의 프린스턴 대학 교
수 앤드루 와일스가 페르마의 마지막 정리를 증명했다는 기사
가 실렸다. 벗겨지기 시작한 곱슬머리에 거칠거칠한 스웨터를
입은 와일스의 사진과 17세기답게 고풍스러운 가운을 걸친 피
에르 드 페르마의 일러스트가 나란히 1면을 장식했다. 우스꽝
스러울 정도로 어울리지 않는 두 사람의 모습이 마지막 정리
를 위해 바친 시간의 길이를 얘기해주고 있었다. 기사는 수학
의 고전적 수수께끼가 마침내 풀렸다는 것은 인간 지성의 승
리이며 수학의 진일보라고 그 위업을 찬양했다. 또 와일스의
증명의 핵심에 일본인 수학자 다니야마 유타카와 시무라 고로
의 생각, 즉 다니야마-시무라 예상이 영향을 미쳤다는 내용도

간략하게나마 소개되어 있었다.

기사를 다 읽은 나는 박사를 생각할 때면 늘 그렇게 하듯, 정액권 지갑에서 종이 한 장을 꺼냈다. 박사가 쓴 오일러의 공식이었다.

$$《 e^{\pi i} + 1 = 0 》$$

그것은 늘 거기에 있다. 절대 변하지 않는 모습으로, 소리 없이, 내가 손을 뻗으면 만질 수 있는 곳에 있다.

1992년 시즌, 타이거스는 우승하지 못했다. 스왈로스와의 마지막 두 게임에서 내리 이겼다면 그나마 가능성이 있었는데, 10월 10일에 2대 5로 지는 바람에 2위에 그쳤다. 우승한 스왈로스와의 게임차는 2.0이었다.

루트는 눈물을 뚝뚝 흘리면서 분해했지만, 세월이 흘러 나이를 먹으면서 상위 다툼을 하는 것만 해도 행복한 일이라는 것을 깨닫게 되었다. 1993년 이후, 타이거스는 구단 창립 이래 몇 번째인 긴 슬럼프에 빠졌고, 21세기가 된 지금도 여전히 B급에서 벗어나지 못하고 있다. 6위, 6위, 5위, 6위, 6위, 6위, 6위……. 감독이 몇 명이나 교체되었고, 신조가 메이저리그에 갔고, 무라야마 미노루가 죽었다.

지금은, 1992년 그날 9월 11일의 스왈로스 전이 모든 것의 갈림길은 아니었나 하고 생각한다. 그 시합에서 이겼다면 우승도 할 수 있었고, 오랜 슬럼프에 빠지지 않을 수도 있었다.

파티를 끝내고 집으로 돌아온 나와 루트는 제일 먼저 라디오를 켰다. 시합은 3대 3 동점 상황에서 종반으로 치닫고 있었다. 마침내 루트가 잠이 들고 밤이 깊었는데도 시합은 끝나지 않았다. 나는 계속해서 라디오를 들었다.

9회 말, 투 아웃에 1루, 풀카운트에서 야기가 좌측으로 굿바이 홈런을 날렸다. 루심이 팔을 돌려 전광판에도 2가 반짝거렸는데, 펜스에 맞고 관중석으로 떨어졌다고 2루타로 정정되었다. 타이거스는 항의했고, 시합은 37분간 중단되었다. 투 아웃에 2, 3루에서 시합이 재개되었을 때는 벌써 시간이 10시 반이었다. 결국 타이거스는 굿바이의 기회를 살리지 못했고, 시합은 연장전으로 넘어갔다.

귀로는 시합의 향방을 좇으면서 가슴으로는 안녕히 주무세요, 하고 인사하고 헤어진 박사의 모습을 떠올리고 있었다. 오일러의 공식을 손바닥에 올려놓고, 그 한 줄을 응시했다.

루트의 숨소리가 들리게 방문을 절반쯤 열어놓은 채였다. 박사가 선물로 준 글러브가 머리맡에 소중하게 놓여 있었다. 애들 장난감 같은 것이 아니라 어엿한 가죽으로 된, 연식소년야구협회가 공인한 명실상부한 글러브였다.

루트가 촛불을 끄고 세 사람의 박수 소리가 그치고 식당에 다시 불이 켜졌을 때, 박사는 식탁 밑에 메모지가 떨어져 있는 것을 알아차렸다. 그때 박사가 얼마나 혼란스러웠을지 생각하면, 박사에게나 루트에게나 절묘한 타이밍이었다. 메모지에는 루트의 생일 선물을 어디에다 두었는지 그 장소가 쓰여 있었기 때문이다. 덕분에 박사는 자신이 놓여 있는 상황을 조금씩 이해하게 되었고, 루트 역시 글러브를 선물 받을 수 있었다.

박사가 누군가에게 선물을 하는 데 익숙지 않은 사람이라는 것을 나는 금방 알 수 있었다. 겨우 이런 것을 주어 정말 미안하다는 듯이 박사는 선물 꾸러미를 내밀었다. 신이 난 루트가 박사의 볼에 뽀뽀라도 할 듯 안겨드는데도 여전히 어찌해야 좋을지 모르겠다는 양 어색해했다.

루트는 글러브를 벗으려 하지 않았다. 내가 주의를 주지 않았으면 아마도 왼손에 글러브를 낀 채 이따금 오른 주먹으로 감촉을 확인하면서 밥을 먹었을 것이다.

나중에 알게 된 일인데, 글러브는 미망인이 직접 스포츠용품 가게에 가서 사 온 것이었다. 박사는 어떤 공이든 놓치지 않을 아름다운 글러브를 꼭 구해달라고 부탁한 모양이었다.

나와 루트는 아주 자연스럽게 행동했다. 겨우 10분 남짓 우리가 잊었다고 해서 당황할 필요는 없었다. 예정했던 대로 파티를 시작하면 그만이었다. 우리는 박사의 기억에 관해서는 이미 충분한 훈련을 쌓았다. 본의 아니게 박사에게 상처를 주지 않도록 둘이서 궁리도 많이 했고 규칙도 정했고, 경우에 따라서는 임기응변으로 대처했다. 그래서 우리는 이전에 했던 방법을 재연하는 것만으로도 충분히 사태를 수습할 수 있어야 했다.

그런데 그날 밤은 도저히 무시할 수 없는 불안이 세 사람 사이, 얼룩진 식탁보 언저리에 묵직하게 가로놓여 있었다. 글러브를 선물받은 루트마저도 자칫 방심하면 그 부분이 거슬려 슬쩍 눈길을 돌리는 식이었다. 생크림을 아무리 솜씨 좋게 다시 발라도 케이크가 원래 모양대로 돌아가지 않은 것과 마찬가지였다. 신경 쓸 만한 일이 아니라고 생각하면 할수록 불안의 덩어리는 부풀어갔다.

그렇다고 파티가 엉망이 된 것은 아니었다. 최고의 증명을 제출한 박사에게 보내는 존경의 마음은 조금도 훼손되지 않았고, 그가 루트에게 보내는 애정 역시 최상이었다. 사소한 문제가 발생한 직후이기는 하지만, 그래도 달라진 것은 없었다. 우리는 마음껏 먹고 마음껏 웃고, 소수와 에나쓰와 타이거스의 우승을 얘기했다.

박사는 열 살짜리 소년이 열한 살이 된 날을 축복해줄 수 있다는 기쁨으로 넘쳤다. 별것도 아닌 생일을 더할 나위 없이 정중하고 정성스럽게 축하해주었다. 박사의 몸짓 하나하나에서 나는 루트가 이 세상에 태어난 날이 얼마나 귀중한 하루인지를 새삼 깨달았다.

4B 연필 자국이 묻어나지 않도록 조심하면서 나는 오일러의 공식을 살며시 손가락으로 더듬었다. 사랑스럽게 구부러진 π의 두 다리와, 힘찬 i, 의젓한 0의 이음매를 손가락 끝으로 느꼈다. 연장전에 들어가서도 타이거스는 있는 기회를 다 놓쳤다. 12회, 13회, 14회로 회가 거듭될 때마다 사실은 9회에서 굿바이 홈런으로 이긴 건데 싶은 생각이 머리를 스쳐 필요 이상으로 피로감이 밀려왔다. 결국은 한 점도 추가하지 못했다. 창밖에는 둥그런 보름달이 떠 있었다. 그리고 날짜가 바뀌었다.

박사는 선물을 주는 데는 서툴러도 받는 데는 놀랍도록 멋진 재능을 가진 사람이었다. 우리는 루트가 에나쓰의 카드를 건넸을 때 박사가 보인 표정을 평생 잊지 못할 것이다. 카드를 입수하기 위해 우리가 쏟은 하찮은 노력에 비해 그가 보여준 감사의 마음은 뭐라 표현할 수 없을 정도였다. 그의 마음속에는 늘, 나는 이렇게 보잘것없는 존재인데…… 하는 겸손이 흐르고 있었다. 숫자 앞에서 무릎을 꿇을 때처럼, 나와 루트 앞에 무릎을 꿇고 고개를 숙이고, 두 눈을 꼭 감고 두 손을 모았다. 우리 둘은 우리가 선물한 것 이상을 받은 것이다.

박사는 리본을 풀고 잠시 카드를 쳐다보고는, 뭐라 말을 하려고 얼굴을 들었지만 입술만 파르르 떨 뿐 아무 말도 하지 못했다. 그러고는 카드가 마치 루트라도 되듯, 아니면 소수라도 되듯 가슴에 꼭 껴안았다.

타이거스는 끝내 이기지 못했다. 연장 15회, 3대 3으로 비겼다. 시합 시간은 6시간 26분이었다.

박사가 전문 의료시설에 들어간 것은 파티 다음다음 날인 일요일이었다. 전화로 연락해준 사람은 미망인이었다.

"갑작스럽네요."

나는 말했다.

"벌써부터 준비는 하고 있었어요. 그동안 시설에 자리가 비기를 기다리고 있었죠."

미망인은 대답했다.

"지난번에 주의를 주셨는데, 또 근무 시간을 어겼기 때문인가요?"

나는 물었다.

"그렇지 않아요."

그녀의 말투는 차분했다.

"그 일로 질책할 마음은 없어요. 나는 알고 있었어요. 도련님이 유일무이한 친구들과 함께 지낼 수 있는 시간이 그 밤으로 끝이라는 것을. 당신도 알고 있었을 것 같은데."

나는 뭐라 대답하지 못하고 그저 침묵했다.

"80분짜리 테이프는 이제 망가졌어요. 지금 도련님의 기억은 1975년에서 꼼짝도 못해요."

"시설로 찾아뵈어도 될까요?"

"그럴 필요 없어요. 거기서 다 해주니까. 그리고……."

잠시 머뭇거리다가 그녀는 말을 다시 이었다.

"내가 곁에 있으니까. 도련님은 평생 당신을 기억하지 못해요. 하지만 나는 평생 잊지 못하죠."

시설은 시내에서 버스를 타고 가면 40분 정도 걸리는 해변에 있었다. 해안을 따라 나 있는 도로에서 샛길로 들어가 야트막한 언덕을 올라가면 낡은 비행장 터가 있고, 그 뒤에 자리하고 있었다. 면회실 창문으로 금이 간 활주로와 지붕에 잡초가 무성한 격납고, 그 너머로 길쭉한 바다가 보였다. 날씨가 좋은 날에는 파도와 수평선이 태양 빛에 싸여 그저 한 줄기 빛의 띠로 가로놓여 있었다.

나와 루트는 한두 달에 한 번씩 박사를 만나러 갔다. 일요일 아침, 샌드위치를 만들어 담은 바구니를 들고 버스에 올랐다. 면회실에서 잠시 얘기를 나누고, 테라스에서 함께 점심을 먹었다. 따뜻한 날이면 박사와 루트는 잔디밭에서 캐치볼을 했다. 그러고는 차를 마시고, 또 얘기를 나누고, 1시 50분 버스를 타기 위해 헤어졌다.

때로 미망인이 곁을 지키고 있는 일도 있었다. 대개는 자리를 피해주려고 쇼핑을 하러 나갔지만, 가끔은 과자도 대접해주고 얘기도 함께 나누었다. 미망인은 박사와 기억을 공유하는 유일한 사람으로서의 역할을 소리 없이 다하고 있는 것처럼 보였다.

이렇게 우리의 방문은 박사가 죽을 때까지, 몇 년이나 계속되었다. 루트는 중학교에서 고등학교로 올라갔고, 대학에 들어가 무릎을 다치기 전까지 2루수로 야구를 계속했다. 그동안 나는 아케보노의 가사도우미로 일했다. 나보다 20센티미터나 키가 크고 수염이 숭숭 나는 나이가 되었을 때에도, 루트는 박사에게 보호해주어야 마땅한 어린아이였다. 팔을 한껏 뻗어도 타이거즈의 모자에 닿지 않는 박사를 위해, 루트는 허리를 구부리고 머리를 내밀었다. 박사가 마음껏 머리를 쓰다듬을 수 있도록.

박사는 여전히 양복 차림이었다. 그러나 그 양복을 뒤덮고 있던 메모지는 점차 효용이 없어져 하나둘 떨어져 나갔다. 몇 번이나 새로 써서 붙였던 '내 기억은 80분밖에 지속되지 않는다.'도 어느 틈엔가 모습을 감추고 클립만 남았다. 나의 얼굴과 루트 기호가 쓰인 메모지도 색이 바래고 말라 부슬부슬 가루가 되고 말았다.

대신 목에 걸고 있는 야구 카드가 박사의 상징이 되었다. 우리가 선물한 에나쓰의 프리미엄 카드였다. 늘 몸에 지니고 있을 수 있도록 클리어 케이스 끝에 작은 구멍을 뚫고 줄을 걸어준 것은 미망인이었다. 처음 봤을 때는 시설 출입에 필요한 ID 카드인 줄 알았다. 그러나 그것은 박사가 박사임을 증명한다는 점에서 ID 카드 자체라고 할 수 있었다. 가슴에 걸린 그 카드가 역광이 비치는 복도를 걸어 면회실로 가는 사람이 박사가 틀림없다고 가르쳐주곤 했다.

루트 역시 박사에게 받은 글러브를 늘 들고 다녔다. 박사와 볼을 던지고 받는 모습이 볼품없는 어린애들 놀이 같았지만, 두 사람은 그 놀이를 한껏 즐겼다. 루트는 박사가 제일 받기 쉬운 곳으로 볼을 던졌고, 그가 아무리 엉뚱한 곳으로 볼을 던져도 받아낼 수 있었다. 나와 미망인은 나란히 잔디밭에 앉아 나이스 플레이에 박수를 보냈다. 루트의 손이 쑥쑥 자라 글러브가 맞지 않게 된 후에도, 2루수에게는 작은 글러브가 볼을 빨리 꺼낼 수 있어 좋다면서 루트는 오래도록 그것만 사용했다. 그것은 색이 바래고 테두리가 닳고 메이커의 마크까지 다 지워졌지만 절대 초라하지 않았다. 손가락 끝만 닿아도 루트의 왼손에 매끄럽게 스며들었다. 셀 수 없이 많은 볼을 받은 가죽의 광택에서는 위엄마저 느껴졌다.

루트가 스물두 살을 맞이한 가을, 그날이 끝내 마지막 방문이 되었다.

"2 이외의 모든 소수는 두 종류로 분류할 수 있는데, 알고 있나?"

박사는 4B 연필을 쥐고 양지바른 곳에 놓인 의자에 앉아 있었다. 면회실에는 우리 말고는 아무도 없었다. 간혹 복도를 지나가는 사람의 기척마저 멀게 느껴지고, 박사의 목소리만 선명하게 들렸다.

"모든 자연수를 n이라고 하면, 4n + 1이나 4n   1. 이 두 가지 중 하나지."

"소수의 숫자는 무한한데, 겨우 그 두 가지로 분류된다는 말이에요?"

나도 모르게 감탄하고 만다. 4B 연필에서 태어난 식은 언제나 소박하기 짝이 없는데, 그 의미는 너무도 광활하다.

"예를 들어 13이면……."

"4 × 3 + 1이요."

루트가 대답한다.

"맞아. 19는?"

"4 × 5   1이죠."

"정확하다."

박사는 행복한 듯 고개를 끄덕인다.

"한 가지 덧붙여보자. 전자의 소수는 항상 두 수의 제곱의 합으로 표현할 수 있지. 그러나 후자는 그렇게 나타낼 수 없어."

"$13 = 2^2 + 3^2$이네요."

"그래. 루트같은 순수함을 지니고 있으면, 소수 정리의 아름다움도 한결 돋보이지."

박사의 행복은 계산의 어려움에 비례하지 않는다. 아무리 단순한 계산이라도, 그 정확함을 함께할 수 있어야 우리의 기쁨도 배가된다.

"루트가 중학교 교사 임용시험에 합격했어요. 내년 봄부터 수학 선생님이에요."

나는 자랑스럽게 박사에게 보고한다. 박사는 몸을 쑥 내밀고 루트를 껴안으려고 한다. 들어 올린 팔은 가냘프고 힘이 없어 부들부들 떨린다. 루트는 그 팔을 잡고 박사의 어깨를 껴안는다. 가슴에서 에나쓰의 카드가 흔들린다.

배경은 어둡고, 관람객도 점수판도 어둠에 가라앉아 있는데 에나쓰의 모습만 찬란한 빛 속에 있다. 막 왼손을 휘두른 순간이다. 오른발은 굳건하게 마운드를 밟고, 모자챙 속에서 번득이는 눈은 포수석으로 빨려 들어가는 볼을 응시하고 있다. 마운드에 이는 흙먼지가 볼의 위력을 말해주고 있다. 그의 생애에서 가장 빠르게 볼을 던졌던 시절의 에나쓰다. 세로줄 무늬 유니폼을 입은 어깨 너머로 등번호가 보인다. 완전수, 28이다.

　　"작가 오가와 요코 씨가 연구실로 선생님을 찾아뵙고 싶다
는데요. 수학자를 주인공으로 하는 소설을 쓰기 위한 취재라
고 합니다."

　　신쵸사의 F 씨에게서 그런 전화를 받았다.

　　그때, 오가와 요코 씨에 대해서는 아쿠타가와상을 수상한
순문학 작가라는 정도밖에 몰랐다. 순문학은 잘 팔리지 않는
다고 하던데, 수학자가 주인공이라면 더욱 팔리지 않을 것이
다. 그런 소설을 쓰는 작가가 당최 없지 않은가. 순문학 작가란
그렇게 팔리지 않는 소재를 잘 찾아내는 인종인 듯하다.

　　게다가 수학자 하면 떠오르는 이미지는 기껏해야 '순수'와
'기인'이다. 만약 '순수'를 주제로 하고 싶다면 나보다 더 훌륭

한 수학자를 만나는 편이 좋을 것이다. '기인'을 주제로 하고 싶다 해도 그렇다. 건전한 상식과 원만한 성격을 지닌 나는 참고가 될 만한 인물이 못 된다. 그런 여러 생각 때문에 좀처럼 내키지가 않았다.

"수학자는 나 말고도 얼마든지 있는데 왜 나를?"

주춤거리며 그렇게 물었더니,

"선생님께서 출연하신 NHK의 '인간 강좌'를 보고, 또 『천재의 영광과 좌절』을 읽고 영감이 떠올랐다고 합니다."라는 대답이 돌아왔다.

'인간 강좌'의 원고를 손질해서 신쵸 신서로 출판한 『천재의 영광과 좌절』은 F 씨가 편집을 맡은 책이었다. 그래서 그녀를 경유해 내게 연락이 온 것 같았다.

그 프로그램을 봤다면, 일주일에 한 번씩 여덟 번이나 출연했으니 내가 순수한 사람도 기인도 대수학자도 아니라는 것쯤은 알고 있을 것이다.

어떻게 하나 생각하면서 F 씨에게 "화면에서 내가 꽤나 섹시하게 보였나."라고 슬쩍 농담을 건넸더니, 그녀는 "오가와 씨, 아주 귀엽고 멋진 사람이에요."라고 덧붙였다.

F 씨는 오래도록 알고 지내는 사이라 나를 속속들이 알고 있어서, 나는 이내 "그렇게 하죠."라며 수락했다.

그리고 얼마 후, 2001년 초가을에 오가와 씨가 어수선한 내

연구실에 나타났다. 소설가였던 아버지가 생전에 '여성 작가는 참 무서워'하는 수수께끼 같은 말을 여러 번 했기 때문에 잔뜩 긴장하고 있었는데, 눈앞에 나타난 사람은 화장기 하나 없는 청초한 대학원생 같았다. 직업상, 대학원에 다니는 여학생에게 는 익숙하다. 안심했다.

정말 꼼꼼한 사람인 듯했다. 가지고 온 노트에 질문할 사항 이 빼곡하게 적혀 있고, 그 질문을 하나하나 내게 던졌다. 신문 기자나 잡지 기자와 얘기할 때와 달리 녹음은 하지 않았다. 순 문학 작가라서 취재를 해본 적이 별로 없는지도 모르겠다고 생 각했다. 대학원생처럼 열심히 질문하는 사이사이, 때로는 수학 계의 거성 가우스와도 비슷한 날카로운 시선으로 나를 쳐다보 는가 하면, 꿈꾸는 소녀 같은 눈빛으로 미소를 머금기도 했다.

무슨 질문에 어떤 대답을 했는지는 기억나지 않는다. 아마 수학자로서 아주 당연한 얘기밖에 하지 않았을 것이다. 그녀 가 공손하게 인사하고 돌아간 후, 애써 간사이에서 도쿄까지 올라왔는데 시답잖은 얘기만 듣고 돌아갔으니 소설에는 아무 런 도움도 되지 못하겠지 싶어 조금 미안한 생각이 들었다.

일주일쯤 지나 '선생님을 만나뵙고 의욕이 불끈불끈 솟았습 니다.'하는 내용의 편지를 받았을 때도 꼼꼼하고 성실한 성격 탓에 인사를 잊지 않은 것이려니 했다. 다만 꾸밈없는 필체를 바라보는 사이에, 비슷한 특징을 지닌 풍모와 맞물려 정말 '불끈불끈'하는지도 모르지 하는 생각이 들기도 했다.

이듬해 봄이었나, '선생님께 얻은 영감의 힘으로 열심히 쓰고 있습니다.'하는 듬직한 중간보고도 있었다.

'아주 당연한 소리밖에 하지 않은 것 같은데, 소설가의 상상력과 창조력으로 스토리를 빚어내고 있는 것이겠지. 취재 당시엔 소설의 내용에 대해서는 한 마디도 언급하지 않았는데, 대체 스토리가 어떻게 전개되고 있을까. 아무튼 실제로 열심히 쓰고 있다고 하니 인사치레는 아니겠지. 정말 도움이 되었는지도 모르고.'

그렇게 생각하니 기뻤다.

취재를 한 날부터 1년 반쯤 지난 어느 날, 작품이 게재된 잡지 '신쵸'가 날아왔다. 신쵸사의 본령이라 할 수 있는 잡지인데, 순문학이 주류라서 내가 볼 일은 거의 없는 잡지였다. 그러나 이번에는 당장에 읽기 시작했다.

노수학자와 가사도우미인 '나', 그리고 열 살짜리 그녀의 아들, 이 세 점이 수학과 한신 타이거스라는 두 가지 색의 띠로 엮인 삼각형을 이루고 있는 독창적인 구조였다. 게다가 노수학자의 기억은 정확하게 80분밖에 지속되지 않는다. 온몸에는 비망록 대신 메모지가 붙어 있다. 수학자도 혀를 내두를 상상력이다.

읽기 시작하는 동시에, 이렇게 터무니없는 설정으로 시작해서 도중에 수습하기 어려워지는 것은 아닐까 걱정스러웠다. 그런데 세부까지 살펴보니 대담무쌍한 설정과는 달리 곳곳에 섬세한 장치가 되어 있었다.

예를 들어 아들 루트가 칼에 손을 벤 장면.

"걱정하지 마세요. 루트는 살아 있어요. 보세요, 저렇게 숨 쉬고 있잖아요."

그렇게 말하면서 나는 그의 등을 쓰다듬었다. 의외로 넓은 등이었다.

마지막 문장이 빛난다.

또 이런 장면도 있다.

"1-1=0. 아름답지 않나?"

박사가 내 쪽을 돌아보았다. 우르릉 쾅쾅, 천둥소리에 땅이 흔들렸다. 안채의 불빛이 깜박이면서 순간적으로 아무것도 보이지 않았다. 나는 그의 양복 소매를 꼭 잡았다.

박사의 생활을 옆에서 지켜보면서 그의 인간성을 알아가고 수학의 아름다움을 접하며, '나'의 마음에 사랑이나 우정과는 다르고 가족애와 경애의 마음과도 다른, 박사에 대한 아련한 모정慕情이 알게 모르게 싹텄음을 겨우 몇 개의 문장으로 암시한다.

그리고 그 모정이 일방적인 것이 아님을, 박사의 변화를 알아차린 형수—과거 박사와 특별한 관계였으리라 넌지시 시사되는—의 냉랭한 시선이 슬그머니 뒷받침한다. 이렇게 스토리의 핵심이 되는 요소들이 절대 노골적으로 드러나는 일 없이 독자의 가슴으로 조금씩 파고든다. 대담무쌍하고 수학적이라고도 할 수 있는 구도에, 기품 있고 그윽한 문학적 암시가 정말 우아하게 얽혀간다. 여기에 실제의 수학이 곁들여지면서 스토리는 보다 두터워진다.

'나'의 생일에서 온 숫자 220과 박사의 손목시계 뒤에 새겨져 있는 번호 284는 우애수이다. 즉 220의 약수(220 자신은 제외하고)를 전부 더하면 284가 되고, 반대로 284의 약수(284 자신은 제외하고)를 전부 더하면 220이 된다. 이런 쌍, 즉 우애수는 극히 드물다는 점에서도 박사와 '나' 사이의 특별한 관계가 암시된다.

또 박사는 가사도우미의 아들 루트를 처음 만났을 때, 루트의 머리를 쓰다듬으면서 이렇게 말한다.

"너는 루트다. 어떤 숫자든 꺼리지 않고 자기 안에 보듬는 실로 관대한 기호, 루트야."

이 문장으로 루트를 비호하는 사람으로서의 박사가 설정된다.

가사도우미인 '나'의 용모에 대해서는 아직 서른 살이 안 된 아이 있는 여자라는 묘사밖에 없지만, "자네의 그 영리한 눈을 뜨게나."라는 박사의 대사와, 소수인 줄 알았던 341이 11로 나누어떨어진다는 것을 발견한 순간 "아아, 헛다리를 짚었네……."하고 중얼거리는 장면에서 사랑스러움이 내비친다.

뚜렷한 윤곽에 흐릿한 암시가 전후좌우로 얽혀 수묵화 같은 고요함을 빚어낸다. 그런데 이게 전부가 아니다. 한신 타이거스 얘기가 합세하면서 삼각형은 보다 견고해진다. 세 사람이 야구 카드에 열중하고, 타이거스 경기를 보러 가는 장면 등은 심각해질 수도 있는 이야기에 유머를 선사해준다. 타이거스에 열광한다는 유머가 수묵화에 색채를 첨가해 유화로 변신시키는 것이다.

게다가 주요 등장인물인 불세출의 투수 에나쓰가 수학과 연관되는 서프라이즈가 출현한다. 에나쓰의 등번호 28이 완전수인 것이다. 28은 자신 이외의 약수를 전부 더하면 그대로 28이 된다. 이런 수는 흔치 않다. 이 기적 덕분에 주역 세 사람과 수학, 한신 타이거스가 단숨에 연결된다.

나는 이 부분에 이르러 "옳지, 아귀가 딱 맞는군."하고 소리를 질렀고, '오가와 씨가 이 발견을 했을 때는 기뻐서 춤이라도 췄겠지.'하고 생각했다. 에나쓰의 등번호가 완전수라는 사실을 아는 사람은 고금동서를 막론하고 오가와 씨 하나뿐일 것이다.

며칠 후 그 사실을 발견한 순간의 기분을 직접 물어봤더니, 그녀는 조심스레 "이 작품을 완성하는 마지막 열쇠였던 것 같아요."라고 답변했다.

세 사람과 수학, 그리고 한신 타이거스. 이 주역들 말고도 가사도우미 소개소가 실로 효과적인 조역으로 등장한다. 마치 오가와 씨 자신이 가사도우미로 일한 적이 있기라도 한 것처럼 자세히 묘사되는데, 가사도우미와 가사도우미 소개소라는 더없이 세속적인 요소의 등장으로 유화는 다시 현실로 변모한다. '매직'이다. 가사도우미에 대한 세세한 묘사는 오가와 씨가 효과가 어떨지 계산한 결과라기보다는, 소설가로서의 본능에 따랐기 때문이리라. 이 또한 재능이다.

이 작품에는 오가와 씨의 수학에 대한 동경과 수학의 아름다움에 대한 심취가 알알이 박혀 있다. 이야기는 수학을 향한 사랑과 박사를 향한 모정이 씨실과 날실이 되어 점차 부풀어 간다. '나'가 남자로서는 매력이 없는 박사에게 모정을 품을 수 있는 것은 수학의 아름다움에 강렬하게 도취되었기에 가능한 일이다.

오가와 씨가 수학에 심취한 덕분에, 우리 같은 수학자에게는 아주 당연하다고 생각되는 사항들에 문학적 조명이 비치는 등 무수한 가르침을 얻었다.

　오가와 씨는 이 작품에서 수학과 문학을 결혼시켰다. 기억을 잃고 스스로를 돌볼 수도 없어 애처로운 사람이라고밖에 표현할 수 없는 박사가, 실로 행복한 사람이었다고 절절하게 느껴지는 것은 이 결혼이 행복했다는 뜻이기도 하다.

　오가와 씨의 이 작품은 순문학과 대중문학의 구분을 호쾌하게 뛰어넘어 문학에는 좋은 문학과 좋지 않은 문학밖에 없다는 점을 말없이 증명하고 있다. 때문에 이 작품의 의의는 실로 크다 할 것이다.

　'열심히 쓰고 있습니다.'하는 이렇다 할 것 없는 편지를 받았을 무렵, 이렇듯 대담한 야심작을 쓰고 있었던 것이다. 동글동글한 눈으로 우아하게 웃는 오가와 씨의 모습을 떠올리자, 역시 여자는 무섭다는 생각이 든다.

2005년 9월,
수학자 후지와라 마사히코

오가와 요코의 『박사가 사랑한 수식』이 밀레니엄 시대 초반
의 일본 서점가를 강타하고 제1회 일본서점대상의 영예를 안았
던 해가 꼭 십 년 전이다.

그러니 이 소설의 번역 작업을 맡았던 것도 꼭 십 년 전인
셈이다.

세월의 무게와 시대의 변화를 이겨내는 책에는 반드시 어떤
것이 있다.

그간 이 소설이 우리에게 보여주었던 흔들리지 않는 영원한
아름다움과 휴머니티의 구현도 그중 하나일 것이다.

'기억이 80분밖에 지속되지 않는 병을 앓고 있는 수학박사'는

여전히 우리를 가슴 설레게 하는 설정이다. 그 병의 아픔과 결여와 폐쇄성을 극복하게 하는, 수학으로 짠 정연한 레이스의 아름다움 또한 우리를 새로운 세계로 인도한다.

더욱이 눈물겨운 것은 가사도우미(10년을 두고 파출부라는 호칭이 가사도우미로 바뀌었다)와 그녀의 아들 루트가 박사와 함께 일궈내는 마치 우애수와도 같은 휴머니티, 즉 인간애이다. 수학이 빚어내는 아름다움이 신들의 수첩을 엿볼 수 있는 자들만의 것이 아니라, 인간 누구나 향유할 수 있는 하나의 선물이며 또 하나의 언어라는 것을 인식하게 하는 인간애이기에 한결 더 그렇다.

작품을 새롭게 돌아볼 수 있는 기회를 얻어 기뻤다.
무엇보다 이 소설이 세월을 건너뛰는 생명력으로 가득한 작품임을 재삼 확인할 수 있어 더욱 기쁘다.

2014년 7월,
김난주

박사가 사랑한 수식

지은이 오가와 요코
옮긴이 김난주
펴낸이 김영정

초판 1쇄 펴낸날 2014년 8월 14일
초판 23쇄 펴낸날 2024년 11월 5일

펴낸곳 (주)현대문학
등록번호 제1−452호
주소 06532 서울시 서초구 신반포로 321(잠원동, 미래엔)
전화 02−2017−0280
팩스 02−516−5433
홈페이지 www.hdmh.co.kr

ISBN 978-89-7275-708-5 03830

* 책값은 뒤표지에 있습니다.
* 파본은 구입처에서 교환해드립니다.